长湖浪花

曾昭俊 曾志辉 曾昭毅 ◎ 著

中国国际广播出版社

图书在版编目（CIP）数据

长湖浪花 / 曾昭俊，曾志辉，曾昭毅著 . —北京：中国国际广播出版社，2024.1

ISBN 978-7-5078-5465-7

Ⅰ . ①长… Ⅱ . ①曾… ②曾… ③曾… Ⅲ . ①诗集—中国—当代—②散文集—中国—当代 Ⅳ . ① I217.1

中国版本图书馆 CIP 数据核字（2024）第 031531 号

长湖浪花

著　　者	曾昭俊　曾志辉　曾昭毅
责任编辑	笈学婧
校　　对	吴光利
装帧设计	刘歆怡

出版发行	中国国际广播出版社有限公司［010-89508207（传真）］
社　　址	北京市丰台区榴乡路 88 号石榴中心 2 号楼 1701 邮编：100079
印　　刷	廊坊市海涛印刷有限公司

开　　本	710×1000　1/16
字　　数	259 千字
印　　张	20
版　　次	2024 年 9 月　北京第一版
印　　次	2024 年 9 月　第一次印刷
定　　价	58.00 元

版权所有　盗版必究

用诗文温暖人生（序）

——读曾氏三兄弟诗文集《长湖浪花》

清华大学教授　刘　丰

北京的秋天，香山叶正红。

坐在办公室，我拿起曾志辉先生赠送的《长湖浪花》书稿。《长湖浪花》是曾昭俊、曾志辉、曾昭毅兄弟仨的一部诗文合集，分为故乡篇、孝亲篇、家教篇、手足篇、赠友篇、从教篇、采风篇、咏史篇、杂咏篇，共九大部分，其中孝亲、家教、从教诸篇是该书最大的亮色，我从三个方面来谈谈读完这本诗文集的收获。

一、把教书育人的勤勤恳恳化为灵动、深邃的诗行

杏坛"诗教"，亦教亦诗，满目青山桃李芳，风景这边独好！

曾氏兄弟的工作均立足于三尺讲台，得天独厚，他们抒写了大量的讴歌咏叹教育方面的诗，从老大曾昭俊的《为教满三十而作兼赠友人》到老二曾志辉的《教学比武歌》，再到老三曾昭毅的《静斋主人教师节自题》，等等，可以说几乎把与教书育人有关的方方面面都写到了，他们的这部分"从教篇"诗歌十分接地气，直击教育一线，没有空泛的口号，反映了新时代新征程立德树人的新风貌。曾氏兄弟在自己的工作领域，多年来自觉或不自觉地创作出来的这些诗歌，无疑暗合了时代的脉搏。各位看官，像中国古代章回小说那样，我们索性也来个有诗为证——

记"一师一优课，一课一名师"活动
——掇中"课内比教学"活动纪实

曾志辉

楚天桂子香，比武群英强。
老将风华茂，名师德艺彰。
务实固校本，高效领学航。
百炼去尘滓，满园桃李芳。

在对曾氏兄弟的价值观、审美观会有影响的敏感的少年时代，因为整个乡下找不到几册像样的文学书，唯一能指望的只是通过语文书上那些名垂千古、流传最广的诗词来完成语言上的认亲。好在有这些篇目也就够了，它们抑扬的韵律和美好的口感，喂养了兄弟俩最初对于审美的饥饿。

诗歌的两大要素是思想和语言，而思想和语言便取决于诗人的性情和胸襟，从曾氏兄弟的诗歌中可以看出他们视野与胸襟的广阔和纯净。他们的诗歌饱含园丁情愫，洗尽铅华，每一首都沉稳静穆、恬淡脱尘，越读你越能觅得真趣。曾氏兄弟在教学之余进行诗歌创作，他们的写作态度都是纯粹、真诚的，正是这种纯粹和真诚，使他们的诗歌的内在美和外在美得到了高度的统一，并形成了博古通今、纵横捭阖、隽秀沉稳的诗风。

特别是曾志辉先生这部分诗歌写得很美，也极具力道，不居高临下，平易近人，能够吸引读者，产生共鸣。2018年12月，湖北省教育厅公示了湖北省第十批特级教师名单，曾志辉荣列其中，有感于此，"曾特"曾赋诗一首——

愧为特级教师

曾志辉

悉列特级生百感，劝君莫笑一寒酸。
半支粉笔自陶醉，几套旧书亦溺耽。
云卷云舒送日月，花开花落作烛蚕。
杏坛自古难成就，愿化三千薪火传。

我在曾志辉先生从教篇的诗歌中随便找出这首《愧为特级教师》，朴实的诗句，一扫冠冕堂皇的伪抒情，让读者听到了人民教师真实的声音。读曾志辉的诗，品曾志辉的人，他的诗格和人格是统一的。他始终坚持自己的操守，不为世俗的喧嚣所利诱，在繁忙的工作之余，在诗歌里进行灵魂的修为。

诗歌是反复思考的产物，是将外界的对象、事件及内心的情绪、感受等反复思索并转化为自己的思想与认识。作为一个诗人的前提条件就是善于感知，将日常生活庸常的表象抽丝剥茧，寻找人类的精神之光。曾氏兄弟是诗歌的受益者，诗歌让他们的人生有了幸福和愉悦的光泽。因为诗歌，他们跟周围的人群相比，孤独和浮躁都减少了几分。

二、穿过时空的隧道，为生活、为故乡、为亲情、为友情而高歌

为生活、为故乡、为亲情、为友情而歌，这部分诗歌包括采风篇、故乡篇、孝亲篇、家教篇、手足篇、赠友篇。曾氏兄弟三人20世纪六七十年代出生在湖北沙洋毛李镇的长湖岸边，曾志辉在《长湖之恋》中这样写道："春暮踏莎相伴行，月清如水长湖滨。依依杨柳绕堤岸，渔女轻舟歌恋情。"一曲花鼓腔，走过等郎归的十二月；一束稻子，走过关公夜宴醉酒狂歌的好月亮；一支钢笔，走过春申君由此地下江南的七宝楼船；一缕沉思，走过群雄逐鹿的战国，却始终走不出四季轮

回的手掌。祖祖辈辈勤勤恳恳，也仅能勉强维持一代代的延续。小时候，曾氏三兄弟除在长湖边打鱼摸虾之外，常常放牧几头水牛，任它们去吃草，而他们倚靠在某个年代久远到湮灭不可考的坟包前，嚼食挖来的茅草根，或者叼一根狗尾巴草，呆呆地看云。风吹过来，太阳落下的方向，是他们曾家的祖坟，不用去看，那些按辈分依次排开的坟冢便了然于心。活着，先人们一辈子端着碗吃饭；死了，碗扣过来，压在他们身上，成了一个个覆碗般的坟。曾氏兄弟可能常想，先人在世上生龙活虎的时候，是否像自己一样，对这土黄的一切感到厌倦，而生出奔逃之心？

翻看诗文，感慨丛生，这里我推介曾昭俊的《清明怀父》《为母而作兼和二弟》，曾志辉的《工作室长湖采风》《悼姑母》，还有身处异乡的曾昭毅的《忆故园》《兄弟重逢》等诗歌。这些热爱家乡、幽思怀人、淡泊明志的诗歌，让曾氏兄弟的性情更加真实地显露。举不胜举，这里再举两例——

北望思亲
曾昭毅

落日西山远，岸堤归燕旋。
弯弯新月貌，袅袅晚炊烟。
绿柳曳长影，清江生细澜。
凭轩独北望，俯首忆慈严。

忆老母
曾昭俊

慈母生平多坎坷，回思往事泪滂沱。
苦持家计咽荷梗，甘为儿孙鬻手镯。
三地来回恋故土，一生劳作乐奔波。
如今驾鹤瑶池去，高立丰碑树楷模！

城市的喧嚣之下，曾氏兄弟借助笔，偷偷找到一条回乡的路，排解忧郁与孤寂，返回心灵的故乡："故园风雨旧，慈母鬓发新。欲语犹见泪，恨为他乡人。"（曾昭毅《回乡街中遇母》）长湖是他们的精神原乡，一块出入自由的写作根据地，那是他们可以放飞自我、文笔恣肆的天地。真的要感谢诗歌，这种短小凝练、内涵厚重的文体，让曾氏三兄弟能够在如今这个快节奏的时代，在城市钢筋水泥的丛林里，找到精神的乌托邦。

人与人的区别在于认知和格局，相比，曾氏兄弟的格局可能很小，就在自己的一亩三分地自娱，可是他们真的是挺快乐的。规律地生活，不故意地节外生枝，规律地写作，不被人打扰，取消无意义的社交，觉得自己的生活也相当丰富多彩。早起，写一首诗给晨露；睡前，朗诵一段美文给星辰。曾氏三兄弟一旦进入了诗歌状态，他们的灵魂就脱离了肉体，他们便没有阻隔，可以在时空中任意徜徉。他们的心时而如岸边的柳，风儿掠过的时候，他们会看着远去的大雁露出慈悲的笑脸；他们的心时而如结晶的冰凌，无论如何冷峻与深邃，他们也会把自己融化成柔软的水。这湾柔软的长湖之水，不仅仅有乡情、亲情、友情，其实也有爱情。中国文学有所谓的"诗庄词媚"之说，似乎风花雪月、才子佳人只专属于词曲小说和现代新诗，而律诗绝句除李商隐等诗人外涉猎者不多。兄弟仨中最年轻的曾昭毅却勇于尝试，在赠友篇里献给爱妻聂亮的情诗竟有10首之多，亦妻亦友，情意绵绵，真是"只羡鸳鸯不羡仙"啊——

月下行
——赠爱妻

曾昭毅

月下相携漫步行，秋风梧叶送寒声。
约言白首共今世，笑看夕阳拥晚晴。

诗人永远是个孩子，永远保持着热烈和天真，即使再冰冷，曾氏三兄弟也会用诗歌的热度温暖一切，因为他们希望一切美好！当曾氏三兄弟在现代性的时间和空间的挤压中重新面对大地、河流、山川及城市的时候，最考验他们的就是精神能见度。由此，诗文集《长湖浪花》就来到了我们面前。

三、对人生、对万物、对历史、对现实的思考，表达了作者对灵魂的凝视，对心灵的审视

积土成丘，集腋成裘。曾志辉先生写了很多篇自己命名为附记、补记的札记，特别是那些与教育教学相关的札记，我们读出了一个特级教师、湖北名师、正高级教师的教育情怀。

曾志辉说过，我不害怕自己的庸常，我只害怕自己将父母一点一滴地遗忘，所以亲情类的文章也能引起读者的共鸣。我们来赏读一下曾志辉的《清明长湖泛舟忆母》——

清明长湖泛舟忆母
曾志辉

湖中牛尾巴，清澈水无瑕。
昔日打猪草，舟楫载回家。
娘撑小船走，儿戏水中虾。
母子同甘苦，长湖逐浪花。
儿今回故里，娘在地底下。
阴阳两相隔，最念是我妈。

【作者附记】"腊月廿九急回家，下雪路滑心如麻。可喜老天终有应，如期而归拜我妈。"此诗于2005年所作，题为《过年回家路上》，

乃余平生写给母亲最"打油"的一首诗。可今生今世,余再也没有机会为活着的母亲写如此之"打油诗"了,余光中在《乡愁》中写道:"后来啊,乡愁是一方矮矮的坟墓,我在外头,母亲在里头。"

诸君请看,《长湖浪花》这部诗文集,大多像《清明长湖泛舟忆母》一样"诗不离附记,附记不离诗",诗和附记,珠联璧合,相得益彰,这种诗文结合的形式文坛上可能少见,某种程度上,有些附记(也就是我这部分所重点评述的"札记")比诗写得更加文辞优美,更加情真意切,"人生自是有情痴,此恨不关风与月"。

而我总在想,把人生的况味写成趣味,曾志辉肯定也是一个有趣的人。朱光潜说:"有趣的灵魂都有静气。"而这"静气"是作者在人世间观察事物、发现诗意的素养。深邃也罢,空灵也好,作者的执着与旷达都在他的诗文里。

曾志辉的札记,有细致入微的童心意趣,有别致动人的构思立意,也有信手拈来的比喻联想。每篇文章都贴近生活,或充满阳光,是对真善美的描绘和人性的挖掘,或是疼痛与反思。语言是扳机,灵感是扣动的手。时光变幻着鬼脸,作者变幻着修辞,作者的渴望,漩涡般强烈,皮肤之下,那么多热流、爱和痛。曾志辉用坚韧的语言对峙着内心,以决绝的方式,傲视生活的尘埃。写作,大概就是这样。我们每个人诉诸笔端的,不全然是佳作,甚至不必过分追求一篇篇满意的作品。只要写着,就好。

综观整部诗文集,曾氏兄弟志趣相投,修身齐家,立德立业;另一方面又各有动人之处,精彩异呈,互为补充。曾志辉名师以从教篇取胜,所作附记更是洋洋大观;曾昭俊校长多年从事教育教学管理工作,风尘仆仆,繁忙之余,研红占易,偶试身手,出则精品,不妨信手拈来一首——

春日读红
曾昭俊

爱将时日品红楼，常共石兄青埂游。
钗黛难分轩轾美，袭晴易犯芙蓉愁。
香菱斗草几回喧，红玉遗绢何处求？
借问世人谁解味，情痴千载空悠悠。

曾氏三兄弟，老大曾昭俊教初中，老二曾志辉教高中，老三曾昭毅教大学。据闻曾昭毅有"佛系教授"之美誉，为人谦和低调，研究医学、养生颇有心得，虽出身理科，却喜诗词文学历史哲学，尤爱兵法军事，诸君试看杂咏篇中《夏夜咏池》以及《〈孙子兵法〉学习口诀》战略、战术、将帅等诸篇，其人文素养可窥一斑。杂咏篇、咏史篇这两大部分诗歌，曾教授独占鳌头，兹录两首以飨读者——

夏夜咏池
曾昭毅

水浅鱼虾瘦，泥深鳅鳝肥。
若无秋雨至，应有春霖回。

戚继光
曾昭毅

鸳鸯阵法戚家枪，纪效新书天下扬。
虎士三千军律肃，倭奴十万贼心亡。
南平海波安社稷，北挫鞑虏固边疆。
国有良将国有辅，用兵行戚若金汤。

诗文永远年轻，均已年过半百的曾氏三兄弟也永远年轻！诗文集《长湖浪花》既有历史沧桑感的呈现，更有现代生活的礼赞，个体、历史、现实都在里面了。细品曾氏三兄弟的诗文，作者的思想、作者的爱恨情仇、作者的喜怒哀乐、作者的生存状态渐渐清晰起来；诗文不仅是或长或短的排行分列的文字，还是一个个鲜活的灵魂，丰润、立体地呈现在我们面前。透过诗文，我可以和作者对话，我能看到作者的思想和行走的痕迹，是诗文让曾氏三兄弟的人生充满温暖！

　　以上浅见，是为序。

2023年金秋清华园

（刘丰，清华大学长聘教授，博士生导师，入选中宣部全国文化名家暨"四个一批"人才，国家"万人计划"哲学社会科学领军人才）

目录
CONTENTS

故乡篇 ... 1

长湖之恋 ... 2
忆故园 ... 2
夏日毛李行抒怀 ... 2
重游毛李长湖有感 ... 2
游长湖谢家台 ... 3
虎年春节回乡 ... 3
北望故园 ... 3
异乡端午 ... 4
改梦诗一首 ... 4
工作室长湖采风 ... 4

孝亲篇 ... 13

回乡探母 ... 14
伤亡父 ... 14
悼大舅 ... 14
春节祭父 ... 15
清明悼父 ... 15

清明怀父··16
忆父亲··16
老母寻儿记··16
异乡思母··17
为母而作兼和二弟··17
北望思亲··18
报平安··18
回乡街中遇母··18
为小舅六十大寿补诗一首···19
阔别五载回乡省亲··19
先考曾广福墓志铭··20
腊月为先父立碑···20
大寒祭父··20
老母赴赣··21
国庆长湖祭祖··21
悼叔父罗士忠··22
装修库房迎母归···23
老母骨折卧床明志··23
一副手镯··25
一口木箱··25
忆老母··28
清明长湖泛舟忆母··29
许场老太君传奇···29
悼姑母··30

家教篇··33

贺外甥李杨生日并勉之（诗二首）·······································34

曾君临学习座右铭	34
秋夜思	35
爱子病中偶感	35
劝学	36
古榕	36
春柳	37
春晓	37
示儿	37
忆龙泉岁月	38
赠外甥无锡就职	39
送学路上偶见彩虹	39
偕爱子游晋阳	40
陪玩诗记	40
正月初五送外甥李杨无锡上班	41
侄儿曾理登科浙工大	41
为外甥李杨西安交大进修而作	41
作文口诀	42
《论语》断章	42
曾君临家教顺口溜	43
贺侄女高考升学南开大学	43
为侄女曾凤瑶南开壮行	44
偕侄儿"飞天雪豹"汉通游泳	44
清华游记	44
小女高考问鼎南开	45
小女南开大学考研喜报	46
小女春节携男友过门之想象	47
贺女儿曾凤瑶、女婿向圣辉喜结连理	48

贺女儿女婿乔迁之喜 50
写在爱女成长中（"日记"四十则） 50

手足篇 81

静夜思 82
遥寄赣南医学院吾弟 82
2006年春节和志辉兄长 82
为大哥二哥已过不惑之年而作 83
离乡 83
兄弟重逢 83
九月九日赠故乡兄长 84
赠贤弟"起夜改诗" 84
异乡寄湖北兄长 85
兄弟赣州会师 85
兄长赣州行记 86
贺神舟天宫对接成功 86
和弟《贺神舟天宫对接成功》 86
送贤弟父子二人（诗二首） 87
为兄长曾昭俊五十寿辰而作 87
五十自嘲 88

赠友篇 89

和《为曾老师画像》 90
为二姨妹出阁赋诗一首 90
赞白衣天使 90
忆长沙 91
陶婚八周年纪念 91

一医住院赠杨主任医师 …………………………………92
即席诗一首 ……………………………………………92
赠爱妻 …………………………………………………92
贺新年 …………………………………………………93
春节后回赣赠妻 ………………………………………93
戏爱妻 …………………………………………………93
送妻赴京进修 …………………………………………94
十年锡婚赠别爱妻 ……………………………………94
"绣娘"刺绣记 …………………………………………94
赠远在北京之妻 ………………………………………95
再赠爱妻 ………………………………………………95
爱妻归家 ………………………………………………95
月下行 …………………………………………………96
在荆旧友聚会喜迎钟守军回家 ………………………96
赠北京诸位弟子（诗三首）…………………………96
赠友人罗云奎 …………………………………………97
贺2000届弟子周琼喜结良缘 ………………………97
蓬莱七夕与妻诗 ………………………………………98
谑赠徒儿杜雯三十五岁生日 …………………………98
谑赠"五朝元老"诸弟子 ……………………………98
赠掇中范江华老师 ……………………………………99
赠江城弟子 ……………………………………………99
赠"最美援藏教师"金兴旺 …………………………99
荆门汉通游泳馆偶遇弟子尉书楼以赠 ……………100
和贵州崔克榜老师 …………………………………101
致退休教师（诗三首）……………………………101
赠友人宋宏伟 ………………………………………103

从教篇 ·· 105

"同桌的你"联手赛箴言 ························· 106
为掇中《青梅》文学社复社而作 ··············· 106
掇中2006届高三开工会 ························· 106
掇中30年校庆暨高考展望 ······················ 106
为赣医药学院文艺盛会而作 ···················· 107
静斋主人教师节自题 ····························· 107
无题小诗 ·· 107
为教满三十而作兼赠友人 ······················· 108
从教二十三年感怀（诗二首） ················· 108
执教十六载述怀 ··································· 109
贺掇中2011年秋季田径运动会开幕 ··········· 109
记"一师一优课，一课一名师"活动 ············ 110
教学比武歌 ··· 110
河北衡水中学学习感言（诗二首） ············ 111
为高三教师桂林之旅壮行 ······················· 112
三月调考后赴仙桃中学取经 ···················· 112
高考百日誓师誓词 ································ 112
掇中2015年高考出征 ···························· 114
为掇中师生高考出征壮行 ······················· 115
掇中2015年高考大捷 ···························· 115
掇中不惑之年升格市直学校志庆 ·············· 115
"教师节"自题小像（组诗六首） ················ 115
军训诗记（诗三首） ····························· 120
"曾志辉名师工作室"自题小像 ·················· 123
腹有"国学"气自华（七则） ····················· 124
十五年后重做班主任 ····························· 127

听省语文教研员蒋红森老师讲经（诗三首）……128
"楚天卓越工程"台湾培训诗记（九则）……129
愧为特级教师……131
"评特"嘚瑟……132
出征吧，2019年高考……133
贺全国名师工作室联盟银川博览会召开……135
贺荆门掇中、利川五中结对互助……136
我之语文教学观……137
题"湖北名师曾志辉工作室"……137
提前批"三元及第"诗……139
贺第四届全国名师工作室海口学术年会召开……140
高二（12）班"班级公约"……140
高二（12）班"文明宣言"……141
"荆门名师工作室赴汉培训"诗记（六则）……141
"楚才卡"嘚瑟言志……143
愧为正高级教师……144
正高职评感怀……144
贺第五届全国名师工作室联盟嘉兴年会召开……145
贺湖北荆门、新疆精河教育结对（诗二首）……147
美丽校园我的家（组诗十首）……147
《学子习作选》自序……161

采风篇 …… 181

与王维老师秋泳凤凰水库……182
荆门首届"油菜花节"郊外踏青……182
赴南昌"起义"寄友人……182
登滕王阁寄友人……182

春游	183
江晚	183
无题	183
江浙之行（组诗十首）	184
送学路上和诗一首	187
"七一"游三峡人家	187
江边夏夜	188
金盆山采药	188
游江西万安水电城	188
游凤凰古城	189
国庆游通天岩	189
游借粮湖	189
漳河忆昔	190
西津河忆昔（诗二首）	190
南行漫记（并序，组诗十四首）	191
游井冈有感	196
厦门游记	197
三江源游记	197
渤海湾游泳	197
游河北衡水湖	198
民盟鄂东行（诗二首）	198
早春漳河踏青	199
补习学校最美采风（诗五首）	199
山东万里采风行（组诗十二首）	201
仙居生态茶园观光	205
宜昌五峰观光（诗三首）	206
江浙采风万里行（组诗六首）	208

"快乐驿站"快乐行（组诗九首）……………………212

西行漫记（组诗八诗）………………………………215

"国庆"栗溪游…………………………………………218

游大观园………………………………………………218

台湾培训花絮（组诗五首）…………………………218

"五一"假漳河野炊……………………………………220

游三峡九凤谷…………………………………………221

到宁夏，给心灵放个假（诗二首）…………………221

掇刀民盟一行调研漳河三干渠………………………222

七绝……………………………………………………222

江南好，风景旧曾谙（组诗七首）…………………222

浪淘沙·再游漳河……………………………………225

绍兴朝圣………………………………………………226

游福州森林公园………………………………………226

过亭江炮台……………………………………………227

咏史篇 …………………………………………229

昆明悼民盟先驱闻一多………………………………230

闻一多…………………………………………………230

观隋朝名将贺若弼史有感……………………………231

武侯……………………………………………………231

唐明皇…………………………………………………232

司马懿…………………………………………………232

评诸葛孔明……………………………………………233

岳飞……………………………………………………233

看图限时诗五首………………………………………234

伤蜀……………………………………………………235

李渊 235
曾国藩（诗二首） 235
郑和 236
戚继光 237
左宗棠 237
咏左宗棠兼和小弟 238
林则徐 238
马援 238
周亚夫 239
屈原 239
李牧 240
廉颇 240
郭子仪 240
咏易安居士 241
孙膑与勾践 241
悼民进泰斗雷洁琼女士 241
重读《李愬雪夜袭蔡州》有感 242
曾纪泽 242
内蒙访古（诗二首） 243
观秦陵兵马俑有感 243
苏武 244
咏林冲 244
悼诗人汪国真 244
悼杨绛先生 245
同学少年，修学储能 246
咏毛泽东 246
怀念周总理 247

读苏轼《贾谊论》有怀 247
土木堡之变 247

杂咏篇 249

四十抒怀 250
民盟荆门市委年终文艺盛会即席而作 250
夏夜咏池 251
2006年初加入农工党 251
辞旧迎新抒怀 251
晚秋述怀 251
无题 252
除夕偶句 252
悼玉树地震死难者 252
病中输液 253
无题 253
慎言 253
端午节偶句 254
中考偶感 254
夏夜思 254
四十抒怀 255
警世醒言 255
酷暑喜雨 255
一医住院有感 256
醉酒梦中偶得 256
孟秋出院畅游荆门汉通游泳馆 256
秋夜述怀 257
中秋感怀 257

晚练	258
观省运开幕式（诗二首）	258
月下独步	259
冬晨	259
重读《战国策·冯谖客孟尝君》	259
斑鸠放生记	259
戏言打牌赌博者	260
悼三舅兄妻宋腊芳	260
《孙子兵法》学习口诀（诗三首）	261
长寿养生歌	262
梦中吟诗一首	263
中国有了航母辽宁舰（诗三首）	263
观湖北首届精品菊展	264
端午	264
自题	265
猴年大姨姐家共度除夕	265
向不良嗜好宣战	266
掇中1997届弟子荣归母校	266
生肖诗六首	267
1997届弟子毕业20年聚会	269
悼大舅母香姐	272
悼大姐夫鲁志兵	272
贺民盟荆门高新区·掇刀区总支成立	273
民盟总结与联谊纪实	274
"人老不中留"感怀	275
知命之年重读《红楼梦》	275
"龙威曳舞团"简介	275

悼连襟郝正春英年早逝 ……………………………………… 276
疫情"阳"中遣怀 ……………………………………………… 276
祭妹曾虹 ……………………………………………………… 277
白杨礼赞 ……………………………………………………… 277
"长跑诗人"歌（并序，"日记"十八则）…………………… 278

曾氏姓考 ……………………………………………………… 286

吾辈不才难得志，子孙有幸酬家国（后记）………………… 287

故乡篇

长湖之恋

曾志辉

春暮踏莎相伴行，月清如水长湖滨。
依依杨柳绕堤岸，渔女轻舟歌恋情。

2005 年 5 月

忆故园

曾昭毅

故园遥忆长湖边，明月清风霞满天。
稻花香闻炊烟起，莲叶碧透菱藕甜。
挥波畅游消炎夏，歌咏还家恨天晚。
独在异乡愁不尽，雨声一夜思归田。

夏日毛李行抒怀

曾志辉

别梦依稀四十载，魂牵故乡长湖行。
兄弟相见鬓有丝，遥忆儿时摸鱼情。

2006 年 7 月

重游毛李长湖有感

曾志辉

少小嬉游长湖边，采莲摘菱趣难言。
今朝击打风浪里，徜徉水中叹蓝天。

2006 年 8 月

游长湖谢家台

曾志辉

大禹治水长湖过，肩挑扁担两土箩。
艰难跋涉粗绳断，化作两台一条河。

2006 年 8 月

【作者注】"两台"指长湖的谢家台和渔家台，"一河"指长湖的支流——扁担河。

虎年春节回乡

曾昭毅

虎年回乡度新春，千里路遥感触深。
美酒佳肴天天醉，纸牌家常夜夜沉。
岁月匆匆催人老，亲友相见频相问。
吾辈常言奋斗苦，子孙多思读书勤。

2010 年春节

【作者附记】因学习工作之故，余七年未在家乡过年矣。2010 年虎年春节，余携妻儿千里返乡，作此诗以记之。

北望故园

曾昭毅

柳岸绿波夕阳红，故园遥在群山中。
何当共剪西窗烛，一江明月一帆风。

2010 年 6 月 21 日

【作者附记】余工作在江西赣江上游赣州古城，赣江北上注入鄱阳湖，与长江相通。而余之故乡在湖北长湖之滨，亦与长江相通。

异乡端午

曾昭毅

重五逢微雨，清风乃徐徐。
厨下煎炸热，釜中鸡黍熟。
搔头怜发短，举酒叹杯孤。
三盏人已醉，梦乡吟诗书。

2011 年 6 月 6 日

改梦诗一首

曾昭毅

推波逐浪谢家台，采菱摘莲品茭白。
美丽家园今何在？少时情景入梦来。

2012 年 11 月 18 日

【作者附记】余少年时居湖北第三大湖——长湖之滨，有一处俗称谢家台，此处沙石水底，适于游泳，彼时湖水清澈，饮用甘甜，莲菱鱼虾丰富，水边长满茭草，其芯白嫩，甜而可食，岸上层层稻田，真正的鱼米之乡。然 20 世纪 90 年代中后期，湖水污染，水已不可饮，不适游泳，鱼虾菱莲绝迹，湖底淤泥深厚，水中杂草丛生。近日中国共产党第十八次全国代表大会首提"美丽中国"之语，触心中情愫，今夜梦少时家乡生活情景并作诗一首，梦醒修改而记。

工作室长湖采风

曾志辉

人间四月天，最美是长湖。
又见野花闹，复闻家雀呼。
嘉宾风采具，贤主殷勤独。
待到菊黄日，还来品蟹无？

2017 年 4 月 17 日

【作者附记】 2017 年 4 月 3 日，余与掇刀石中学"曾志辉名师工作室"成员黎峰、刘武忠、杜雯、邵华、周晗及卢克宝、刘丰等老师、家属一行共 13 人，前往毛李，泛舟长湖，其间受到了工作室成员、余之兄长曾昭俊的热情接待。采风以记。

【附一】

春日绝句（诗三首）

荆门市掇刀石中学　黎峰

（其一）

阳春三月归故乡，小车伴我似飞翔。
风吹娇柳何不醉，尽嗅野花扑鼻香。

（其二）

朋友相邀长湖游，尽逐春风一叶舟。
我欲乘之三千里，夹岸杨柳多情留。

（其三）

春色从东来，遽然满湖中。
时有落花至，幽香醉意浓。

【附二】

长湖渔歌

荆门市掇刀石中学　刘武忠

1

2017 年 4 月 3 日，高速公路上
我看见死者眼里的日月依然耸立
作为行走者，我饥饿的双眼总想攫住点什么
我去沙洋毛李长湖，在早晨
朝霞烧尽燕子眼里荒凉的时候

喧闹的江汉平原还没交出惊涛骇浪
这万物之上敞开门窗的屋舍
青草蓬勃，绿浪飞奔
流水又照见了一个时代的信物
我要把缤纷的花和贪婪都放下

2

长湖岸边停了一只船
它孤独很久了，水草缠着它
也缠着它破旧的光阴
撑船人去了哪里
我用一些颜色
比如任性的红，动荡的宝石蓝
我需要它们来识破船身后
藏在生活背面的脸

3

毛李镇上无名纸花店
那个在纸上打拼的人
他从一把剪刀的谦卑里起身
更多的时候
他在一张纸上内心的祷告被打碎
他怀有潮汐，喜欢在春光乍露的时候
让自己在清明前后的青草地上歇一歇
对于苍生，他的理解辽远而隐秘
让我让你让他也能在阴影上
找到自己丢失的部分

4

突然亮开转弯的嗓子
唱出的等郎调被阳光涂得油光发亮
像空中一把飞散的银圆
让我看不清阳光背后究竟有多少幸福

5

在长湖边

把最后的手势省略了

春天又绿

是万物出世的任务

那轻小的向上

是我语言葱茏的华章

天地啊

别送了

我河水一样的命运

眨眨眼

有一颗心拱入湖水

将一口气憋得好长

6

南下

长湖与我近在咫尺

却仿佛远在天涯

我听见它的喘息声

从网眼里传来

一路过掇刀,经五里,穿拾桥

我想把沿途长湖的水翻手成雨

洗云朵,洗绿树鲜花

洗佛心中的那一片深蓝

我不敢轻启唇口

与来来往往的渔民相认

害怕我对它心心念念的热爱

被不纯正的毛李话出卖

若可以我愿成妖成魔

咳出一抹月色

温润长湖

7

给长湖一个座位
它就有了坐北朝南或坐东朝西的宽阔
给我纸笔
就有了划向湖心的船桨
不能否定春雨的魅力
就如同不能否定春天里的温暖
季节里总有不肯认输的事物
一场雨来了,湖畔的柳叶依旧青黄不匀
毛李老街的仿古建筑
绿色覆盖了黛青色的瓦
屋檐下红色的灯笼在微风中轻轻晃动
它们在水中的倒影
衬着长湖天空深层的蓝色

8

有人在密林后面
诵唱我耳边的桑麻
毛李人家的牡丹,粉嘟嘟的了
翻检春光的人在我体内打坐
领认一个前世
残荷为谁而残,善感的人到处是暗香
我因此有双倍的日暮
在此间丛生白马
我因此有未了心愿终年悬挂
由此路冲开我的生命,以一种痛到达
他让南风包围我
他让我活在没有面积的怀抱里
我就自己站出来
指点一下隐约青山雨色何如

【附三】

和曾志辉《工作室长湖采风》（诗四首）

荆门市掇刀石中学　黎彪

（其一）

人间四月最美天，长湖十里风浪尖。
清明采风新收获，酒后吟诗赛神仙。

（其二）

四月花红春将尽，枝头吐绿叶成荫。
暮春时节天渐热，忙里偷闲多养身。

（其三）

曾君执教三十载，志在教研课内外。
辉生笔下诗如潮，情系长湖花似海。

（其四）

四月，风为伴，雨为媒，日为证，如期而至！
大自然在春日暖阳的季节，张开双臂，拥抱着善良和勤奋的人！
三月风筝飞满天，四月最美在人间，五月红花遍地开，六月激情永无边！

【附四】

长湖风物杂咏（七绝八首）

荆门市教育质评中心主任　熊虎

（一）

咏针鱼

嘴带吴钩立仲秋，体长身细纵风流。
群游御宴成嘉馔，收复舌尖五十州。

（二）
咏银鱼

娇小玲珑两寸长，冰清玉洁水中王。

名厨御膳鲜天下，味震乾隆第一汤。

【熊虎注】第一汤，传说乾隆年间，有一大臣来到沙洋县长湖之滨——后港镇（长林），吃了银鱼汤后赞叹不已，将银鱼带回献给皇上，乾隆皇帝命御厨做成鱼汤，细细品尝后惊叹："此乃天下第一汤也！"他遂挥笔写道："上苍美味天鹅肉，人间佳肴银鱼汤。"

（三）
咏大青鱼

记得当年湖上飞，头圆体大肉丰肥。

如今身价连年涨，瓦块腊鱼梦里归。

（四）
咏毛哈鱼

貌似刁鱼非俗刁，裙边锯齿美形标。

名虽老土身惊艳，海味山珍竞折腰。

【熊虎注】刁鱼，指刁子鱼。

（五）
咏藕带

千呼万唤出湖沟，妩媚娇憨不胜收。

脆嫩鲜香名盛宴，银装素裹作珍馐。

（六）
咏香莲

青宫卓立自嫣然，带涩含羞献客前。

佐酒烹茶零嘴俏，无人不赞楚香莲。

（七）
咏菱角

米花紫蔓水中游，带刺玫瑰戏二流。

慢剥甲衣身白嫩，沉鱼落雁炒清秋。

（八）
咏螃蟹

肉肥膏满挤滩田，饕餮食家对酒眠。
不是长湖螃蟹美，何居毛李小村边。

【志辉附记】 欢迎大家有机会到长湖一游，菜肴就是荆门市教育质评中心熊虎主任所咏的长湖风物八样。读了熊主任的《长湖风物杂咏（七绝八首）》，口角生香，回味无穷，令我这个"长湖浪花"不胜羞惭，"于我心有戚戚焉"！熊虎主任堪称我们长湖人民的骄傲，诗人型、学者型的领导也，竟然能将针鱼、银鱼、大青鱼、毛哈鱼、藕带、香莲、菱角、螃蟹这些风物吟咏成诗，且格律规范，用典自然，真乃脍炙人口，作者的悯农情怀、阅历识见、文学造诣可见一斑也！诗耶？美味耶？托物言志耶？长湖之广告耶？《长湖风物杂咏（七绝八首）》曾蒙熊主任赐稿刊登在"曾志辉名师工作室"里，现收进《长湖浪花》，令诗文集蓬荜生辉啊！

周晗点评——
我也是从小在长湖边上长大的，很有共鸣，只是写不出这样的诗。

黎彪点评——
2018年，国家首次设立"中国农民丰收节"，提升农民的荣誉感、幸福感、获得感。作者是农民的儿子，但是在教育行政管理岗位上几十年，他有一种激烈、热爱、执着的教育情怀，内心更有一种勤奋、善良、朴实的农民情怀。从上次的农谷杂咏到今天的长湖风物杂咏，共18首诗，让我们回味无穷。

孝亲篇

回乡探母

曾志辉

细雨绵绵落,寒风瑟瑟吹。
迟迟归故里,怜母颤巍巍。

2005 年

伤亡父

曾志辉

我父名讳曾广福,一生忙碌一生苦。
不才儿孙将尽孝,奈何福浅溺酒壶。

2005 年

【附】

清明抒怀

荆门市掇刀石中学　黎彪

父亲坟前寄思念,感叹人生一挥间。
光宗耀祖无建树,更待后人谱新篇。

2011 年 4 月 5 日

悼大舅

曾昭毅

舅父仙逝河山悲,肝肠痛断人未归。
依稀梦里邀相见,扬鞭上马声声催。

2006 年 4 月

【作者附记】此诗于大舅去世当晚梦中所作。余远在江西,梦大舅亡故,不禁悲从中来,作此诗以怀念大舅;次日接志辉兄长短信(阿母兄妹十有一,少小走亲难舍离。忽闻舅父撒手人寰,泪飞化作倾盆雨),方验证梦中之事,当即将梦中之诗略改发至兄长。余常感叹人生某些境遇奇妙,非常理可解释也。

春节祭父

曾昭毅

长湖野田菜初黄,春节扫墓祭祀忙。
纸钱飞飞鞭声震,儿孙簇簇酒胙香。
老父坟中一抔土,常使吾辈痛肝肠。
追思生前教诲语,方知勤俭兴家邦。

2010 年 2 月

【作者附记】2010 年春节,余兄弟姊妹妻子儿女齐聚父亲坟前祭拜,作此诗以表达对父亲怀念之情。

清明悼父

曾昭毅

南国春雨细如丝,江边遥祭清明时。
一生勤苦谁人问,两袖清白我辈知。
青山座座遮泪眼,稚子陶陶引愁思。
先父虽逝精神在,儿孙万代传承之。

2010 年 4 月

【作者附记】2008 年,清明节第一次成为国家的法定节假日。身处异乡的游子,时时思念故乡,怀念早逝的父亲。谨以此诗,表达对先父的敬意和缅怀之情。

清明怀父

曾昭俊

清明时节雨纷纷，遥思先考痛心扉。
箩筐挑大六儿女，圆盆撑出三是非。
夜深犹算流水账，病笃尚思后园梅。
吾侪今朝衣食足，慈颜不见腑内悲。

2010 年

【作者附记】记得幼时父母走外祖母家，都是用竹箩挑着我们几个。后来在长湖用大盆打鱼，还多次遭包湖者威胁。离世前几天仍盘算着炸油条之事，絮叨着后园的梅竹。每每念及于此，唏嘘不已。

忆父亲

曾昭毅

风雨如磐思故园，翠竹森森旧屋残。
两行杨柳存希冀，数亩薄田打鱼钱。
重病不治伤心绝，无助老母泣榻前。
人生苦短若慈父，长教儿女泪涟涟。

2010 年 4 月

老母寻儿记

曾志辉

两日出行未家宴，惶惶老母白发添。
夜寻刘家来探问，只盼儿影入眼帘。

2010 年 4 月

【作者附记】2010 年 4 月 1 日，余外出开会，两日未食家炊，2 日晚老母亲寻至学校对面关公刘家，余恰在此地用餐，闻母"看儿一眼"之言，不禁感慨"谁言寸草心，报得三春晖"，作诗以记。

异乡思母

曾昭毅

七旬老母惹人怜，不孝子孙远天边。
养育之恩比天大，北望故乡又一年。

2010 年 4 月 18 日

【作者附记】人生一世，忠孝二字——于国家尽忠，对父母尽孝。余在外学习工作，不能在母亲膝前尽孝，但余立誓尽力奉养母亲，让母亲安享晚年，不敢怠也。

为母而作兼和二弟

曾昭俊

母年喜惧应时知，儿辈敬老数谏几。
掘地岂学郑寤生？怀橘敢笑陆公绩。
色难易忘圣贤语，气短长思冥寿衣。
三地迁挨度晚景，慈颜何悦叹嘘唏。

2010 年 4 月

【作者注】《论语》中言对父母年龄"一则以喜，二则以惧"，要时时知道；对父母的过失可多次进行轻微劝谏（"几"可通"讥"或"讽"，用含蓄的话暗示或劝告），如不从要"又敬不违，劳而不怨"；最大的孝是"色难"，"色难"即子女侍奉父母要长期保持恭敬的容色最难。

郑寤生，即郑伯（郑庄公，有"多行不义，必自毙"之名言），春秋初年郑国国君。其母姜氏因其"寤生"（出生时逆产，遂取名为"寤生"）受到惊吓而"恶之"，后姜氏与幼子共叔段联合谋反，郑伯克段于鄢，流放姜氏，且曰："不及黄泉，无相见也。"后"阙地及泉，隧而相见"，母子和好如初。

陆绩，三国时吴人，官至偏将军、郁林太守。绩年六岁，于九江见袁术。术出橘，绩怀三枚，去，拜辞堕地，术问，答曰："欲归遗母。"术大奇之。

"三地迁挨"指母亲在沙洋毛李、荆门掇刀、江西赣州轮流度年。

北望思亲

曾昭毅

落日西山远，岸堤归燕旋。
弯弯新月貌，袅袅晚炊烟。
绿柳曳长影，清江生细澜。
凭轩独北望，俯首忆慈严。

2010 年 5 月 1 日

【作者附记】就写诗而言，诗之情意表达与诗词格律，余常感"鱼和熊掌不可得兼"，本诗勉力为之。

报平安

曾昭毅

千里赣江无片帆，故园遥望万重山。
借询北去疾归雁，凭君传语报平安。

2010 年 5 月 11 日

【作者附记】2010 年 5 月 10 日，母亲思儿嘱侄女曾亚兰屯询余之近况，余作此诗向母亲报全家平安，并向母亲问安。

【志辉附记】5 月 9 日是母亲节（5 月第二个星期日），余问候母亲并孝敬 100 元人民币也。6 月第三个星期日是父亲节，父亲生前我们从未想到过父亲节，现在我们也做了父亲，而父亲离开我们已十六载有余，真是"子欲孝而亲不待"："今日闻知父亲节，我思我父在心田。一抔黄土十六载，每每念及泪涟涟。"

回乡街中遇母

曾昭毅

故园风雨旧，慈母鬓发新。
欲语犹见泪，恨为他乡人。

2010 年 6 月 18 日

【作者附记】虎年春节,别母五年后,余携妻儿回乡。连日阴雨绵绵,傍晚时分行至街心,时母亲于人群中冒雨蹒跚相迎,稚子早见,叫一声奶奶,余母子重逢,见七旬母亲鬓发皆白,较从前衰老许多,不禁百感交集,作此诗以记之。

为小舅六十大寿补诗一首

曾昭毅

小舅今岁登花甲,愚甥路远未归家。
举杯遥祝福寿全,家业年年锦添花。

2010年6月

【作者补记】2009年11月25日,小舅六十大寿,念余路远未邀。春节给小舅拜年,小舅因偶染微恙,语颇凄切,言七十大寿必邀余回家,余许之。补诗以记。

阔别五载回乡省亲

曾昭毅

一夕北风紧,万里迟归人。
故国悯游子,华发怜幼孙。
浩浩长湖水,悠悠慈母恩。
膝前诉别恨,涕泪沾衣襟。

2010年8月17日

【作者附记】2010年春节,余阔别故园五载后回乡省亲,母子重逢;年逾七旬之母亲又见到七岁之幼孙君临,喜不自禁。余在赣之初五载,经济拮据艰难,有不堪回首之慨。诗以记之。

先考曾广福墓志铭

曾志辉

曾考恩德昭后人，广荫子孙代代兴。
福山丽水永相伴，教诲无声胜有声。
年仅五旬驾鹤去，长使儿女泪满襟。
勤俭清廉正气在，我辈忠孝不忘本。

2012 年 3 月 5 日

【作者附记】先父曾广福（1939—1994），沙洋县毛李镇长湖村六组人氏，中共党员，曾任大队会计（十里八乡有名的"曾会计"），一生为人正直，疾恶如仇，清廉为官，于公私财物"秋毫无犯"。后离职务农，因积劳、饮酒致使肝硬化而去世，享年仅 55 岁。"我父躺在长湖滨，清明时节倍思亲"，清明将至，作诗以悼。

腊月为先父立碑

曾志辉

墓碑静静立，冻雀声声啼。
逝者恩德在，青山碧水依。

2013 年 1 月 27 日

【作者附记】今天是农历 2012 年腊月十六日，因曾许下待小女考上重点大学为父立碑之愿，故携女回故里与兄长等人遂此心意。墓碑正面大书"故先考曾公讳广福老大人之墓""青山永在，富水长流"字样，此外还刻有先父生卒年月日、立碑时间、立碑人姓名（即吾兄弟姐妹六人）及其婚配、子嗣等。愿逝者安息，庇佑子孙后代；生者安康，幸福美满生活。作诗文以记。

大寒祭父

曾昭俊

寒日回家园，树碑祭父殇。
老兄观地理，小妹叹天亡。

侄女抱衣立，孙男运土忙。
亲人相告慰，魂绕白水旁。

2013 年 1 月 27 日

老母赴赣

曾志辉

故土难离老母愁，母行千里儿担忧。
子孙仁孝乃天理，直把赣州作楚州。

2015 年 3 月 17 日

【作者附记】2015 年 3 月 17 日，弟由江西赣州回荆接老母，77 岁的老太太第一次出省，第一次坐火车，今日得知已平安抵赣州弟家，作诗以记。

国庆长湖祭祖

曾志辉

寄身荆城住，最爱是长湖。
急急归故里，自由好出入。
长湖有我根，首要当祭祖。
安步且当车，莫让心为奴。
虔心千万步，又见我老屋。
叔父忙农事，偕婶我非独。
坟上秋草黄，人去一抔土。
坟前化冥纸，雁过北风呼。
焚纸燃坟草，蔓延坟旁谷。
阿婶寻棒打，我用双脚扑。
貌似跳大神，犹作火凤舞。
事态终平息，叩首诉肺腑。

一叩拜苍天，长赐寿禧禄。

二叩拜大地，感念先辈苦。

三叩拜神灵，永保子孙福。

逝者恩德在，请佑我老母。

小女正考研，但愿助读书。

墓碑静静立，湖水为我哭。

依依我作别，回首意踌躇。

忠孝节义悌，阴阳不单孤。

2015 年 10 月 4 日

【作者附记】国庆期间，外甥李杨之子抓周，余回毛李老家。4 日上午，余从毛李镇出发步行八九里（约 55 分钟，往返均如此），前往长湖村祭祖，为小女考研、为亲朋好友祈福！在给祖母、父亲烧纸钱时，引燃了坟上之草，又蔓延到坟旁的再生稻谷，风助火势，烟雾顿起，叔婶用棍棒扑打，余则卷起裤腿双脚踩踩，此所谓"跳大神，火凤舞"之谑也。作诗文以记。

悼叔父罗士忠

曾志辉

早岁求学路坎坷，有叔待我恩情多。

天不假年君早逝，长使亲朋痛心窝。

2016 年 5 月 12 日

【作者附记】叔父（小爷）罗士忠是荆门市民政局副县级干部，曾在教育、民政等部门做出过重大贡献，2015 年刚退休，今年 5 月 10 日竟因病与世长辞，享年 61 岁。惊闻噩耗，今天（5 月 12 日）上午，余前往殡仪馆，感怀逝者恩德，往事历历在目。余读长湖小学时，小爷曾是学校老师；余读龙泉中学时，曾多次到小爷那儿（小爷当时执教于三三零水泥厂职工子弟学校）觅食打牙祭，并借此求教学习上的一些问题。余高中求学，举目无亲，生活维艰，精神压抑，小爷的关怀曾让我感受到了人世间的一丝温暖，真可谓"春风吹绿了少年的心"……如今小爷竟英年早逝，孙儿尚在儿媳腹中，更让年已八旬的姑奶奶白发人送黑发人！

呜呼哀哉，一路走好，我的小爷，我的师长！逝者安息，生者善存，诗文以记。

【作者补记】余在龙泉中学读书时，曾多次步行到罗士忠小爷所执教的三三零子弟学校去改善生活，然后由其弟罗士林小爷用自行车送余返回学校。余后来爱人找工作、女儿出生这些事情也承蒙罗士林小爷帮忙，余此次将《悼叔父罗士忠》的诗文寄发出去，罗士林小爷要我们以"珍惜身体，孝顺长辈"这八个字共勉！

装修库房迎母归

曾志辉

八旬我老母，体弱难登楼。
车库今修缮，何时别赣州？

2016 年 8 月

老母骨折卧床明志

曾志辉

老母骨折卧病床，吃喝洗漱靠人帮。
古来忠孝难兼顾，今愿辞官做孝郎。

2016 年 10 月 9 日重阳

【作者附记】2016 年 9 月 30 日，老三曾昭毅将年近八旬的老母亲从江西赣州送回毛李，国庆节又和我们一起送来掇刀，10 月 2 日上午老母因以前生病体弱，加之千里跋涉以及高血压、头晕等疾病，不幸再次摔跤骨折，3 日贤弟返赣，5 日老母入住掇刀医院。入院这些天，余夫妻二人轮番守护，并为老母喂饭喂水、端屎端尿、擦洗涂粉。今天是重阳节，余作诗一首以明心志（我们应该一代又一代地互为表率孝敬老人："父母在，人生尚有来处；双亲去，此生只剩归途。"），并将 10 月 8 日呈递给学校领导的《"辞官"请示》附于其后，其实我并非官身，只是在学校做点杂事而已，无官可辞，所谓"辞官"乃从杂事中解脱之意也。

【作者补记】本人首次呈递《"辞官"请示》未被应允，后再三辞请，2017 年春季学期学校、市局最终同意本人辞去校教科处主任、党委委员之职，这一年本人 51 岁。

【附一】

"辞官"请示

罗校长及校党委：

　　因八旬老母摔跤骨折住院，昼夜需要护理，爱人忙不过来，我更须尽人子之道。自古忠孝不能两全，国庆期间照顾老母已令我身心憔悴，加之现在教科处工作比较繁杂，为使学校教科研工作不受损失，就教科处主任之职特提出如下建议：第一，恳请辞去教科处主任一职，学校择贤另任，此乃长久之策；第二，教科处工作目前开局尚好，已能正常运转，学校领导可让陈万副主任主持教科处日常工作，而让我从旁协理，此乃本学期权宜之策。

　　以上两点，请罗校长及校党委指示并定夺，我服从组织安排。

曾志辉
2016年10月8日

【附二】

致曾君高风亮节"辞官尽孝"

荆门市掇刀石中学　黎彪

　　为官一任情满怀，十年磨砺尽风采。
　　家有老母病缠身，辞官尽孝老男孩。

【附三】

重阳节抒怀

荆门市掇刀石中学　黎彪

　　一日秋气一地霜，游子思亲又重阳。
　　蟹肥橙黄风物美，妻女作伴好还乡。

2011年10月5日

一副手镯

曾志辉

陪嫁手镯重似金，换得学费为儿身。
造福后代眼光远，最是动人慈母心。

2017 年 1 月 3 日

【作者附记】1979 年秋季学期，余以毛李片第一名的成绩由长湖小学初一考入毛李南华中学初二，父亲留下 10 元钱因事外出，开学在即，母亲只好将自己的一副陪嫁手镯折卖了 5 元，其中 2.5 元凑足了 12.5 元的学费，剩下的 2.5 元母亲为余买了笔、书本等学习用品。与余同时以第一名的成绩考入南华中学初一的大妹曾虹，却因为举步维艰的家道和重男轻女的观念，被迫重读长湖小学五年级而最终辍学。《一副手镯》的故事是余今生最大的痛，也是余苦读诗书以报答父母的原始动力，余后来曾以赎罪还债的心态"弃文教理"，亲自教了大妹儿子李杨三年高中，李杨也发愤争气地考上了大连理工大学，大妹他们一家现在也终于过上了幸福美满的生活。如今老母骨折卧床并引发多种疾病，也慢慢将要走到她生命的尽头，特作诗文为母亲祈福！

一口木箱

曾志辉

一口木箱两代携，漳河母用儿求学。
人生自是有传递，血脉相连恩不绝。

2017 年 1 月 3 日

【作者附记】1980 年在毛李南华中学念初三时，余开始住读，记得母亲送余一口黄漆木箱以装书本衣物，并告诉余这口木箱是她年轻时修漳河所用。这口木箱后来又随余上龙泉中学，记得某年春节期间母亲冒着风雪挑着那口木箱送余上学乘车，余上车之后母亲还站在风雪之中目送，那时母亲 45 岁左右；后来这口木箱还随余上大学，又跟着到余教书的第一站（李市中学）。1993 年余在李市中学结婚，皮箱代替木箱，那口伴随余 13 年之久的木箱便退伍而不知去向了，真是可惜了母亲上漳河的这个"古迹"（母亲语）。母亲修漳河结束返回毛李时，那时交通不便,全是步行,曾经挑着那口木箱首次路过掇刀这个"外国"(母亲语),不想晚年的母亲冥冥之中却跟余在掇刀石中学生活了十来年时间。母亲这个人吃苦耐劳,节俭能干,性子乐观,风风火火,快人快语,亦正亦邪(母亲叫周四英,有"四英邪子"的诨名),有些胆识(母亲能和父亲一道以困难的家境在 80 年代供我们兄弟仨念书、读大学就足以证明他们还是颇有眼光、见识和胆魄的,那时的大多数农民家庭一般是让子女弃学而务农),这些宝贵的品性可作为传家宝代代相传,那口木箱虽已丢失但"木箱精神"不能弃。更难能可贵的是,母亲为我们曾家开枝散叶,让曾家人丁兴旺,后继有人。一言以蔽之,母亲这辈子因为没读书虽有瑕疵,但拉扯我们兄弟姐妹六个长大成人,造福子孙,功德无量。母亲曾对余说:"想回漳河看看。"但愿母亲的身体能好起来,以让余了却母亲的心愿,还愿、尽孝是不能等待的,再也不能重蹈"子欲孝而亲不在"的覆辙了。此记。

【作者补记】2016 年 12 月 20 日,当兄弟姐妹做出把老母亲送回毛李卫生院治疗的决定后,余和小舅爷通了电话,余在电话中哭了一场,并要求小舅爷和余等明天一起办出院手续,一起回毛李,小舅爷答应了。老母再次住院后,余回到车库一看到人走室空,余就想哭,她在那张床上躺了两个多月遭了多少罪?用她的话说像个吸盘似的被吸住了。老母为什么要摔那一跤呢?那一跤就要余兄弟姐妹这么快就要丧母了。一医的那些医生,居然说老母拉肚子是食物不洁造成的(老母卧床掇刀后,大便干硬导致排不出来,每次排便,都是我用手帮忙掏出来的;突然拉肚子,学医的弟弟说可能已经转病了),连这是并发症这样的实情都不愿意实说,小妹刚才来短信说此时又拉了几次,才吃了止泻药。21 日下午,老母被送回毛李卫生院。26 日上午,余从毛李回到掇刀家里,在车上余一路哽咽,就余在毛李这几天的生活,特别是老母从毛李卫生院转回到毛李中学在老母病床前打地铺的那一夜,妻在"曾家大院"微信群里发了这样一条短信来描述余之尊容:"满身都是鸡屎味、尿骚味,满脸胡子拉碴,又咳嗽,看着像外面捡垃圾的!"31 日,余又回到毛李陪伴老母住了一宿,元旦在"曾家大院"微信群里余这样说:"老妈和在我那儿相比,好像换了一个人似的,一个晚上不吵不闹,从不撕扯纸尿裤、尿不湿,主动几次问她想不想喝水,也说不想喝水。辞旧迎新的这个晚上,总算平安无事,也挨到了 2017 年。"

2017 年 1 月 27 日(腊月三十),余在"曾家大院"微信群里这样写道:"从吃中饭到晚上,余头脑中总萦绕着老母,也似乎快乐不起来,她躺在床上太可怜了！而我们曾家大院这一大群人所有这一切幸福的生活,归根到底都是爹妈所赐予的！感恩我们的父母,愿老妈春节后奇迹般地从此站起来！" 3月10日(周五)下午,余夫妻二人回毛李中学为母亲祝寿,但母亲似乎已哑口,余告诉母亲说"憨子(余之乳名)回来了",母亲尚能颔首;11日(周六)长兄曾昭俊为老母操办八十大寿,但老母一直昏睡,晚餐尚能进食;12日(周日),余因欲补第3—5节课(周六两节补课,余已请表妹周晗替上,此时再难调换),于6点20分左右前往老妈住处辞别,并在"曾家大院"里发了这样一条短信:"我今早6点左右去向老妈辞别,拼命喊老妈并敲打老妈的门,里面都没有任何动静。想老妈以前耳聪目明,唉！"随即乘车回荆连上3节课,当晚6点左右大妹、长兄先后打来电话说老母竟去了,余夫妇二人遂连夜赶回,妻还带回了老妈300多元的"老包"。

老母生于1939年农历五月十二日,卒于2017年农历二月十五日17点55分(公历3月12日,此日为植树节,植树节的目的在于鼓励"植树造林,造福子孙后代",余以为此日既为母亲祭日,也当为母亲去世之吉日,每当植树节来临,那被植下的株株树苗,就是对母亲在天之灵的怀念与告慰吧,"十年树木,百年树人",余《一口木箱》中即有"造福后代有眼光"之诗句)。老母去世,虽是意料中之事,但又毕竟走得突然,因为此前曾几次历险,多次昏睡,没想到此次竟成永诀,诸兄弟姐妹中唯有大妹曾虹有缘为老母膝下送终,老母最后所言"我饿了,快弄来我吃",这类似于所谓回光返照之语？其他憾事不一一赘述,看来人生是由一件件憾事所组成的。3月13日(农历二月十六)下午,老母出殡,寒风瑟瑟,雨从天降,余因迷信中所谓"犯冲"而未能送老母最后一程,小弟曾昭毅从赣州回来老母业已"归山"。余曾为老母流下了数不清的眼泪:老母在掇刀医院被告知要准备后事时,余号啕痛哭;从掇刀送回毛李收拾老母行李时,看到人去室空的情景(尤其是那张老母谓之如"吸盘"而让她虽抗争命运却牢牢被吸住的床),余泪如雨下;当将老母安置在毛李卫生院交给兄长时,余在车上一路抽泣,也从此正式下定了所谓"辞官尽孝"的决心;回荆后余又几次回去探视,12月31日辞旧迎新之夜余陪伴老妈唠叨(老妈还有她攒有"老包"之类的谵语),腊月三十年饭后余也曾为老母独自神伤。而正月初一余给老母拜年后至老母过生前这一个半月的时间,余却几次欲回未归;老母真正离世之时,余之泪水像是流干了似的而流泪不多——欲回未归仗大意乎？有长兄长嫂照料足以放心乎？"眼不见,心不痛"乎？"大音无声,大哀无形"乎？凡此种种,似乎兼而有之。如今老母作古，阴阳两隔，母亲在地下，余在地上，心中唯有堵塞、空落，于是又想起了陶渊明所作《挽歌》："亲戚或余悲，他人亦已歌。死去何所道，托体同山阿。"

《一副手镯》《一口木箱》这两首诗构思于将老母从荆门送回毛李那些天时，正式公之于世（发在"曾家大院"和我的工作室等）却是3月12日上午返荆途中，不曾想这一天竟成了老母的祭日。这两篇诗文竟似乎成了我写给老母的祭文。母亲"想回漳河看看"的愿望竟是此生之憾了，所幸母亲去江西赣州小弟曾昭毅处待了一年半时间也算是见了大世面，也只能这样聊以自慰。老母从赣州一回荆就摔跤倒床，在余处待了80天眼看生命垂危，这期间经"心包穿刺排积水"手术被抢救过来又在长兄曾昭俊处待了80天。老母卧床这160天，饱受病痛折磨，但兄弟姐妹齐心协力，孝心有加，也得到了众多亲朋好友的关心和眷顾，因此母亲是叶落归根，平静而去，安详而走，知足而亡，应该也值了（虽然老妈曾对余说，她这一辈子是"划得来，不值得"）。

从1988年到现在，余先后经历了祖父、父亲、祖母、母亲这四个至亲之人的亡故，按中国的风俗，我们这一代现在才真正成了大人，逝者已矣，生者尚存，愿母亲的灵魂和祖母、父亲、祖父一同升入天堂，并保佑他们的子嗣健康幸福地生活！也相信我们兄弟姐妹能"团结友爱，互励互助"（大妹曾虹之语），生者好好地活、光宗耀祖就是对死者最好的纪念！

今天从早醒至此时（下午2点左右），余未洗脸，未进食，歪在床上也未上班，中午也未曾午睡，似乎有一种"虐心"的滋味，现在才真正感觉到我们永远地失去了我们的母亲，长歌当哭，写下以上文字后心里似乎才好受些，下午第1—2节课余竟要执教李密的《陈情表》一文，余不知道能不能坚持上完这篇讲"孝"的文章。

2017年3月16日

忆老母

曾昭俊

慈母生平多坎坷，回思往事泪滂沱。
苦持家计咽荷梗，甘为儿孙鬻手镯。
三地来回恋故土，一生劳作乐奔波。

如今驾鹤瑶池去，高立丰碑树楷模！

2017 年 3 月 17 日

清明长湖泛舟忆母

曾志辉

湖中牛尾巴，清澈水无瑕。
昔日打猪草，舟楫载回家。
娘撑小船走，儿戏水中虾。
母子同甘苦，长湖逐浪花。
儿今回故里，娘在地底下。
阴阳两相隔，最念是我妈。

2017 年 4 月 3 日

【作者附记】"腊月廿九急回家，下雪路滑心如麻。可喜老天终有应，如期而归拜我妈。"此诗于 2005 年所作，题为《过年回家路上》，乃余平生写给母亲最"打油"的一首诗。可今生今世，余再也没有机会为活着的母亲写如此之"打油诗"了，余光中在《乡愁》中写道："后来啊，乡愁是一方矮矮的坟墓，我在外头，母亲在里头。"

许场老太君传奇

曾志辉

传奇老太君，许场第一人。
年少苦为径，老来福满盆。
寿龄跨五代，后辈立乾坤。
驾鹤从兹去，长思养育恩。

2017 年 12 月 18 日

【作者补记】丈母娘许宋氏（1932—2017），享年 85 岁，生子女 7 人（儿子 3 人：许远怀、彭宏艳、许远清；女儿 4 人：许远香、许远珍、许远美、许远红），内孙、外孙 12 人（内孙 6 人：宋爱梅、许华梅、彭严俊、彭映霞、许小俊、许彩霞；外孙 6 人：陈仁芳、陈仁兵、陈仁锋、刘辉、郝康、曾凤瑶），五代同堂，儿孙绕膝，福禄寿禧，应有尽有。众多子孙中，有务农的，有打工的，有经商的，有从教的，有为官的，有做老板的，其中读书应试在方圆百里尤为著名（2001 年彭严俊考上重庆理工大学，2004 年刘辉考上中南大学，2005 年彭映霞考上武汉大学，2009 年曾凤瑶考上南开大学……），更有陈仁兵、许华梅、彭严俊、刘辉等人业已成为某一地域的行业领军人物。这些后辈子孙虽不一定是人中龙凤，但可以说还是有所作为吧。对于老太君的一生，孙女彭映霞如是盖棺论定："老太君前半辈子受苦受难，将 7 个子女抚养成人；后半辈子福大命大，没拖累任何人无疾而终。""长思养育恩，后辈立乾坤"，这应该是老太君传人的共同心声。愿老太君灵魂升入天堂，保佑子孙后代健康幸福！

悼姑母

曾志辉

少小走亲何处去？叶湾温暖有姑姑。
红包压岁初欢乐，清酒助学更幸福。
吟罢春联燃炮仗，赏完秋月诵诗书。
惊闻噩耗正新冠，不孝侄儿被禁足。

2022 年 12 月 29 日

【作者附记】打记事起，最喜欢到临近的叶湾村（以前叫"中心大队"）姑妈（我们平时喊"幺幺"）家去玩，几个姨妈还曾吃醋似的戏谑母亲："你的几个儿子怎么那么亲近姑妈啊！"后来豁然，其实是姑妈亲近我们兄弟仨，可能我们兄弟仨都喜欢读书，也会读书吧，姑妈喜欢读书人。

何为幸福？在我最早的记忆中就是 20 世纪 70 年代初到姑妈家拜年得了 2 元的压岁钱，那就像叫花子捡了一个金元宝。

从 1979 年毛李镇读初二到 1988 年参加工作，这近 10 年是我读中学、读大学灰色的 10 年，特别是读高中的最后一年，还在姑妈家学会了"借酒浇愁"（诗中美其名曰"清酒助学"也），读大学时每到春节前就和弟弟曾昭毅到姑妈家以"涂鸦春联"之名而行"蹭吃蹭喝"之实……余从李市中学调到掇刀石中学后，曾于某年将姑妈、姑父等七八人接到家中过元宵节，后来还一起到荆门观赏花灯；姑妈七十大寿时是爱人回去的，后来余到沙洋出差时竟在街头邂逅姑妈在擦皮鞋，余仓促之间奉上百元表达心意，想不到这竟是姑侄之间最后一次见面；姑妈生病期间，余夫妇曾往市二医探视，但因为疫情，姑父接待，医院不让与病人见面；后来姑妈出院后，还专门打来电话表示感谢，并叮嘱，"曾凤瑶典礼时，记得一定要接我喝喜酒啊"，可未及小曾典礼，姑妈竟撒手人寰……

在小时候的记忆中，姑妈永远是年轻、漂亮的，甚至是英武的。而今，姑妈已逝，疫情严重，余染上新冠，不能灵前尽孝，愿姑妈一路走好，灵魂早升天堂，庇佑您的子孙和一切亲朋好友吧。

姑妈曾广秀（1949—2022），与姑父龚纪刚，育有二子一女，老大龚明金，老二宋燕，老三胡宋明。此记。

家教篇

贺外甥李杨生日并勉之（诗二首）

曾昭毅

（其一）

生长荆楚地，求学赴燕幽。

年少志气扬，万里觅封侯。

苍龙君所欲，长缨须在手。

何处适尊意，环视五大洲。

（其二）

一去数千里，分别四五年。

学子寒窗苦，知海似无边。

东渡扶桑志，才识博而渊。

衣锦归故里，恐难慰慈严。

2007 年 10 月

【作者附记】2007 年 10 月，闻外甥李杨拟东渡日本留学深造，不胜欣慰，作诗二首，贺其生日并勉之。李杨来电咨询海外留学去处，余诗中答曰："何处适尊意，环视五大洲。"

曾君临学习座右铭

曾昭毅

积极进取，奋斗上进；

志存高远，点滴积累；

勤奋刻苦，择善而学；

坚持不懈，持之以恒；

心无旁骛，用心专一；

敏而钻研，事半功倍；

有错必改，错不重犯；

不畏艰险，迎难而上。

【志辉注】曾君临乃弟之爱子也。

秋夜思

——寄语曾君临

曾昭毅

圆月中天如镜磨，群山杨柳影婆娑。
碧波粼粼渔舟晚，秋风瑟瑟残花落。
往昔如昨堪回首，岁月飞逝叹蹉跎。
还盼君临频捷报，吟诗把酒纵情歌。

2009年秋

爱子病中偶感

曾昭毅

怜子疾方重，舐犊情更深。
养儿多不孝，谁谅父母心？

2010年1月10日

【作者附记】孩子儿童时期常易受凉感冒，引起头痛发热，咳嗽咳痰喘息，有时疾病甚重。余和妻子学医出身，家备抗感冒、抗菌、退热、平喘等药品，及早发现控制，未曾麻烦医院。然冬天半夜多次起床喂药喂水量体温退热，亦辛苦甚矣，此记。

劝学

——示侄曾理

曾昭毅

六月大考近眼前，求学路上多圣贤。
年少奋斗正当时，岂可妄自效刘禅？
功名富贵皆争取，何惧前途苦与艰。
从此再立凌云志，不到长城非好汉！

2010 年 3 月

【作者附记】2010 年 3 月，侄子曾理备战 6 月高考，余作劝学诗以激励之。

古榕

——送外甥李杨赴无锡就职

曾昭毅

南国古榕冠如云，枝繁叶茂根深深。
风霜雨雪三百载，只缘此树能屈伸。

2010 年 3 月 14 日

【作者附记】昨日欣闻外甥李杨将于 2010 年 8 月赴江苏无锡就职，作此诗赠勉之。志辉兄长赠诗鼓励李杨效韩愈"抑扬进退"以求人生辉煌，余赠诗亦以南国古榕之能屈能伸勉励之，盖殊途同归也。

【志辉附记】《李杨廿岁生日大连索句赠勉》："弱冠束发即成年，取名为杨字抑之。事业有望须持重，好风借力揽云霓。"（另有一首："遥忆廿年长湖边，学归犊生喜相连。潮雨绵绵仍摆渡，衷祝儿郎腾九天。"）《李杨和诗》："廿岁得名又得字，扬亦抑之抑亦扬。藏锋持重须刻骨，牢记贤舅教诲之。"唐朝韩愈，名愈（"进"之意），字退之；余为外甥取名李杨（"杨""扬"谐音），字抑之。韩愈一生宦海沉浮，但最终官至刑部、吏部侍郎之副部长级别，苏轼赞其文章为"文起八代之衰"。此凡种种，皆因韩愈深谙抑扬进退之故，余望后辈子孙谨记而活用之，"抑扬进退"这四字也必将玉汝于成。

春柳

——赠侄女曾亚兰

曾昭毅

江南垂柳芽尖尖，轻风拂动姿色妍。
春日融融笑霜雪，寒冬过后又如前。

2010 年 3 月

春晓

——寄语曾君临

曾昭毅

窗外雀鸟鸣啾啾，清晨独坐静思愁。
常恨少时读书少，老壮无为今日羞。
也将希冀托君临，求知如渴足智谋。
齐家治国平天下，誓灭倭奴超美欧。

2010 年 4 月 2 日晨

【作者附记】2010 年 4 月 2 日晨，一夜风雨后，余闻窗外雀鸟啾啾，回忆辛苦半生而无所作为，念及教育君临之艰，因而有感于怀，作诗一首，寄托为父之厚望也。

示儿

——打油诗一首

曾昭毅

日照头发热乎乎，只缘君临少读书。
世上本无疑难事，勤学好问是正途。

2010 年 4 月 24 日

【作者附记】不惑之年,余始学写诗。七岁之君临颇受影响,亦甚爱读诗,将余之诗作尽皆背诵,并扬言作诗,但吟出首句,抓耳挠腮,难乎后继,余续上示之,爱子欢呼雀跃。余作诗,营家庭文化之氛围,增爱子学习之兴趣,补家庭教育之不足,此余之初衷也。此记。

【附】

春日

曾君临

日照头发热乎乎,君临不怕读书苦。
作文难倒我几次,但我坚决不服输。

2010 年 4 月 26 日

【昭毅附记】君临在余前诗之后,冥思苦想,余亦一旁点拨,两日后终于成诗,诗中颇有气势,余喜而奖励之。希君临能学能玩,方不负余之厚望也。

忆龙泉岁月
——寄语曾君临

曾昭毅

舞象年初入龙泉,立志清华效先贤。
文明湖畔空遗恨,唯盼君临记心间。

2010 年 5 月 27 日

【作者附记】荆门市龙泉中学,乃湖北省重点高中。当年,余以全市中考第5名之成绩进入龙泉,立志清华大学,最终虽免于名落孙山,然壮志未酬,终生遗憾。余兄弟三人,虽艰苦奋斗,限于家庭经济环境和教育环境,终难成大器。当前后辈多认为艰苦奋斗已经过时,余认为艰苦虽已不必,然奋斗之志不可弃。三国刘备一生艰苦奋斗,百折不挠,创立蜀汉基业,而继承者刘禅,不学无术,安于享乐,最终国家灭亡。封建社会之皇亲贵胄、地主豪富,虽有父母聚敛之巨额财富继承,有世袭之爵位,倘不学无术,亦安乐公刘禅也。余等平民之家,无财富遗留子孙,若子孙自强不息,奋斗进取,于国有所作为,于己有些许成就,子孙若无奋斗之心，效习刘禅，游戏人生，则必一事无成，他年虽一餐一粥亦不可得也。余有诗云："年少奋斗正当时，岂可妄自效刘禅？"君临从小立志清华北大，将来谨记余人生奋斗之教诲，坚持不懈，方能有所成就，此为父之厚望也。

"舞象"15—20岁之谓也。

赠外甥无锡就职

曾志辉

太湖鱼米香，惠泉美名扬。
今朝去赴任，创业好时光。

2010年8月3日

【作者附记】外甥李杨大学毕业，于2010年8月到工作单位就职，作诗以赠："无锡之名舅只闻，外甥八月乃赴任。南国烟雨数十载，抑扬进退玉汝成。"

无锡位于太湖之滨，其惠山区惠泉乃中国第二大泉。

送学路上偶见彩虹

曾昭毅

暑日炎炎恨无风，送学往返复西东。
倾盆雨歇蓦回首，稚子陶陶见彩虹。

2010年8月22日

【作者附记】2010年暑假，余为爱子报课外航模、绘画兴趣班，酷暑之中连续半月每日接送两个来回，君临亦第一次见识雨后彩虹。俗语云："不经历风雨，怎能见彩虹？"希君临明此中之理，此记。

偕爱子游晋阳

曾昭俊

月满中秋近,太原古城游。
晋祠周柏新,石窟魏佛旧。
田子骄贫贱,段干尚操守。
痴儿苟欲学,吾辈复何求?

2010年9月21日

【作者注】晋阳乃太原之别称,公元前403年赵、魏、韩三家分晋,晋阳属魏国,石佛则凿于北魏也。"段干"即段干木,战国初年魏国名士,师子夏(孔子弟子),友田子方(即所谓"田子"),为孔子再传弟子,因其三人皆出于儒门,又先后为魏文侯师,故被后人称为"河东三贤"。段干木先商后儒,曾辅佐一代名君魏文侯,推荐师兄弟李悝、吴起分别出任魏国宰相和军队统帅,而自己则终身不仕。田子方师从孔子弟子子贡,他认为,贫贱者骄傲待人不会失其贫贱,富贵者骄傲待人则可能失其富贵,田子方后为齐国相国。

陪玩诗记

曾昭毅

日出纤草暖,雾重晓风寒。
林雀鸣方劲,稚儿乐陶然。
园中喧声闹,石上斗棋酣。
观战非无语,归家已尽欢。

2010年11月7日

【作者附记】余每个周末都会陪君临到公园玩耍半天,君临现在气枪枪法甚佳,公园各种游乐项目也是乐而不疲。然余有言在先,学好才能玩好,认真地学,痛快地玩,方为正道。

余从君临上幼儿园之始,每日接送上学,上课外班,辅导作业作文读书,迄今已五易寒暑。然来日方长,培养子女之难,不为父母,何以体察焉,正所谓:"可怜天下皆慈父,望子成龙亦同然。"诗以记之。

正月初五送外甥李杨无锡上班

曾志辉

昨夜相语惬，今晨送君别。
太湖扬帆起，风正万事谐。

2011 年 2 月 7 日

侄儿曾理登科浙工大

曾志辉

数载寒窗苦苦求，一朝折桂赴杭州。
鲲鹏展翅乘风起，肯效吴侯善断谋。

2011 年 8 月 26 日

【作者附记】2011 年高考落下帷幕，侄儿曾理终于如愿以偿，考取了浙江工业大学。三国时期孙权（字仲谋）即为浙江富阳（古吴郡富春）人，称帝前曾继位吴侯，领会稽（古代杭州属会稽郡）太守，曹操如是赞美孙权："生子当如孙仲谋。"愿后辈子孙也能像孙仲谋一样从谏如流，多谋善断，积聚实力，力争有所作为也。作诗志庆，寄语以勉。

为外甥李杨西安交大进修而作

曾志辉

执手别太湖，游学赴长安。
好风须借力，千里正扬帆。

2011 年 10 月 1 日

【作者附记】外甥李杨大连理工大学毕业后到江苏无锡压缩机股份有限公司参加工作已一年有余，其下车间劳动锻炼，到技术科从事设计，讲学公司培训新人，而且觅得一位红颜知己，10 月 8 日又将赴西安交通大学深造三月。余作为舅伯兼老师闻讯欣然，作诗以赠，祝愿李杨不忘任重道远，继续艰苦奋斗，永远戒骄戒躁，尽量少酒少烟，力争事业与爱情比翼齐飞！

作文口诀

——为曾君临而作

曾昭毅

写好作文须审题，体裁要求先落实。
主题中心构思好，平凡小事出深意。
时空逻辑排结构，想象联想绕题旨。
详略主次有重点，素材论据勤收集。
比喻比拟排偶句，对比引用善修辞。
烘托渲染加照应，写景抒情求新意。
矛盾冲突设悬念，人物刻画求细致。
情节细节会描述，真情实感为第一。
多观察，多体验；多读书，多感思。
增兴趣，减畏惧；重修改，勤练笔。
好词佳句多积累，语言表达才给力。
写好作文非难事，用心尽力必得之。

2011年10月16日

【志辉注】此《作文口诀》被余推荐到《作文周刊》上发表，原第一、二句为"写好作文先审题，主题中心预构思"，倒数第二句为"文章出彩古今事"，另有一些微殊，见仁见智，恕不一一赘述，此亦恰好说明古代作品之所谓不同版本问题也。

《论语》断章

曾志辉

君子求诸己，小人求诸人。
圣贤教诲语，后辈谨遵行。

2011年11月6日

【作者附记】前两句是《论语》中孔子原话,余以为亦即俗语"求人不如求己"和主张自强奋斗之意也("求"两种解释并存,要求或求助、求得,余认为后一种解释更有现实意义)。北宋宰相赵普有所谓"半部《论语》治天下"之说,仅此两句亦足够我辈及子孙后代受益无穷矣。不为诗,是为断章。

曾君临家教顺口溜

曾昭毅

曾君临,十岁了;身上毛病真不少。
芝麻小事生大气;坏脾气,应改掉。
爱看电视少读书;还有第一小臭脚。
怕困难,怕动脑;自觉积极两不高。
爱挑食,爱拖拉;粗心大意都不好。
坚持坚忍要吃苦;做人做事持正道。
立大志,心专一;人生奋斗有目标。
优点扬,缺点改;才是爸妈好宝宝。

2012 年 3 月 10 日

贺侄女高考升学南开大学

曾昭毅

水乡沃野白鹭飞,千里返家一日回。
筵宴百席庆捷报,喜逢亲友频举杯。

2012 年 7 月 29 日

【作者附记】2012 年 7 月 29 日,余从江西赣州千里返家贺侄女曾凤瑶高考升学南开名校之喜,第一次乘火车经武汉返荆,看窗外江南水乡,沃野千里,不时白鹭飞飞。升学宴上重逢众多亲戚朋友,举杯痛饮,作诗以记。

为侄女曾凤瑶南开壮行

曾昭俊

雏凤栖南枝，练实乃可食。
翱翔千仞上，岂复蓬蒿息。

2012 年 8 月 16 日

【作者注】庄子有云，凤凰非练实（竹子开花果实）不食，非醴泉不饮，非梧桐不栖。

偕侄儿"飞天雪豹"汉通游泳

曾志辉

炎炎赤日盼清凉，游泳汉通几度尝。
脊背驮儿潜水底，耳中患病亦扬扬。

2012 年 8 月 8 日

【作者附记】7月29日至8月7日之间，余和侄儿曾君临（君临在余家读《水浒》，拟英雄好汉自取绰号"飞天雪豹"）在荆门汉通游泳馆游泳四次，余因常常用脊背驮着君临潜入水底，耳朵进水并因此患上中耳炎，现正医治，暂停游泳。伯侄游泳，甚为畅快，作诗以记，聊以谑之。

清华游记

曾昭毅

漫步清华细雨中，君临志意众夫同。
砥磨六载为圆梦，自立自强慰尔翁。

【作者附记】2015 年 7 月 30 日至 8 月 6 日，值君临小升初面临高考六年艰苦奋斗之前夕，余带君临北上进京，首站选择清华大学，时值暑夏，校门口长队如龙，校园内游人如织，多是家长携子女游国内第一学府，意在子女立志清华，余亦不能免俗，然清华之梦于平民子弟而言是万里挑一，非自强自立，艰苦奋斗，专心致志不成，作诗以记。

小女高考问鼎南开

曾志辉

寒窗漫漫读书郎，金榜一发意气昂。
问鼎南开歌壮志，长征万里启新航。

2012年7月

【作者附记】小女龙泉读理科2012年参加高考，总分649（龙泉中学第15名，荆门市第23名），比重本线551高出98分，位居全省503名，其中语文121分，数学137分，英语135分，理综256分，填报了坐落于天津、具有"学府北辰"之称的南开大学（金融工程，专业名列全国第三），南开大学是敬爱的周恩来总理的母校。小女高中求学已经结束，生活即将翻开新的一页，记得毛泽东主席在1949年西柏坡党的七届二中全会上要求全党做到"两个务必"（务必使同志们继续地保持谦虚、谨慎、不骄、不躁的作风，务必使同志们继续地保持艰苦奋斗的作风），于是对小女今后的人生道路便有"长征万里启新航"之寄语。此记。

小女今年高考填报志愿受到了段小刚、刘丰、周琼、谭晓英、李杨等诸位弟子和亲朋好友的关心与指导，感谢大家的学识、视野和境界，在此一并致谢！

【附】

"曾凤瑶升学宴暨十八岁生日、成人仪式庆典"致辞

各位来宾：

大家中午好！

今天是个特殊、高兴的日子——阳历8月1号建军节是小女的升学宴会，阴历六月十四是小女的十八岁生日、成人仪式庆典。此时此地，双喜临门，请允许我代表我们全家，感谢各位亲朋好友，感谢各位嘉宾贵客，感谢小女幼儿园、小学、初中和高中的所有老师，感谢金王子大酒店的所有员工，当然也要感谢我老婆孩子和我本人！唯有感谢，一切尽在感谢之中。十八岁，读大学；读大学，十八岁——此情此景，欣喜万分，请允许我不怕献丑，为大家朗诵我为小女所作的两首小诗——第一首《为小女十八岁生日而作》："十八女儿好年华，自强自爱灿若花。昆山凤鸟飞舞日，试看青春创奇葩。"第二首《小女高考问鼎南开》："寒

窗漫漫读书郎，金榜一发意气昂。问鼎南开歌壮志，长征万里启新航。"十八岁，美好的人生才刚刚开始；考取大学，这只是万里长征走完了第一步。希望小女不要辜负各位亲朋好友的殷切期望，再接再厉，再创佳绩，自强自爱，幸福生活！

最后，祝各位中老年朋友身心健康，万事如意！祝各位青少年朋友前程似锦，成人成才！

谢谢大家！

小女南开大学考研喜报

曾志辉

金融研考竞争剧，小女南开也斗奇。

昨日及锋身手显，今朝有凤梧桐栖。

2016 年 3 月 17 日

【附】

小女上班 10 条建议

1. 守时，严谨，务实，高效。

2. 少发牢骚，少玩游戏，少熬夜，吃早饭；多听多看多揣摩，多钻研业务，多运动，读点书。

3. 记事不误事，做事不拖拉。

4. 言必信，行必果，未落实的事有交代，敢担当。

5. 懂礼数，知进退，能忍受，学会与人相处（常微笑，打招呼，熟人、领导的未接电话要打过去）。

6. 在家、在办公室要勤快，养成好习惯（做清洁，关电器，整理内务，上得厅堂，下得厨房）。

7. 勤思考，会分析，善总结，少犯循环错误，不犯致命错误，犯错不找借口。

8. 比攒钱更重要的是攒本事，攒人气，攒健康。

9. 不懂就学，与时俱进。

10. 工作（学习）执着，生活（心胸）旷达。

小女春节携男友过门之想象

曾志辉

女娇携友至，紫气绕寒门。
老妪展厨艺，家翁劝酒樽。
闲聊话事业，端坐问婚姻。
漫漫人生路，永铭初始心。

2020年元宵

【作者附记】小女降生20多年来，余一家三口一起过年从未分开，今年春节却天各一方。小女最初不仅准备回家过年，还准备正月初二让男朋友来拜年过门，不料疫情突发，小女与其男友滞留杭州、宁波，单位领导也打来电话问候、解释。因此，小女他们最初的打算暂且搁置，"小女春节携男友过门"也只能靠想象了。今日元宵，老妻微烧，余老两口留守家中，中晚餐自觉隔离，元宵不圆，冷冷清清。真心祈祷，天佑亲朋，天佑我家，"但愿人长久，千里共婵娟"。作诗文以记，因老妻生病之事还瞒着小女，此诗文暂不寄发之。

【附】

宁波别小女

曾志辉

去年就上班，一载方团圆。
相聚十余日，离别在眼前。

2020年8月13日

【作者附记】2020年7月30日，余与爱人从荆州乘动车到达宁波，探视在中国银行（宁波分行）上班的女儿。小女2019年6月10日来宁波工作，一场疫情未回家过年，一家三口分别一年有余。

贺女儿曾凤瑶、女婿向圣辉喜结连理

曾志辉

曾家有凤梦瑶山,向氏圣辉暖寸丹。
自古良缘天地赐,从来佳偶树藤缠。
爱情是本同忧乐,事业为基共苦甘。
敬老育雏福运至,百年琴瑟坚如磐。

2021年4月13日

【作者附记】 2021年4月13日,曾凤瑶、向圣辉两个孩子正式领取结婚证,那天,余刚好从海南岛学习归来,晚上一家四口在掇刀万达广场共进晚餐。今年的6月20日是"父亲节",恰逢中考,余平生第一次几乎同时收到了两个孩子"父亲节快乐"的问候,余给他俩各发了"事业有成,健康快乐"的88.88元的小红包。今天(6月21日)上午,余在做中考楼层协管员时,闲暇之余,想起两个孩子的婚姻,想起他们从江浙回到武汉,于是在腹中(中考做考务工作不准带手机)大致凑成了以上八句,回家午休时赶快写在手机上。其实,两个孩子在"领证"前后,余就想为他们作点纪念小诗,但一直苦吟不得,不想今日竟偶然得之,终于了却了一桩心愿,这似乎正应了古人"文章本天成,妙手偶得之"之语。对两个孩子婚姻的祝福与期望,一切尽在诗中,也佐证了"亲家过门"时余所说的这两句话:"读书、工作、事业,奋斗第一;恋爱、婚姻、家庭,一切随缘!"此诗本作于2021年6月21日上午,落款却署上了两个孩子的"领证"纪念日——4月13日。有诗为证,以兹纪念。

【附一】

女儿女婿婚礼上的致辞

首先感谢各位至爱亲朋的到来,感谢你们在百忙之中出席爱女爱婿的婚礼,分享我们小家庭的快乐,见证我们的幸福!

今天,作为主婚人之一,为女儿女婿完成婚礼大典。29年来,我与爱人白手起家,相濡以沫,生育了、养育了、培育了唯一的女儿,把一个懵懂无知的婴儿培养成南开大学的学士、硕士,今天,她就要松开我松树皮般的手,牵起她生命中最重要的另一个男人的手，我的内心充满喜悦，也充满不舍。

所幸，她找到了她的真爱，找到了一个愿意与她同甘共苦、风雨同舟的人。今天的新郎新娘，是懂得爱情真谛的一对新人；今天的婚礼庆典，标志着他们美丽的人生有一个诗意的开端，也标志着他们的幸福生活有一个浪漫的开始。

在这个大喜的日子，我要郑重地告诉一对新人，婚后的生活必须用心经营，要做努力干事业的贤伉俪，不要做比赛玩游戏的小伙伴，要以事业为经线，以爱情为纬线，经纬交织，如日中天，请你们牢牢记住钱锺书夫人杨绛的一句话："男人不努力，一辈子没出息；女人不努力，一辈子受委屈！"

我希望今天的新郎，能够一生一世地爱着疼着呵护着你的新娘，而且能用男子汉坚韧的生命，把家庭的责任一直承担下去。当然，我也希望今天的新娘，能够一生一世地欣赏着信赖着依恋着你的新郎，无论新郎的未来前途似锦还是充满艰辛，你都能与他不离不弃相依相守。

此时此地，我要感谢我的亲家，是你们把自己的儿子培养成事业心强、善解人意的绅士，是你们成全了我们一直都希望有一个儿子的愿望，也真诚地请两位亲家像珍惜美玉一样，珍惜你们的儿媳，珍惜你们的女儿。

衷心祝愿爱女爱婿真情永久，幸福未央！迫切希望爱女爱婿响应政府的号召，早生贵子，多生娃娃——第一个娃娃我建议取名向曾庆，向曾两家共庆喜结秦晋之好，积善余庆，什么是"积善余庆"呢？"积善余庆"是《易经》这部书里的一个成语，意思是积德行善之家，必然有多余的吉庆，恩泽及于子孙；第二个娃娃我建议取名曾向好，祝曾向之家子孙兴旺，向上向善，蒸蒸日上，一切皆好！

最后，请允许我为爱女爱婿喜结连理吟诗一首，以示庆贺——

    曾家有凤梦瑶山，向氏圣辉暖寸丹。
    自古良缘天地赐，从来佳偶树藤缠。
    爱情是本同忧乐，事业为基共苦甘。
    敬老育雏福运至，百年琴瑟坚如磐。

我的发言完毕，谢谢大家！

2023 年 10 月 3 日

【附二】

贺向圣辉、曾凤瑶喜结连理

荆门市掇刀石中学　陈祖国

向氏生辉蓬门开，曾家凤凰瑶池来。
佳偶天成倍可贺，老父天堂亦开怀。

【祖国附记】侄儿向圣辉是老父亲最钟爱的孙子之一，老父临终前都牵挂着他的婚事，所幸老父仙逝半年，今得此佳讯，定当焚香告之。作为向圣辉伯父，拜读曾特佳作，献丑打油以和。

贺女儿女婿乔迁之喜

黎彪　曾志辉

百福齐贺喜盈门，千禧并驱景色新。
燕筑良巢有好伴，莺迁乔木结芳邻。
龙盘凤舞吉星照，月朗风清紫气迎。
快乐安居永创业，家和人寿万年兴。

写在爱女成长中（"日记"四十则）

曾志辉

【作者按】何谓"日记"？因为这些"家诗"大多乃余前期蹒跚学步之"打油诗"，且受题材局限没有多少诗味，加之"作者附记"过长，余又不想"忍痛割爱"，于是姑且称为"日记"（既为"日记"，故用"则"这个量词，所有"日记"均如此，其他所谓"诗记"也类似于"日记"也）。

读爱女《十一岁抒怀》《春》示之

曾家有女名凤瑶，不搞学习誓不饶。
他年若遂凌云志，慰我平生赛群豪！

2005年

【附一】

十一岁抒怀

曾凤瑶

我因年龄小，不知时是宝。
无聊空闲坐，万事都不搞。

【附二】

春

曾凤瑶

白昼太阳泻柔光，云映蓝天云逍遥。
绿草鲜花衬春景，候鸟疾回来报到。

【附三】

在学生家长会议上的发言

学生：曾凤瑶　家长：许远红

各位领导、老师、家长、同学们：

大家下午好！

我是掇刀石小学四年级实验（1）班曾凤瑶同学的母亲，我非常高兴参加今天的家长会，我代表我们全家，代表我们家长，感谢掇刀石小学的各位领导和老师，感谢你们四年来对孩子们的教育和关心。

时间过得真快，再有两年我们的孩子就要小学毕业了。回想曾凤瑶刚上小学时，还是一个爱耍娇气、年幼无知的小女孩；而现在已成长为一个懂事听话、能读写会计算的大孩子了。孩子们的茁壮成长，主要是凝聚了老师们的心血，至于我们家庭教育只是起配合作用。下面我就谈一下我们在家里是如何教育曾凤瑶的，仅供各位老师和家长参考。

第一，对孩子要从小就培养他们良好的性格和习惯，让他们在生活和学习方面具有独立性和自觉性。性格的好坏、习惯的优劣在很大程度上决定着学习成绩的进步。我们曾凤瑶的性格比较开朗大方，有不甘落后的上进心，连她自己也这样说:"我并不很聪明,但我能做到笨鸟先飞,所以我的成绩总是第一第二。"正因为如此,所以曾凤瑶才养成了在课堂上专心听讲、大胆发言、认真作业的自觉性;在家里除了节假日外也能够做到独立地早睡早起,即使在最寒冷的冬天,曾凤瑶起床也从不需要大人催喊,她总是按时起来,独自用冷水洗脸刷牙,有时还去叫别的小朋友起床,然后早早地来到学校。

第二,对孩子的学习情况和老师布置的作业要经常过问并督促检查。像曾凤瑶他们这个年龄段的孩子,放学之后有些贪玩,喜欢看电视、玩电脑应该也是正常的,关键是我们做父母的要提醒、督促他们先完成家庭作业。曾凤瑶的爸爸是高中老师,比较忙,他主要是在吃饭前后和孩子闲聊学习;而报听写、检查作业和背诵、按老师的要求签字,这些任务就责无旁贷地落到了我这个做母亲的家庭教师身上,我也总是兢兢业业、不折不扣地辅导孩子,帮助她克服粗心马虎的不良习惯,这种家庭氛围也影响了孩子学习习惯的形成。

第三,开展有益的课外活动,培养孩子多方面的兴趣。在小学阶段,学习固然重要,但活动也必不可少,通过各种活动可以让孩子的身心健康地发展,培养他们的创造能力和综合素质。为了配合学校教育,我们力所能及地让曾凤瑶参加了英语、美术、音乐、乒乓球等方面的学习和锻炼。对孩子的正当要求,我们也尽量满足,比如曾凤瑶喜欢剪纸手工,我们就带她到新华书店购买相关书籍和材料,现在曾凤瑶的剪纸手工堪称一绝,还有她的乒乓球水平在我的陪练之下也进步神速,这样也培养了孩子的立体感、灵活性和动手协调能力。

掇刀石小学的各位领导、老师,让我再次感谢你们为我提供了这样一个发言的机会,我们的孩子还处在成长之际,他们身上也不可避免地还存在着这样或那样的毛病,比如爱听表扬而不爱听批评,取得成绩容易骄傲而害怕困难挫折,还比如只满足于课堂学习而不爱读有益的课外书籍,不愿意做家务,不懂得勤俭节约等,他们的这些缺点需要老师们循循善诱地教育,也需要我们做家长的紧密配合。

最后,祝老师们工作顺利,祝小朋友们节日快乐!

我的发言完毕,谢谢大家!

2004 年 5 月 30 日

彭映霞登科武大寄语曾凤瑶

映霞捷足登武大，凤瑶立志怎效她？
东湖携伊泛扁舟，长城留尔度春华。

2005 年 8 月

【作者注】彭映霞系曾凤瑶表姐，2005 年以掇中应届文科状元考上武汉大学哲学系："彭家有女名映霞，光耀门楣上武大。黄鹤为尔翩翩舞，凌云之志学李达。"李达系中华人民共和国武汉大学首任校长，哲学家。

送爱女龙泉报名

廿八年前赴龙门，进退维谷难飞腾。
而今我女来故地，誓破楼兰慰平生。

2009 年 7 月 8 日

【作者附记】余 1981 年考上龙泉中学，不才落难，碌碌无为，"弹指一挥间，二十八年过去"。今爱女以 596 分考入龙泉中学，余送爱女到龙泉中学报名，余问："从南门入还是北门进？"女问："父当年何门入？"余答："南门进。"女曰："我从北门进入，不步父之后尘也。"闻听此言，感慨万端，作诗以志，并将小女龙泉报名之前所写的《友谊并没有结束》附于此，权当其三年初中生活的一个留念吧。

【附一】

友谊并没有结束
——给初中所有好朋友的一封信

亲爱的朋友们：

你们好！

初中的生活已经结束，有的人与我在高中重逢，而有的人与我天各一方，但我们的友谊并不会因为离别而结束。

你们是我的支持者。在我灰心丧气的时候，在我面临比赛的时候，你们会用手拍拍我的肩，告诉我"不要紧张，你一定会赢"。你们唱起那首歌儿："敞开心胸，去追寻快乐的梦，别怕寂寞，因为有我们在背后……"我感到你们无时无刻不在我周围，在默默地鼓励、支持我。

你们是我的倾听者。在我难过的时候，你们会坐在我的身边，听着我讲述心中的不悦；你们会随时变出一张纸，为我拭去眼角的泪水；你们会握紧我的手，告诉我还有你们陪在我身边。"至少还有我"，你们唱起了那动听的歌，告诉我你们和我的心永远在一起。

你们是我的陪伴者。不管怎么忙，我们都会在星期六中午围着垃圾筐吃一中午零食，像围着火把做游戏一样；我们会打嘴仗，直到唾沫飞溅；我们会比胖瘦，比高矮，比黑白。那欢笑声至今萦绕在我的脑海边，它见证了我们的欢乐，见证了我们的友谊。

你们还是我的帮助者。在我骨折的时候，你们帮助我度过困难，你们会帮我把被子盖好，会把枕头借我，使我骨折的手臂更舒服些，你们让我坐在餐桌前，然后挤进人群中为我打饭，你们会用你们的课余时间帮我抄笔记，你们从不需要我的感激，你们……

虽然初中已经结束，我们以后也许不会再相见，但友谊的种子已经在我们心中生根发芽，我不会忘记你们是我最好的朋友，我不会抛下我们的友谊，你们给我的支持、帮助、感动、震撼，它们是我们友谊的见证，它们陪伴了我初中三年，它们会永远陪着我，让我勇敢地走下去。

不想说离别，不想说再见，我们的友谊并没有结束，分开算不了什么，谁都挡不住我们融在一起的心。

祝你们开心！

曾凤瑶

2009 年 7 月 22 日

【附二】

曾凤瑶高中三年读书要求

（此《读书要求》张贴于笔记本扉页）

【明确一个目标】立足武大，冲刺名牌。（做事有计划安排，勤奋耕耘争收获，竭尽全力创更优，尽吾志而无悔矣。）

【改变两种习惯】第一，变应付学习为享受学习；第二，变被动吸收为主动探求。（凡事讲方法效率，积极主动地学习，学会听讲与合作，善做笔记和错题辑录。）

【做好三个准备】第一，准备吃苦，苦三年，不苦一辈子；第二，准备打持久战，能经受挫折考验，胜不骄败不馁；第三，准备舍弃一些兴趣爱好，只有舍，才能得。

【坚持四个反思】第一，你是粗心马虎还是精益求精？第二，你是否每天坚持磨砺自己的身心？第三，你的课余时间充分利用了吗？第四，你与父母、师长、同学能和谐相处吗？

【力争五种境界】"净"化学习环境，保持宁"静"心态，"敬"其师信其道，善待"竞"争，乐观"进"取。

2009 年 9 月 1 日

爱女大连看海

及笄求学心向往，千里大连看汪洋。

沧海横流缘有容，踏浪归来走康庄。

2009 年 8 月 2 日

【作者附记】2003 年中考，外甥李杨报考龙泉中学未遂，投学掇中；为报其母当年"让学"之恩，余亲执教鞭，教了李杨三年语文。李杨禀性纯良，敏而好学，终于问鼎大连理工大学，成为"争气争光"之典范，其母凤愿得偿也，有打油诗为证："尔母因贫少读书，一腔心事系于汝。寒窗十载传捷报，扬名李家展宏图。"

2009 年中考曾凤瑶考入龙泉中学，上高中之前被即将读大四的李杨接到大连游玩 10 天左右，愿曾凤瑶沾一点李杨哥哥读书的灵气！

"及笄"指女子年满十五岁，孔子说："吾十有五而志于学，三十而立，四十而不惑，五十而知天命，六十而耳顺，七十而从心所欲，不逾矩。"余有诗云："不作寻常蓬间雀，鲲鹏展翅遨九天。"

【附】

大连中秋抒怀（二则）

李杨

（其一）

八月十五月亮圆，中秋佳节分外甜。
孤身异地羡苏武，原来依旧念从前。

（其二）

月到双节分外明，节日喜气伴你行。
人逢喜事精神爽，人团家圆事业成。

2007 年 9 月

虎年元宵犬女立志

家有犬女立虎志，志在清华告我知。
不惑之父助尔跑，贵在持恒勤耕犁。

2010 年元宵

【作者附记】小女生于 1994 年，生肖属狗，故戏为"犬女"；"清华"只是梦想，重在过程，至于结果则"谋事在人，成事在天"。余今已过不惑之年，一方面帮助小女完成学业，一方面坚持跑步锻炼，此所谓"助尔跑"之意也。

【作者补记】高中一年多的学习生活验证，小女若能考一所"211""985"大学，足矣！

【附一】

赞凤瑶

曾昭毅

小小凤瑶志不同，清华耶鲁藏心中。
后辈子孙皆如此，曾家万世运无穷。

2010 年 4 月

【作者附记】2010年春节，闻就读于龙泉之侄女凤瑶立志清华，不胜欣慰。然学习犹如奥运之马拉松，欲摘取此粒王冠之明珠，一靠坚持，二靠功力。希凤瑶从此专心用功，则成功之日可待也。

【附二】

赠凤瑶

曾昭俊

曾家有女非凡才，凤鸟高鸣下瑶台。
他年得遂凌云志，敢笑须眉难为侪。

【志辉附记】兄长、贤弟写给小女的赞诗，均属过誉、溢美之词，希望、勉励之语也；其实人应懂得"志存高远，降而求次；保持常态，脚踏实地"之理。故余将原诗末句"敢笑吕后难为侪"中的"吕后"更改为"须眉"也。

劝女读书

学海漫漫始远航，为尔镌刻藏书章。
腹有诗华父母盼，徽因作镜当自强。

2010年7月25日

【作者附记】记得2002年下半载，小女正读小学三年级，余开始陆续为其购买自然和人文科学诸方面的书籍，特别是教育部指定的中小学生必读书目，并雕刻一枚"曾凤瑶藏书"的印章，且将相关图书编上序码。然小女虽在学校尚热爱读书作业，而在家终究迷恋"网络流行通俗追星影视"等快餐文化，因此余望其崇尚"腹有诗书气自华"之古训，向书女林徽因学习。林徽因乃旷世才女，绝代风华，与其夫婿梁思成（梁启超之子）均为现当代杰出的建筑学家和清华大学著名教授，可谓事业与爱情比翼齐飞，人间美满四月天也！

古书有言：看一个人，短期看相貌，中期看智慧，长期看品德。江湖有闻：极品女子内外兼修，比如林徽因；中品女子浪漫天赋，比如陆小曼；凡品女子随波逐流，可谓比比皆是。

余劝女读书，并要求小女中小学阶段奉行"三不主义"——不早恋，不外出上网，不将手机等电子产品带进学校，望子孙后辈谨记之，笃行之。

为爱女十六岁生日而作

姣姣二八女，翩翩读书郎。

一朝凤栖梧，紫气携瑞祥。

2010 年 7 月 25 日

【作者附记】今天农历六月十四日（1994年此日为公历7月22日），是爱女十六周岁生日。余为爱女初取名曾凤瑶，后拟按辈分（也仰慕香港"金利来"创始人曾宪梓）易名为"曾宪紫"而未果，然日后他人若问姓名也可以曾宪紫答之。"宪紫"与"凤瑶"虽俗不雅（抑或"大俗即大雅"？正如老子在《道德经》上说："小隐于野，中隐于市，大隐于朝。"），但互为关联，实属名和字之关系，亦印证古人"纡金佩紫"与"望女成凤"之说，盖父母拳拳之心也！

记得余某年过生日时，正在读小学的爱女对余说，"最喜欢的成语是遥遥领先（遥遥领先之'遥遥'，小女乳名'瑶瑶'之谐音也；摇摇欲坠之'摇摇'，亦如此），最不喜欢的成语是摇摇欲坠"，并将一小张红纸片作为生日礼物送给余（红纸片反面写着"祝爸爸生日快乐，健康长shou"的字样，余至今仍珍藏在钱夹里），后来爱女上初中时还将此事写成一篇题为《礼物》的文章在《荆门日报》上发表。今天爱女过生，已由小娃娃到"小豆蔻"又变成大姑娘矣，余作诗以赠，并将《礼物》一文附在下面。

【附一】

礼物

曾凤瑶

爸爸说，这是他收到的最珍贵的礼物。这礼物不是笔，不是贺卡，不是一束鲜花，只是一张纸，一张只写了11个字的小纸片。

那时我还小，当爸爸过生日时，我想送爸爸一份礼物，不讲实用，不讲装饰，只希望能表达我自己的一份心意。我没有钱，买不起钢笔、贺卡之类的礼物，而我自己所拥有的，只有一双手和一份心意。

我决定送爸爸一张小纸片,我悄悄地把家里红色春联的一角撕下来,剪成了一个小长方形,我在上面仅仅写了几个字:"祝爸爸万事如意,健康长 shou。"字写得不怎么样,我也不想刻意把字写好,也没翻查字典,"寿"字还是用拼音写的,我只想让爸爸看到一个真真切切的我。在字的下面画了一个小女孩,扎着羊角辫,眼睛大得出奇,咧着嘴笑着,这就是我,不细笔描画,也不上色,单单这样就够了,只是为了能够表达我的心意而已。

晚饭时,妈妈做了一些好吃的,妈妈说了句"生日快乐",我便把精心准备好的字条递到爸爸手中,爸爸先是一愣,然后摸摸我的头,高兴地笑了,笑得格外灿烂。

现在,当我偶尔拿出爸爸的皮夹时,还能看到那张纸片,纸片上的女孩儿笑得还是那么甜,唯独纸片周围多了一圈用透明胶粘着的边,爸爸说怕把纸弄烂,就用透明胶粘了一圈,把它一直放在皮夹里,放了5年……

这张纸片是那么简单、朴实,就像爸爸;他的生活也是那么简单、朴实,早上起来白水泡饭,然后上班。他很少上街,也不追求好吃好穿的,对我的学习永远是鼓励。所以,我也只用一张简单、朴实的小纸片来回报他的爱。

"祝爸爸万事如意,健康长寿。"这就是我送给爸爸的礼物。

2007年10月24日《荆门日报》B版

【附二】

<h3 align="center">十六岁生日述怀</h3>

曾凤瑶

觅得古人言,惜时如千金。
莫由等闲度,二八正好龄。

2010年7月25日

【志辉附记】当代著名小说《创业史》的作者柳青曾说过:"人生的道路虽然漫长,但紧要处却只有几步,特别是年轻的时候。"对于读书人而言,余以为主要有四步,关键是看你如何走——第一步是读什么大学和专业;第二步是大学毕业后读研或找工作;第三步是婚姻,尤其是女孩子;第四步是工作十年左右干得如何。此四步若每一步均走好了,则事业有成,生活美满;若其中一两步走得不好,人生之路则可能有所缺失,那么其他几步就要力争走得更好,这样才能有所弥补。望小女及后辈子孙谨记并力争走好每一步。

小女作成此诗,竟索要"润笔费"100元人民币,堪比相如千金之赋啊,谁言"文籍虽满腹,不如一囊钱"耶?

送伞

秋来暑去雨滂沱,小女课归受阻隔。
两代长辈轮送伞,求学路上奏爱歌。

2010年8月6日

【作者附记】今日下午,小女在掇中教学区二楼办公室做作业,临近回家之时,突然天昏地暗,雷电大作,暴雨滂沱。余独在家中,仓促换衣,前往送伞,及见到小女时,小女说:"爸爸,奶奶已送来雨伞,你看你连T恤都穿反啦!"作诗以记之。余又联想到臧克家《三代》诗,意虽有别,立此存照:"孩子,在土里洗澡;爸爸,在土里流汗;爷爷,在土里埋葬。"

爱女誓孝

吾家有女孝为先,父母漂洋心所愿。
几度春秋风雨后,彩虹映日别样天。

2010年8月10日

【作者附记】2010年8月10日,爱女对其母立下孝言:"在爸妈有生之年,我一定让你们出一次国!"让父母漂洋过海,孝心实属可嘉,祝愿一帆风顺,但也正如歌中所唱:"不经历风雨,怎么见彩虹?"作诗以记,有诗为证。

咏曾国藩示子孙

一生尚拙摒虚名,不夸大言诚为本。
打仗力求打稳仗,近代军政第一人。

【作者附记】撇开社会、历史的是非(所谓"千秋功罪,自有后人评说"),

单就个人、家庭而言，曾国藩应该是人生的大赢家、成功者。我们对"赢"字进行拆字分析，纵观曾国藩一生，曾国藩就充分掌握了"曾氏五要诀"——"亡"代表危机、忧患意识，"口"代表交际、沟通能力，"月"代表时间、机遇观念，"贝"代表物质、金钱基础，"凡"代表不凡而又平常的心态。余所总结的曾国藩"曾氏五要诀"也可能牵强附会，但自以为不无道理，可作家训。

小女此次期中考试成绩严重滑坡，尤其是英语、生物这两学科，望其本人结合实际按"曾氏五要决"切实行动起来，挖掘潜力，知耻而后勇，尽吾志而无悔。至于家庭方面，父母要多关心、督促，不能过于信任而放任自流，不能仅停留在引导层面，而要在行动、措施、落实方面狠下功夫。以情商促智商，以非智力因素为手段实现智力目标。亡羊补牢，犹未为晚！

买甘蔗

爱女回乡馋甘蔗，吾奔集市路坎坷。

一番辛苦甜滋味，犹盼桑榆反哺歌。

2011 年 2 月 1 日

【作者附记】今天是农历腊月二十九，余一家三口回到毛李老家，小女说想吃甘蔗，余急忙跑到集市买了三根，花费 23 元。然后扛着十五六斤重的甘蔗返回，其间往来六七里，耗时半个时辰。联想到朱自清的散文名篇《背影》（其中有老父为儿子爬月台买橘子的细节），感慨万千，作诗以记。

小女龙泉读书高三寄语

象山脚下路坎坷，二载求学艰难多。

宝剑磨砺试锋日，挥指长城奏凯歌。

2011 年 6 月 10 日

【作者附记】小女在龙泉中学读书近两年，三次分班，三易班级番号，三换班主任和老师，成绩三起三落，个中曲折，感慨良多。而今高二即将结束，但愿高三迅速适应环境和老师，抱定"乐观奋斗，健康生活"的指导思想（人一辈子应该有一个指导思想），调整心态，善待得失，用功设法，扬长补短，自信自律，成人成长，跳起来摘桃子，尽吾志而无悔。

江湖传言："要想后半生过得好，就要将子女培养好。"中国传统观念："自己成功了，还不算真正的成功；只有子女也成功了，那才算真正的成功。"此言得之。

为爱女十八岁生日而作

十八女儿好年华，自强自爱灿若花。
昆山凤鸟飞舞日，试看青春创奇葩。

2011 年 7 月 14 日

【作者附记】今天阴历六月十四日，是爱女十八岁生日。十八岁，意味着成年，意味着自尊自爱，意味着自强自立，谨以此诗作为爱女十八岁成人宣誓仪式的誓词。

明年，爱女就要参加高考就要去读大学就要离开家了，不禁想起汪国真的《慈母心》一诗："半是喜悦，半是悲哀，最难与人言的，是慈母的情怀。盼望，果子成熟，成熟了，又怕掉下来。"做父母的，盼望子女快快成人，成人了，家中就只剩下两个留守、空巢老人。

小女浙大自主招生寄语

自主招生闹纷纷，吾家有女亦逞能。
东方剑桥心向往，成事在天谋在人。

2011 年 12 月 12 日

【作者附记】新年即将来临，小女也加入2012年高考自主招生的行列，报考了素有"东方剑桥"之称的浙江大学。此举类似于跳起来摘桃子，望小女懂得降而求其次、"尽吾志而无悔"之理，以平常心待之。另者，余也亲自捉刀，代女书写《自荐信》一封，虽多自夸、粉饰之言，然实亦道出成大事者之努力方向（德才学识）和奋斗目标也。小女高考在即，作诗文以寄语。

【作者补记】小女因生病等因素，浙大自主招生笔试未过关，但也许好事多磨。诗记依旧存留，以示求学之过程极其艰难也。

爱女龙年高考祝愿

龙腾大海新年至，凤舞昆山紫气来。
家有女儿金榜梦，及锋而试桂枝摘。

2012 年元旦

【作者附记】2012 年是龙年，爱女参加高考是家庭之头等大事（平民要想改变命运，高考是重要渠道也），家里的一切活动皆要以此为中心而展开。2011 年 12 月 31 日下午，余先让放假在家的小女做"识别错别字比武大赛"题目一小时左右，后又讲解两小时之多，小女做得差强人意，余讲得口干舌燥，小女最后竟索要 50 元奖赏，余戏谑孰谓"知识不可贱卖"乎？（小女高中每年的压岁钱，一般用年级第 100 名减其期末统考年级名次再乘以 5，或用小女的总分减去 600 分再乘以某个系数，即为所得奖金；龙泉中学理科年级前 100 名一般即为武大、华科级别的大学。小女以前初中、小学的压岁钱也用相应的数学公式算得。）

辞旧迎新，感慨系之，良好祝愿，作诗以记。

【作者后记】此诗通过短信寄发出去后，余之高足——山东大学学子王田称余有"父心、师心"，掇中黎彪老师也有异曲同工之评语："何谓师父？为师，其女亲师信道；为父，其女金榜题名。一生何求？曾家有女足矣！"

【附一】

赠学子孟明达

荆门市掇刀石中学　黎彪

孟母三迁良苦心，明理知书务先行。
达官显要不足贵，光宗耀祖看本人。

2011 年 11 月 8 日

【附二】

新年寄语班上学子

荆门市掇刀石中学　黎彪

龙腾盛世新年至，雪报新庚紫气来。

莘莘学子高考梦，及锋而至桂枝摘。

雄心可化冰千尺，十年寒窗绘重彩。

青春韶华弹指间，功就名成指日待！

2012 年 1 月 21 日

为小女高考百日冲刺而作
——兼献给天下备考师生

英木郁苍苍，校园意气昂。

求学读书紧，治教领路忙。

念念金榜梦，孜孜寒窗郎。

折桂乘风起，纵横万里江。

2012 年 2 月 28 日

【作者附记】 小女今年参加高考，今日距高考唯有百日矣；又亲见掇中高三年级召开 2012 届高考百日冲刺誓师大会，凝目"十年寒窗苦读效三皇五帝逐群雄，一朝金榜题名成八斗奇才傲天下"之誓师对联，进而联想到"老吾老，以及人之老；幼吾幼，以及人之幼"之千年古语：推己及人，感慨万千，良好祝愿，作诗以记！

【附】

和阿辉并祝令爱蟾宫折桂

荆门市掇刀石中学　李锡平

关帝髯苍苍，文曲意气昂。

学子竞帆紧，先生把舵忙。

悠悠蟾宫梦，青青园中郎。

翼丰展翅起，佳讯报厅堂。

2012 年 2 月 29 日

小女学校就餐述评

白菜土豆难下咽，娇女倾倒气冲天。
一条短信急父母，驱车飞往雨绵绵。
校外晚餐话此事，问繁答简泪涟涟。
周送三饭保高考，家经不念儿知艰。
自古雄才多磨砺，从来纨绔少能贤。
读书代代无穷尽，乐观进取苦亦甜。

2012 年 3 月 8 日

【作者附记】2012 年 3 月 7 日晚餐时，小女借他人手机给其母发来一条短信："老妈，我从此再也不愿在学生食堂吃一顿饭了！"余和妻闻言旋即冒雨租车赶往龙泉中学，将小女从教室找出，小女哽咽难语，泪眼婆娑，原来小女今晚只打得白菜和土豆两个小菜，实在难以下咽就气冲冲地倒掉而未吃。余和班主任谈了一会儿，然后借外出用餐之机召开临时家庭会议。席间小女问多答少，后吞吞吐吐希求能在学校教工食堂就餐，余甚觉不妥，最后形成孩子她妈每周至少送三次饭菜的决议（电影《上甘岭》中，志愿兵某部驻守朝鲜上甘岭阵地，因为缺水，上级便命令运输部队穿越敌人层层封锁线甚至不惜一切代价"要多送萝卜"以解缺水燃眉之急，最后这支部队终于守住阵地，取得胜利。家家都有一本难念的经，想来小女也还懂事听话，应该初步做到了"穷人的孩子早当家"——上初中时，虽然考取外校却坚持不读而为家庭至少节约一万三千元的学费；读高三后，面对龙泉中学走读、陪读、租房读书之大潮，全班仅她一个女生在校食宿，早操时"万绿丛中一点红"，真可谓"硕果仅存"而"我自岿然不动"，后来我们主动要每周送饭两次也被她拒绝，而现在……撇开学校伙食不谈，这一切变化看来与高考压力、学习紧张有关。小女性格也算开朗阳光，小学、初中时可以与男生打篮球全场；高一、高二周末放假回家，尚能主动到学校对面酒楼找寻父母，向父母报到，甚至还可与酒楼老板及他人调侃几句；而如今经常愁眉苦脸，回家即足不出户地玩电脑……有感于此，作诗文以记之，愿小女后一阶段推己及人，置"小我"（个人学习压力）于"大我"（一代高三学生皆苦）之背景下，做"六好学生"（吃好，睡好，身体好，心态好，学好，考好），并终身做到"乐观进取，健康生活"。

【作者补记】小女此次三月调考考了 634 分（比重本参考线 555 分多 79 分），

位居龙泉中学理科年级第 38 名。三月调考后应该注意些什么？能否息会儿脚、松一口长气？余以为："谁抓住了三月调考至四月这段时间，谁就拥有了高考的辉煌，行百里，半九十，数风流，笑最后，'笑到最后的人才是笑得最美的人'，只有最后的高考才是一锤定音。"第一，要正确认识三、四月调考。有些学生重三月调考而轻四月调考，甚至自欺欺人地说"四月调考考好了，高考便考砸"，其实高考最终是一场实力的较量，检验的是"学得如何"而不是"考得如何"。第二，三月调考至四月这段时间，似乎像一个真空地带，反正离高考还远，同学即将分离，于是同学之间照相、留言，有的甚至沉溺网络、分心恋爱，余以为"上网可以缓，恋爱可以缓，闲话闲书可以缓，想补瞌睡也可以缓，什么都可以缓，但就是复习备考不能缓，增分考大学不能缓"。第三，学习如逆水行舟，此消彼长，不进则退，"气可鼓，不可泄；温可升，不可降"，保温实则降温，进攻就是最好的防守。第四，三月调考后一般以专题、综合训练为主，正是提升能力的质的飞跃阶段，此时哪怕从地上滚到芦席上都困难，于是要全身心地投入学习以度过所谓的"糊涂期"，尽心竭力，稳中求进。第五，要力争"不留任何遗憾"，注重查漏补缺，扬长补短（小女便要扬数理化思考之长，补语外生记忆之短），向细节步骤、规范答题、卷面书写等方面要分数。第六，四月调考后即进入五月，从此便循序渐进、水到渠成地冲向高考。

希望小女放下包袱，拼搏上阵，"日思日睿，笃志笃行"（带小女到武汉参加自主招生考试时，湖北大学是考点，余曾在湖北大学校园内一块巨石上看到过"日思日睿，笃志笃行"这八个字，余让小女站在巨石旁用手机还为其拍照留念，现在此张照片余已设为手机屏幕）。

小女高考家长会龙凤柱前抒怀

——兼和龙泉中学龙凤石柱落成

百年书院披锦绣，龙凤柱石矗云间。
泉水悠悠学子梦，楼兰誓破胜前贤。

2012 年 4 月 28 日

【作者附记】小女龙泉中学就读，高考在即，余参加了学校、班级所召开的家长会议，此次会议又恰逢龙泉中学两根龙凤呈祥大石柱落成典礼之际（小女所在班级也参加了剪彩活动，曾凤瑶姓名中有一"凤"字，又在龙泉中学求学，余亦倍感沾了祥瑞之气，此乃良好祝愿也），特作诗以述怀，并且"幼吾幼以及人之幼"。会议结束后回家，余又与小女探讨了高考前注意事项、高中三年得失成败等问题，小女竟道出了读书做事"自己的好自己讨，自己的罪自己受"之隽语，愿小女在今后的人生道路上也谨记笃行。此记。

【作者补记】6月6日下午，余将此诗略去题目、附记，寄发给小女的班主任向常兵老师，并写上了"曾凤瑶家长曾志辉祝向老师班上龙凤呈祥，高考大捷"之语，向老师回短信道："谢谢曾老师的祝福！孩子们也一定会努力，会争气的。也希望曾凤瑶同学正常发挥，美梦成真！"高考结束后小女说，向老师在高考前那个晚上，将此诗抄录在教室黑板上，借此祝福全班同学，并言此诗为曾凤瑶父亲所作，全班同学热烈鼓掌；小女还说年级主任兼数学老师许睿也即席赋诗一首，可惜该诗内容已不得而知。此记。

高考前娃娃回家打地铺

自古科考压力大，而今感知有我娃。
床儿依旧却嫌软，打下地铺梦若花。

2012年5月25日

【作者附记】5月22日（周二）晚，娃娃因头疼脑热而请假回家（往常每周一般是星期六晚上放假回家）。晚上睡觉时，娃对她妈说睡在自己闺房的床上太柔软，睡不着，还说地铺和学校的床铺差不多，于是只好在另一房间临时打下地铺，娃果然酣然入梦，休息甚好。

由此引发，想起另一例子：掇中某位妈妈（也是儿子的老师），高考前某次在家晚餐时多看了儿子几眼，谁知最近考得不怎么好的儿子竟说"你在蔑视我"，后来这位本身很优秀的子弟调整好心态，最终考取了中央财大。此例当时令人哭笑不得，而现在则令人慨叹深思……

看来这一切均是高考压力、学习紧张在从中作祟（高考紧张，女生高考更紧张，理科女生高考更是紧张加紧张），应试教育之摧残人也由此可见一斑，而每位学生在现行政策下又必须经过这一番"过五关，斩六将"似的折磨，正所谓："自古英雄多磨难，从来纨绔少伟男。"

立此诗文，可作一鉴。

小女高考送饭趣闻

室内蚊兵恣意闹，睡前弱女思良招。
调虫离帐笑敌蠢，梦里凯歌尽美肴。

2012 年 6 月 7 日

【作者附记】今天是高考的第一天，余和妻到龙泉中学考点为小女送晚餐时，小女戏谑了自己昨晚的一件趣事，转述如下——小女昨晚（6日晚）独自一人住在校学生寝室，准备就寝时，感觉蚊帐外总有几个蚊子嗡嗡直叫，小女"烦"中生智，采用"调虎离山"之计，将蚊子引至无人之铺，然后趁蚊子反应迟钝旋即离开，最终酣然入睡，一梦醒来已是今天清晨 7 点 10 分左右，父亲已从家中送来美味的早餐也。小女昨晚到底何时入睡，余不得而知；"调蚊离帐"到底有何科学依据，余亦不想深究；小女今天讲此趣事，看来实有排遣紧张之成分啊。高考啊，高考，高考紧张知多少，岁岁高考何时了？诗文以记。

【作者补记】6 月 8 日下午 5 点，高考终于尘埃落定，小女从幼儿园到高中 15 年的长学也终于暂告一段落。高考结束后，小女再次映入余之眼帘时，是一个穿着一套西瓜红连衣裙的大姑娘，余戏谑着和小女拥抱。看来，小女并不是一台只会做题的机器，而是一个美丽的姑娘。但在余之印象中，小女中学 6 年竟似乎从没有穿过一次裙子。

回想高三这一年，小女最大的感受是"觉睡不够"，有时还头疼脑热不舒服（做家长的一接到电话就担心出了什么事），高考前竟扭伤脖子以致说话、吃饭张口都有些困难。娃她妈则奔波于家校之间，特别是 5 月下旬坚持天天送饭，风雨无阻。余呢，除工作之外，有时连跑步的时间也被打断，后期也从未涉足学校旁边的游泳馆，还挤出时间为小女编了一本《高三语文上荆赶考资料》（小女评价"看后有一种'顿悟'的感觉"）。高考期间每日三送饭，自谑为"好钢用在刀刃上"。小女自入学以后，余和妻便有一个不明确的分工：妻管"生活"，主要侧重衣食住行；余管"思想"，主要侧重"五导"——思想引导、纪律督导、学法指导、考情传导、心理疏导，所谓作诗作附记即源于此也。

文明湖畔的徜徉，象山顶上的眺望，高考前的家庭晚会，蒙泉水边的投币许愿，因各种考试而产生的伤心、落泪（小女高考数学结束后，因后两题未完全做出来，竟说"万念俱灰"而准备复读，后听其他同学也反映数学很难，才调整好情绪继续备考),这一切都真实而美丽地过去了,愿小女从此走出阴影(小女说一辈子似乎很难走出父母的"阴影",其实这不是阴影,而是拴风筝的线),开始新的阳光的生活。今后人生的主题词应该是"安全·学业·事业·爱情·家庭",对于这一切,为父为母则无能为力矣,路只有靠自己走了!

为小女内蒙古之旅壮行

闺中弱女走天边,万里长城连草原。
骏马弯刀留倩影,敖包明月扣胡弦。

2012年6月15日

爱女升学回乡祭祖(三则)

(其一)

孩儿中举皆欢喜,地下先人可有知?
捷报飞来祭列祖,家族兴旺登云梯。

(其二)

亲人数代盼科场,今有儿孙志气昂。
光耀门楣告我祖,宏图大展兴家邦。

(其三)

儿为枝与叶,祖是树和根。
足迹纵千里,思源须感恩。

2012年7月22日

【作者附记】爱女考取南开大学,今又恰逢其十八岁生日,余一家回乡祭祖。祖辈均读书不多。余兄弟三人,大哥1984年考取沙洋师范,余1985年考取宜昌师专,三弟1990年考取郧阳医学院;但我辈最终只是温饱而已,无所大为。江山代有才人出,余之后辈随余在掇中读书大放异彩——2001年彭严俊(舅兄子)考取重庆工商大学,2003年曾亚兰(侄女)考取湖北警官学院,2004年刘辉(姨姐子)考取中南大学,2005年彭映霞(舅兄女)考取武汉大学,2006年李杨(外甥）考取大连理工大学，2011年曾理（侄子）考取浙江工业大学。此次回乡，皇天后土，日月神灵，山川五谷，列祖列宗，一一祭拜。此记。

"五子登科"诗

（其一）

卢思齐登科上海财大

东方明珠异彩呈，卢家儿郎终问鼎。

见贤思齐古今理，黄浦弄潮代有人。

2010年3月23日

【作者附记】卢克宝、吴萍老师教子有方，其子卢思齐人文素养好，勤学用心，成绩优良。2009年卢思齐在掇中首摘上海财经大学桂冠之后，忝为其师的我和小女曾凤瑶谈起要在上海等大城市读大学之事，现回忆起来作成此诗以赠勉，并寄语后学者及天下教子读书之父母也。

（其二）

曾凤瑶登科南开大学

寒窗漫漫读书郎，金榜一发意气昂。

问鼎南开歌壮志，长征万里启新航。

2012年8月1日

【作者注】曾凤瑶乃掇中曾志辉、许远红老师之女也。

（其三）

龚俊怡登科南京理工大学

俊仔下钟山，秦淮龙虎盘。

金陵有霸气，重任铁肩担。

2012年8月4日

【作者注】龚俊怡乃掇中龚明杰、张春馨老师之子也。

（其四）

张小航登科西安电子科大

文武张弛系小舟，风声雨声读春秋。

云帆直挂长安起，沧海纵横竞上游。

2012年8月16日

【作者注】张小航乃掇中张铮、陈梅老师之子也。

（其五）

杨佩云登科南京审计学院

楚地祥云佩，金陵紫气来。

好风娇女借，直上凤凰台。

2012年8月22日

【作者注】杨佩云乃掇中杨宜勇、龙华老师之女也。

小女南开入学前夕

阿女闺房难入眠，往昔历历思华年。

娇娇雏凤终飞舞，紫气衔来慰父颜。

2012年8月16日

【作者附记】2012年8月15日之夜是小女到南开大学报名的前一天晚上，由余做东，请小女幼时的小伙伴杨佩云（南京审计学院）、龚俊怡（南京理工大学）、张小航（西安电子科技大学）及其父母等相聚饯行，余拿出"镇宅之宝"天之蓝酒与众欢饮畅谈。是夜凌晨两点之多，余发觉小女闺房之灯尚且亮着，便叩其门，见小女仍在看书，遂问"是否辗转反侧"，答曰"是"；又问"即将离开生活了18年的家，是否有点感触"，答曰"嗯"；再问"是否保留闺房"，答曰"废话"。此情此景，作诗以记。

小女南开入学寄语

天子渡口八里台，愈难愈开数南开。
日新月异是良训，允公允能学恩来。

2012 年 8 月 18 日

【作者附记】中国著名文学家老舍和曹禺曾在写给南开大学创办人、近代著名教育家张伯苓先生的信中说："中国、天津，有个八里台，八里台有个南开，知中国者必知南开！"南开大学的校训是"允公允能，日新月异"，敬爱的周恩来总理就是"南开人"的杰出代表。小女 8 月 18 日到南开大学入学报到，对小女这个新"南开人"，作为一家之长，特"约法三章"——第一，树立"知中国、服务中国"之志向，力争出国留学或保送北大、清华、人大、复旦之研究生，本科求学力争奖学金，勿沉溺网络，任何功课勿补考；第二，培养四种能力（学习之能、工作之能、生活之能、心性之能），善待困难，乐观奋斗，身心健康，精神不倒；第三，作为女孩子要谨慎择友特别是异性朋友，大学期间"学业为重，爱情次之"，四年之中勿因恋爱之事而牵动双方父母，大学毕业后可谈婚论嫁。诗文为证。

赠小女及南开同门师兄

素闻狗不理，今日与君尝。
娇女南开至，智圆行且方。

2012 年 8 月 18 日

【作者附记】2012 年 8 月 18 日，余和妻携女到南开大学报名，受到了小女南开几位同门师兄——刘丰（2000 年考入南开大学，余之学生，现为国际政治专业教授）、陈孝伟（南开大学也毕业，清华硕博，现为南开保险专业教授，是南开今年到荆门招生的负责人）、段小刚（2009 年考入南开大学，余之学生，现为经济学专业大四学生）的盛情接待，晚上刘丰在天津狗不理宾馆设宴，余目睹了狗不理包子在席间现场制作的过程。此记。

朱相宜、曾凤瑶之父母送女入学南开

君送娇娇至，我携宝宝来。

南开同进步，友谊花长开。

2012 年 8 月 22 日

【作者附记】 2012 年 8 月 16 日—22 日南开之行，余一家巧遇农行掇刀团林支行朱文功夫妇一家，两家女儿同在荆门市龙泉中学毕业，又一起问鼎南开大学，朱相宜主攻金融学，小女就读金融工程，金融学与金融工程均属经济学院，真是有缘，祝愿两个孩子"做诤友，互帮助；谋发展，同进步"；希望她们永结友情，身心健康，真正成为"经邦济世，智圆行方"（南开大学经济学院"院训"）之人才。另一方面，也真诚感谢朱行长所提供的北上出行之便，也希望两家今后多走动。作诗文以记之。

忆昔——我是爸爸的小闹钟

咚咚敲门响，催父快起床。

待问阿女梦，翩翩上学堂。

2012 年 9 月 8 日

【作者附记】 犹记 2000 年前后，小女正读幼儿园大班、小学，因为天不亮就要上学，于是在其闺房配备一个小闹钟，闹钟一响，小女便自行起床，自主梳洗，然后敲余之房门："爸爸，懒虫，起床啦！"那时候，余尚未带手机，听到吆喝声便如闻闹钟响起，随即起床并拟上早操、早自习，而小女则又去喊其他小朋友一起上学去了。此便为"我是爸爸的小闹钟"之故事，余还曾要求小女以此为题构思作文；现在小女已去读大学，试问每天早上还能早起否？往事依依，诗文记之。

贺段小刚北大保研寄小女（二则）

（其一）

悠悠北大梦，今日终归偿。

勤勉志高远，会当成栋梁。

（其二）

燕地歌虽壮，楚湖蟹更香。

好风送俊秀，万里走辉煌。

2012 年 10 月 4 日

【作者附记】段小刚同学系荆门市掇刀石中学毕业，于 2009 年考入南开大学，现如今已先后获得复旦、人大、北大等大学保研资格，最后选取北京大学经济学院读研，终于圆了其本人及掇中北大之梦想。余曾忝为段小刚之师，又因小女今年也考入南开大学，遂借小刚同学国庆回荆省亲之际，略备薄酒，也弄了点长湖螃蟹助兴，特邀黄红兵、鲁勇老师诸位，为其饯行，以示庆贺！段小刚同学家庭困难，据云到大学报名时仅带千元，这几年主要靠打工、挣奖学金完成学业，但乐观上进，成绩优异，积极参加各种社团活动，曾任南开大学经济学院党校校长等职。段小刚的成长经历，正好印证了华中科大李培根校长的一句名言："不拼爹，拼的是自己！"希望小女以段师兄为榜样，见贤思齐，学有所成，力争将来出国留学或保送北大、清华、人大、复旦、上海交大之研究生。此记。

【附一】

答恩师

段小刚

长湖蟹添香，师生情更真。

津京学四载，爱拼才会赢！

【附二】

与师妹

段小刚

大爱慈父心，冬衣捎至津。

更有凌云志，他年比兄行！

【小刚附记】衷心感谢母校、恩师，唯有不懈努力，以壮校威，以正师名！时虽一年，以瑶为妹，全力辅佐，以遂其愿！

盼爱女回家过年

异地求学方半载，家中挂念已千回。

闻说假日即将至，采办年糕待女归。

2013 年 1 月 3 日

初八晚送女上学

假日匆匆过，今夕窝又挪。

南开须振奋，还唱清华歌。

2013 年 2 月 17 日

电脑打油诗寄小女

现代文明数电脑，莘莘学子竞折腰。

个中利弊难定论，荒废学业知多少。

2013 年 3 月 9 日

父亲节"父怨诗"谑赠小女

阿女求学去，炊烟从此稀。

何当家宴乐，却盼假归时。

2013 年 6 月 16 日

【作者附记】今天是六月的第二个星期天，据云是"父亲节"，小女昨晚12点一过第一时间发来如下短信："在这'万恶'的考试周，您亲爱的姑娘一边复习一边不忘您的养育之恩，给您发一条祝福的短信，祝老爸父亲节快乐！"余将短信转给妻看，又慨叹于单位上一旦子女读大学去了，很多"留守父母"便很少家炊而大多在单位食堂就餐之现象，谑而为诗，回赠小女，个中滋味，难以尽述。

为小女二十岁生日而作

袅袅娉娉吐蕊香,求学一载启新航。

凤凰更待乘风起,直上九天展翅翔。

2013 年 7 月 22 日

青春誓言
——小女"大三即高三"箴言

青春誓言,道义铁肩。

闻鸡起舞,身体为先。

成事以德,意志惟坚。

勿溺游戏,学业勤勉。

劳逸结合,格调不减。

学会生活,知行相连。

学会做事,思密慎言。

学会做人,情商为典。

磨砺以须,及锋而践。

幸福人生,以慰慈严。

2014 年 8 月 8 日

【作者附记】在小女赴重庆实习前夕(8 月 7 日晚),余与龚明杰、杨宜勇三家共 9 人在外举行家庭聚会,席宴上大人们相约结为异姓亲戚,曾凤瑶、龚俊怡、杨佩云三个孩子(同年出生,一起长大,一起读书,现在又即将上大学三年级)也立誓把握大三这关键一年,力争大三像高三那样拼搏,为以后保研、考研、考公务员或者找一个好工作而奠定坚实的基础,此所谓"大三即高三"也。李大钊云:"铁肩担道义,妙手著文章。"立此存照,有诗为证。

小曾大三寄语

龙泉岁月勤耘耕,折桂南开初有成。
今日考研须振作,爱拼奇迹看小曾。

2014 年 9 月 20 日

赠黎小佩、曾凤瑶姐妹

有缘千里在天津,姐妹相交心自诚。
互助互帮真友谊,共谋发展定飞腾。

2015 年 10 月 2 日

【作者附记】10月2日上午,荆门市掇刀石中学黎彪老师北上天津,携已在津从医的女儿黎小佩及其家人前往南开大学看望小女,他们在一起吃饭、照相、叙乡情、谈事业,其乐融融,亲如一家。异姓姐妹,有诗为证!

【附】

和曾先生——写给女儿的歌(四则)

荆门市掇刀石中学　黎彪

(其一)

同是荆门求学人,父辈兄弟情亦真。
姐妹相逢在津城,携手同行共飞腾。

(其二)

弹指流年,
沧海桑田。
人生如品茶,
尝得世间况味,
浓淡暖凉眨眼间。
听雨品茗,
笑谈浮生。
如梦幻泡影,

相遇即是恩泽，

平静平淡最为真。

（其三）

吾家小女已成人，八年求学在天津。

成家创业刚起步，追求进步不能停。

再过十年俺退休，荆津之间任意行。

南北优势宜互补，悠哉乐哉笑盈盈。

（其四）

南方和北方

曾经以为，

生于斯长于斯，扎根一辈子的是南方，

女儿却选择了北方。

曾经以为，

南方不仅仅有荔枝，

北方只有高粱。

曾经以为，

南方是鱼米之乡，

北方只有黄土苍凉。

曾经以为，

南方人说话，犹如小鸟歌唱，

北方人只有马鞭甩出的粗犷。

多少次的南来北往，

感受到了南方人的细腻，

北方人的豪放。

多少次的飞机高铁，

千里之外的南北两方，

没有时空，只有牵肠。

多少次越过莺飞草长的江南，

再读北国的风光，

让我喜悦，让我忧伤。

多少次我梦里有母亲伴我的南方瓦房，
几十年的变迁，
如今北方成了女儿一生奋斗的疆场。
我是一只候鸟，
时而栖息南方，时而飞往北方。
多少次的南来北往，
剪不断的思念和向往。
女儿和我，
北方和南方……
也许，几十年后，
女儿的女儿，
大学、就业、安家，选择南方，
把南方作为人生的主场，
又一代人的南来北往，
将重复着类似的经历和梦想。
四季轮回，岁月沧桑，
多少人的南来北往，
演绎着人生的思念和向往。
这也许就是，
我熟悉而陌生的南方，
我亲切而思念的北方。

【附】

一个老班主任致"家长群"的短信
——《写在爱女成长中》电子版附言

以上这个《写在爱女成长中》我戏称为《育女真经》，绝对没有"炫"的意思（小女国庆期间带男朋友来过门，我包装了6本送给两个孩子和双方父母，姑娘开玩笑道："爸爸，你嫁姑娘就嫁姑娘，怎么还附带一个说明书啊！"）。我将电子版发在此家长群，大家如果觉得有点意义，不妨一观，因为正是寒假期间甚至还可推荐给自己的孩子阅读（我们班49个女生，大多数家长像我一样养的是姑娘，当然也欢迎男生及其家长浏览），孟子说："幼吾幼，以及人之幼！"如果觉得不妥，赶快删去，权当未发。爱孩子、管孩子、教育孩子、引导孩子的方式是多种多样的（我是个酸不啦唧的语文老师，所以我用所谓的诗记这种方式），但提醒家长们对孩子的学业、成长一定要操心，现在孩子的成人、成才在一定程度上比拼的是家长而不是老师。

  最大的投资就是对孩子教育的投资，我在山东曲阜孔子故乡听到有句话说得好，"十分才能用三分，还有七分留子孙"，这留给子孙的"七分才能"很大程度上就体现在"家教家风"等方面——儿孙强过我，留钱做什么（他有本事自己挣钱养活自己）；儿孙不如我，留钱做什么（儿孙如果不成器，他会将父母所留的钱财短时间就挥霍殆尽）！

  献丑，见笑，我只是一个酸不啦唧的语文老师！

2021年寒假

【附】

  《写在爱女成长中》最初收录49则所谓的"日记"（后从中独立5则），从小女11岁到27岁，时间跨度16年左右。2012年，小女以理科649分的成绩（龙泉中学15名，荆门市23名，湖北省503名，其中语文121，数学137，英语135，理综256）考入南开大学金融工程专业；2016年，小女又以375分的成绩（其中政治71，英语82，数学116，专业106）考入南开大学金融专硕研究生。作为读书应试，小女虽然最终没有考取北大、清华，也没有到耶鲁、哈佛去留学，但成长比结果更重要，这40则"日记"就在一定程度上见证了小女的成长历程。人生的道路是漫长的，如果不是特别有纪念意义的事情，余一般不会再为小女写什么诗或日记了，因为余以为对于小女来说社会实践比所谓的诗或日记更有价值。但愿小女走好人生的每一步，特别是就业、婚姻、生子和最初十年左右的工作等关键性的几步。祝小女乐观奋斗，健康幸福！

手足篇

静夜思

曾昭俊　曾昭毅

年登不惑抚今昔，梦醒更深夜静时。
思访岱宗车断毂，欲横江海舟绝楫。
怆然有悔老将至，几度无功心渐急。
天若假余三百载，也教足下乾坤移。

【昭毅附记】此诗本兄长不惑之年所作，因年代久远失记，诗句已散缺不全。余爱其辞藻，感其诗意，不避狗尾续貂之嫌，补而续之，传诸后世。而今余亦步入不惑之年，诗之意即余之情也。余兄弟三人，虽艰苦奋斗，终无大成。昭俊兄长亦余之师长，满腹经纶，才具最高，必感触至深……

遥寄赣南医学院吾弟

曾志辉

鄂赣千里一线牵，手足之情本相连。
何当会师井冈上，比翼齐飞写新篇。

2005 年 10 月 28 日

【作者注】井冈山位于江西省赣州市境内。

2006 年春节和志辉兄长

曾昭毅

洞庭碧水波千里，湖北湖南两相依。
金樽同举邀明月，共忆兄弟手足情。

【志辉注】此诗不押韵，乃贤弟处女作也，作于 2006 年春节弟媳聂亮湖南老家。

为大哥二哥已过不惑之年而作

曾昭毅

不惑之年犹有惑，闲闲岁月叹蹉跎。
桑榆景色处处好，苦海有桥时时过。
吾辈不才难得志，子孙有幸酬家国。
劫波度尽精神爽，真经拈来皆成佛。

【作者附记】此诗虽似有调侃之意，但只为押韵作诗计，并非对兄长之不敬。诗中"劫波度尽精神爽，真经拈来皆成佛"原意指唐僧师徒西天取经，历经磨难，最终求得真经，修成正果。余2002年9月考入贵阳医学院读研究生，人戏言西天取经，而今历经辛苦，学成毕业，亦希望事业有所成就，不负余之所学也。

【志辉注】兄长系中共党员，弟加入了农工党，余则为民盟成员，三兄弟三党派，"此中有真意，欲辨已忘言"。

离乡

曾昭毅

我独离乡去，征雁亦思归。
不敢复君问，明年几时回？

2010年6月18日

【作者附记】虎年春节，余回乡过年，食宿在兄长姐夫家旬余。离乡之晨，姐夫一家殷勤相送上车，作此诗以记之。

兄弟重逢

曾昭毅

昨梦故乡雪，今逢故乡月。
相见鬓有丝，欲语声先咽。

2010年7月2日

【作者附记】2005年7月，余研究生毕业后一家人住志辉兄长家月余，后远赴江西赣州工作。2010年春节方回家过年，抵荆时已夜深，二嫂已备好一桌酒菜，二哥出门远迎。五年后兄弟重逢，不觉岁月催人老矣，感慨万千，作诗以记。

九月九日赠故乡兄长

曾昭毅

清风斜日临江渚，重九再逢佩茱萸。
遥问兄长登高未，今年还备菊酒无？

2010年10月16日

【作者附记】今日是中国的九九重阳节，传统风俗是登高、插茱萸、品菊酒。"重九"寓久久之意，茱萸称为"辟邪翁"，菊花号为"长寿客"，二者均可入酒祛病养生。余独处异乡，遥祝故乡操劳工作、操心家事的兄长及亲人们岁岁平安，九九长寿。

赠贤弟"起夜改诗"

曾志辉

不惑生辰觅小诗，南飞鸿雁告弟知。
千里赣江惊涛醒，传来佳句饮醍醐。

2010年11月29日

【作者附记】昨乃余45岁（40—45岁均可以称为不惑之年、强壮之年，俗语云："人到四十五，正是出山虎。"）生日（阴历十月二十三），觅得一首小诗寄往赣州；弟寅时如厕而斧正，随即寄发荆门，并称"起夜改诗，不亦乐乎"；余朝读开机，阅读短信如饮醍醐，始知"贤弟本色是诗人"，作诗以赠。

异乡寄湖北兄长

曾昭毅

新年窗外飘新雪，孤枕愁听北风烈。

遥知兄弟团圆夜，遍举金樽顾有缺。

2011 年 2 月 3 日

【作者附记】余兄弟姊妹当中，唯余独处江西，妻家湖南，故不能年年回湖北家乡与亲友相聚。今岁余在湖南妻家过年，妻早已回江西上班，寒夜孤枕，偶得此诗以表达思乡思亲之情。

兄弟赣州会师

依依别井冈，又赴赣江旁。

兄弟遥相会，举杯话故乡。

2011 年 7 月 10 日

【作者附记】7月10日午饭后井冈山"红色之旅"结束，余跟其他同志和井冈山依依作别；余乘客车四小时左右到达赣州，弟曾昭毅车站相接，后与弟全家外出吃晚饭，然后到弟工作处（赣南医学院）转了数圈。11日下午，余同弟一家游览了赣江、赣州宋代古城墙、唐代郁孤台等名胜古迹，其中郁孤台因辛弃疾的《菩萨蛮》词（最有名的词句为"郁孤台下清江水，中间多少行人泪……青山遮不住，毕竟东流去"）驰名海内，另外赣州榕树也别有风味，有的树龄长达500年以上；晚上弟率妻儿为余在餐馆饯行。12日上午八点半，弟送余登上客车前往广州。弟一家生活得很好（约140平方米的房子已买，弟早已评上副教授，弟媳聂亮在赣医附属医院上班虽较辛苦但条件不错，特别是侄儿曾君临健康活泼、勤奋好学，余是曾氏家族中第一个前往赣州探视的人，看到弟一家生活的情况，作诗文以记之，敬请七旬老母、兄弟姐妹、亲朋好友放心！

兄长赣州行记

曾昭毅

兄弟遥隔千万里,清风一路送君来。
浮桥赣水榕树景,周鼎宋城郁孤台。
浊酒数杯问家事,良言半夜萦我怀。
男儿不洒离聚泪,怅望远车漫尘埃。

2011 年 7 月 12 日

【作者附记】7 月 10 日至 12 日,志辉兄长井冈游后,访问余之所居赣州,作诗以记。

贺神舟天宫对接成功

曾昭毅

浩浩宇宙点点星,神舟天宫对接成。
嫦娥归家千年梦,华夏儿女步步迎!

2011 年 11 月 3 日

【作者附记】2011 年 11 月 3 日,"天宫一号"目标飞行器与"神舟八号"飞船在近地点 200 公里、远地点 300 公里的轨道上,以 28 000 公里的时速首次对接成功,这是中国空间站的一个重要起点,14 日将第二次交会对接。

和弟《贺神舟天宫对接成功》

曾志辉

广寒宫里喜临门,遥望故乡迎贵宾。
河汉相逢世瞩目,举杯共贺梦成真。

2011 年 11 月 3 日

送贤弟父子二人（诗二首）

曾志辉

（其一）

相聚八九日，一别断人肠。
赣南鱼虽美，荆楚藕更香。

（其二）

伴老母，拉家常；论今古，谈学堂；
共车驾，回故乡；学游泳，乐徜徉；
看奥运，瓜果芳；同榻枕，美梦香。

2012年8月7日

【作者附记】因小女考入南开大学，弟曾昭毅父子二人于7月29日下午千里回荆，今晨8点返赣而去，前后累计八九天时间。在此期间，招待的虽只是家乡的菱藕蔬菜，不及侄儿曾君临常念叨的"赣南小炒鱼"；但君临立志考取北大、清华等名牌大学，力争超过其姐曾凤瑶，其志可嘉，其行可慰，并且心动化为行动（《中国最美大学》一书，曾理传曾凤瑶，曾凤瑶传曾君临，余称为"红宝书"代代相与传，一代强一代，君临每每走亲戚时也不忘作业、读书，其兴趣是兵器、机械设计与制造）。此情此景，历历在目，其乐融融；转瞬即逝，天涯一方，不免伤感。看来我们只好用古人现存的句子互慰："但愿人长久，千里共婵娟。"作诗以送，依依惜别！

为兄长曾昭俊五十寿辰而作

曾志辉

细雨绵绵返故里，兄台半百吾心知。
人生自是有情愫，最忆长湖摸鱼时。

2012年12月2日

五十自嘲

曾昭俊

年届知天运已足，鬓边染雪万事休。
忙时只为衣食苦，闲日常将家国忧。
半世书虫成朽蠹，一身傲骨居下流。
赢得桃李三千满，纵使无为亦无求！

2013 年 2 月 16 日

赠友篇

和《为曾老师画像》

曾志辉

翰墨书香娓娓来，一枝荷莲湖中开。
依依杨柳难顾影，诗华自艳古琴台。

2004 年

【附】

为曾老师画像

荆门市掇刀石中学　杨艳伟

一书一笔一世界，一酒一歌一陶然。
莫道天下无人识，桃李芬芳满天涯。

为二姨妹出阁赋诗一首

曾昭毅

群山环玉翠，百鸟舞青烟。
娇娇聂家女，日日盼窗前。
郎才配女貌，花好月团圆。
从此为人妻，幸福永无边。

2009 年 10 月

赞白衣天使

——赠爱妻聂亮

曾昭毅

如花似玉如梦龄，青春立誓效南丁。
一袭白衣称天使，两袖清风步轻盈。

提灯女神今犹在，长夜漫漫影娉婷。
对镜独怜梅花瘦，岁月无情人有情。

2010 年 4 月 19 日

【作者附记】2010 年 4 月为赣南医学院第一附属医院工会"护士节"征文而作，兼赠作为护士的爱妻聂亮。南丁，即南丁格尔，是现代护理学奠基人，被称为"提灯女神"。

忆长沙
——赠爱妻聂亮

曾昭毅

忆君约在长沙时，漠漠浮云雨如丝。
岳麓山高藏春色，湘江水暖踏青泥。
几日缠绵情难尽，三更已逝人未知。
明朝那堪相思苦？愁向天晓恨别离。

2010 年 6 月 10 日

【作者附记】2002 年 1 月 30 日，余研究生入学考试后，与爱妻聂亮约在长沙，其间参观毛主席故居，游览岳麓山及爱晚亭等长沙名胜，于湘江橘子洲头岛上濯足嬉戏，遂订终身之盟。然相聚不足十日，余即返回荆门过春节。此诗即余人生中美好初恋之回味也。

陶婚八周年纪念
——赠爱妻聂亮

曾昭毅

恨不逢君更早时，离多聚少常相思。
陶婚八载添新盟，九重泉下亦相知。

2010 年 6 月 19 日

【作者附记】 2010 年 6 月 19 日，乃余与爱妻陶婚八周年之纪念日。

一医住院赠杨主任医师

曾志辉

今日微躯染沉疴，恰逢妙手回春来。
满园杏林添一树，万花岁岁为君开。

2010 年 8 月 12 日

【作者附记】 在一医住院期间，杨举红医生精心治疗，对症下药，照顾有加，病情好转，这不由得让余想起"杏林春暖"的典故（三国时董奉医术高超，医好病人后使栽杏于山中，数年得十万余株，蔚然成林），杨医生真乃当世之董奉，余作诗一首权当一棵杏树也！

因杨医生系弟曾昭毅之同学，此诗形成与弟息息相关。

即席诗一首

曾昭毅

佳肴过五味，美酒逾三巡。
席上欢声语，同袍兄弟亲。

2010 年 10 月 22 日

【作者附记】 赣医第一附院 ICU 室"中国医疗质量万里行"检查优秀庆功晚宴，余作为家属受邀参加，即席而作。

赠爱妻

曾昭毅

寒晨落新雪，雪中与君别。
关山万里远，从此思君切。

2011 年 1 月 29 日

【作者附记】今年春节,余一家回湖南妻家过年,然妻仅有七天假期,之后先回江西上班,送别时作诗以赠。

贺新年
——为45名即将毕业学生而作

曾昭毅

亦经冰雪亦经霜,数载寒窗亦有疆。
待到春风送暖日,满园桃李竞芬芳。

2011年2月2日

【作者附记】余担任赣医药学院08级药专2班班主任,45名学生现已在祖国各地实习,来年春归,学生即将返校毕业。多年寒窗苦读,而今学业有成。余作此诗祝每位学生新年万事如意,人生前程似锦!

春节后回赣赠妻

曾昭毅

日日思君不见君,今朝相见梦中人。
轻车飞返万山逝,一路风光处处春。

2011年2月9日

【作者附记】今年春节,余携幼子在湖南妻家过年,妻独在江西上班,今日千里返赣,作诗以赠。

戏爱妻

曾昭毅

聂家有酒徒,醉里喜歌舞。
口中频叫唤,没醉再一壶!

2011年2月9日

【作者附记】今日，余千里返赣回家，当晚妻下班后至同事家吃饭，半夜酩酊大醉，余接妻归，背妻上七楼，累得大汗淋漓，气喘吁吁。妻平日多滴酒不沾，今日第一次醉酒，余以此打油诗调侃之。

送妻赴京进修

曾昭毅

轻风迟日燕双飞，碧水滔滔春又归。
杨柳依依送君往，稚儿频问几时回。

2011 年 2 月 26 日

【作者附记】今日上午 10 时送妻上车赴京进修三月，余和幼子留守赣州上班上学，诗以记之。

十年锡婚赠别爱妻

曾昭毅

执手相看清江去，春燕春柳共徘徊。
此恨再别三月久，愿君常思梦里回。

2011 年 2 月 27 日

【作者附记】今年余与爱妻相守十年矣。妻于 2 月 28 日赴京进修重症监护三月之久，余作此诗赠别兼作锡婚纪念。

"绣娘"刺绣记

曾志辉

家有绣娘巧寻芳，飞针走线织锦忙。
牡丹娇艳堪国色，荷蕊高洁飘素香。
竹叶青青存神韵，红梅朵朵傲雪霜。
花开富贵乔迁梦，紫气东来绕新房。

2011 年 3 月 1 日

【作者附记】从 2010 年 11 月始,妻迷上刺绣已达四月之久,"描牡丹,刺荷蕊;画翠竹,绣红梅",其中有三幅作品分别命名为"国色神韵""花开富贵""紫气东来"。妻常在布锦上飞针走线,有时甚至三更半夜,问妻所以然者,其答曰:"备将来乔迁装饰新房之用也。"作诗以赠。

赠远在北京之妻

曾昭毅

春寒漏更深,孤枕伴冷衾。
漫夜何寂寂,长思梦中人。

2011 年 3 月 6 日

【作者附记】2 月 26 日,妻远赴北京进修学习,至今分别近十日矣。

再赠爱妻

曾昭毅

长忆星沙十八日,申城相守二月奇。
孤寒不耐绵绵夜,最爱思君初恋时。

2011 年 3 月 27 日

【作者附记】妻远在北京进修,分别月余。2002 年春节前后余与妻两次约见长沙(长沙别称星沙),读研前两次约在上海。

爱妻归家

曾昭毅

霖雨绵绵漏更深,孤寒难寐待晓晨。
久别重聚在今日,拥看远归梦里人。

2011 年 5 月 21 日

【作者附记】妻 2 月 26 日赴京进修,5 月 21 日归家,分别 84 日重聚,作诗以记。

月下行

——赠爱妻

曾昭毅

月下相携漫步行，秋风梧叶送寒声。
约言白首共今世，笑看夕阳拥晚晴。

2011 年 10 月 8 日

【作者附记】深秋月夜，余和妻晚饭后在江西理工大学校园内散步，观周围数对白头老人携手而行，妻羡慕不已，余作诗以赠。

在荆旧友聚会喜迎钟守军回家

曾昭毅

劳劳苦旅沐雪花，忽闻钟君早归家。
遥知众友相聚日，犹念一人在天涯。

2012 年 1 月 20 日

【作者附记】昨日欣闻好友钟守军携妻子回荆，今日与在荆好友杨举红、张学福、徐忠诚、何军民等隆重聚会。十年不曾谋面，余远在湖南途中，不能相见，深以为憾，以此诗记并祝各位好友阖家幸福，万事如意！

赠北京诸位弟子（诗三首）

曾志辉

（其一）

京味酒楼品京鸭，果园宾馆尝果茶。
一别数载说荆楚，往事依依忆年华。

（其二）

京华桃李艳群芳，叶茂枝繁吐蕊香。

更待菊黄佳酿至，共君一醉一徜徉。

（其三）

应有尽有君会有，应无尽无我当无。
年岁相异各有境，千里婵娟共祝福。

2012 年 8 月 20 日

【作者附记】2012 年 8 月 16 日，余和妻送小女入学南开，途经北京先后见到了 2000 届弟子周琼、叶红婷、陈伟莉、张云，并受到了他们在京味酒楼的热情款待，后下榻于周琼所执教的北京交通大学红果园宾馆。在此一一谢过，作诗以赠！

赠友人罗云奎

曾志辉

书生意气少年情，犹记江边醉酒行。
已是鬓白重聚首，喋喋却念育儿经。

2013 年 9 月 30 日

【作者附记】余与罗云奎系沙洋县毛李镇南华初中同窗两年的友人，后余读大学时两人又曾相晤宜昌，时隔近三十年却于掇刀邂逅，而其女罗蒙恰巧在余之班上就读。今天，罗云奎夫妇盛情款待余及诸位老师，共议子女成人成才之事，感慨良多，作诗以记，亦祝罗蒙健康成长，励志进取，力争明年高考马到成功，金榜题名！此记。

贺 2000 届弟子周琼喜结良缘

曾志辉

京城溢禧福，红袖携诗书。
今日觅佳婿，会当琴瑟呼。

蓬莱七夕与妻诗

曾志辉

海上逢七夕,临风作酒痴。
银河翘首望,还恋妻相依。

2014 年 8 月 2 日

谑赠徒儿杜雯三十五岁生日

曾志辉

云霓灿烂洁无瑕,文质彬彬遇邵华。
鼎盛春秋堪羡艳,兴家立业杜鹃花。

2015 年 12 月 10 日

谑赠"五朝元老"诸弟子

曾志辉

五朝元老聚掇刀,追忆往昔多苦劳。
纸上得来虽有憾,投身社会逞英豪。

2017 年 1 月 17 日

【作者附记】2017 年 1 月 17 日晚上,彭严俊、柴胜锋、邓长江、张锦四位弟子荣归母校来看望余、赵政林、张铮三位老师,师生在筱宴春共进晚餐。彭严俊等五位弟子(还有一位在青岛工作的李念军同学)曾在掇刀石中学打拼五年,故戏称为"五朝元老"(复读并非丑事,复读的韧劲用到工作上就是成功,相反有些读书少年得志者,在社会上却"泯然众人矣"),其中爱人侄儿彭严俊余就教了四年。这五位弟子读高中期间,因为以前基础弱,加之英语差,读书颇多坎坷,三年高考、所读大学均不甚理想。但这五位弟子毕业后在社会这所大学里却发展得风生水起,现在事业有成,堪称成功人士。看来,读书应试与社会实践是绝对不能画等号的,应试教育的弊端也可见一斑,人更重要的是做事的才识。作诗文以记。

赠掇中范江华老师

曾志辉

君在掇刀我在汉,晨询地震虐台湾。

安危千里记心上,兄弟深情高九天。

2018 年 11 月 26 日

【作者附记】2018 年 11 月 26 日 07 时 57 分,中国台湾海峡发生 6.2 级地震,随后掇刀石中学范江华老师打电话来询问余之安危,而此时余仍在武汉。兄弟情义,有诗为证。

赠江城弟子

曾志辉

白云黄鹤翩翩舞,弟子情深天下独。

把酒吟诗忆往事,滔滔江水送君福。

2018 年 11 月 26 日

【作者附记】11 月 25 日晚至 26 日,余赴台前夕,逗留武汉,受到了掇中 97 届弟子金明涛、陈帮菊、李爱玲以及 00 届弟子孙飞、侄女彭映霞等人的盛情款待。作诗以赠。

赠"最美援藏教师"金兴旺

曾志辉

雪域高原不老松,藏龟三载化蛟龙。

大侠最美胜卓玛,荆楚教师好作风。

2019 年 6 月 16 日

【作者附记】金兴旺老师 1993 年秋季学期从沙洋县原五里高中调入荆门市掇刀石中学,是资深的物理教师和班主任,曾任掇刀石中学工会副主席、民盟掇刀支部主委。金老师在掇中曾多年执掌理科一类班级大印,在师生中享有"老金""金大侠"之美誉(其每天早上投 100 个 3 分球曾是掇中一道最亮丽的风景线），2003 年创下掇中理科单班高考一本上线 32 人的纪录（此纪录直到 2014 年一本扩招以后方被打破，至今仍是理科补习班之纪录），2006 年所带应届班谭晓英同学以 632 分被浙江大学录取并创下掇中理科历史新高（当年荆门高考理科状元 655 分，该生名列全市 40 名左右）。2016 年秋季学期至 2019 年春季学期，金兴旺老师又到西藏自治区山南市第一高级中学支教，三年援藏，其中有一年半属于退休之后，教书育人，高风亮节，曾先后获得"最美援藏教师"等多种荣誉称号。余与金兴旺老师同年调入掇中，曾经 6 年做其科任教师，2003 年由老金介绍加入民盟。余与金老师多年在一起工作、生活、嬉戏，金大侠援藏之后，我们几个盟友由"海龟"类推给老金另一个雅号——"藏龟"。金兴旺老师即将西藏归来，并为我们寄回了若干袋牦牛肉干，愿金老师"莫道桑榆晚，为霞尚满天"，福如东海，寿比南山，健康快乐每一天！作诗文以记，算是为老金献上一条哈达。

荆门汉通游泳馆偶遇弟子尉书楼以赠

曾志辉

深圳荆门如幻梦，汉通游泳偶相逢。
凉风伴我寻食店，热浪催他点菜羹。
往事维艰倾酒里，今朝有乐存胸中。
小儿俏似父模样，合影泛黄辨乃翁。

2019 年 8 月 18 日

【作者附记】尉书楼 1997 年于荆门市掇刀石中学考入华中师范大学，是余第七届"曾门弟子"，现供职于深圳市红桂中学，事业有成，家庭美满，其妻为湖南人氏，生有二子。书楼从读大学至今与余多有往来，2017 年还曾与众同学回荆庆祝毕业 20 周年纪念之日。2019 年 8 月 9 日晚 9 点多钟，余与书楼竟在荆门汉通游泳馆门外泳后邂逅，真是"天上掉下一个尉书楼"，随后得知书楼一家回荆消暑，书楼盛情相邀"喝一壶老酒"，余唤来妻子，三人欢饮几至凌晨；不料 17 日晚 8 点左右，余与书楼父子竟又在该游泳馆池内"狭路相逢"，余再次唤来妻子，席间余打开个人网络空间"三十年教书云和月"之链接，书楼 12 岁之长子尉皓宸竟能在两张泛黄的学生合影照片中辨认"乃翁"，令人唏嘘不已，感慨系之。相逢不如偶遇，作诗文以赠之。

和贵州崔克榜老师

曾志辉

海岛依依怅别离,犹忆三亚海誓时。
我寄冰心与明月,随君直到夜郎西!

2021年4月13日

【附】

赠湖北曾志辉老师

崔克榜

曾经相识皆有缘,志趣共向蜜香甜。
辉煌腾达忆琼亚,顺利返鄂勿忘黔!

【作者附记】2021年4月10日至13日,余与贵州省惠水县第一高级中学崔克榜老师作为省名师工作室主持人,参加了在海口市举办的全国名师工作室第四届学术年会,其间二人游学、食宿在一起,有诗歌唱和,有聊天记录,在三亚"爱的纬度"(北纬18度)之处还有倩影合照,友谊万岁,诗文为证!

致退休教师(诗三首)

——为赵孔美老师从教42年"最美退休"而作兼写给即将退休的自己和友人

曾志辉

(其一)

怀揣棕色退休证,最美课堂最认真。
花甲男儿频拭泪,掌声雷动颂师恩。

(其二)

四十二载如一日,备教研学也是诗。

最美为人皆赞誉，愿君福寿长相依。

（其三）

默默耕耘老战友，清白从教今荣休。
从兹余热无穷尽，最美夕阳福满瓯。

2023 年 4 月 9 日

【附一】

致赵孔美老师退休

荆门市掇刀石中学　陈景泉

三尺讲台风雨路，四十二年植绿生。
两鬓繁霜赏夕阳，满面春风向光明。

【附二】

曾志辉好

荆门市掇刀石中学　陈景泉

曾经魂牵梦绕事，志存高远育栋梁。
辉煌长铭掇刀石，好运乘风九霄上。

【志辉附记】赵孔美老师是荆门市掇刀石中学物理教师，与余是正宗的毛李老乡，年级工作多年搭档，其爱人与余同姓同辈。赵老师的退休证，是余平生目睹的第一份由省人社厅所颁发的"中华人民共和国退休证"（余还将退休证封面拍了照），上面张贴着照片，记载着参加工作时间、退休时间、专业技术岗位等级等相关内容。余退休在即，感触颇深，赋诗三首，共同勉励！

陈景泉老师是掇中老校长，对学校有"马上打天下"创业之功，对余有关爱、提携之情——1994 年余之父亲去世时，老校长曾在先考灵前三跪九拜；2000 年，老校长力排众议，余被评为荆门市人民政府先进工作者；2003 年，因老校长厚待，余参加了市教育局"教师节"表彰大会，先后两次走上主席台领取了"荆门名师"、市高中语文学科带头人两个奖项——如果没有这三项市级荣誉做铺垫，余现在的特级教师、湖北名师、"湖北名师工作室"主持人、湖北省高层次人才"楚才卡"获得者、正高级教师可能是个未知数。吃水不忘挖井人,余衷心地祝愿老校长"福寿长相依""最美夕阳福满瓯"。

赠友人宋宏伟

曾昭俊

君自海边还,依然露乡音。
榕城苦创业,鹭岛再图新。
欲济凭舟楫,将休耻退心。
平生交契少,常念手足情。

2023 年 7 月 17 日

【作者附记】时值癸卯仲夏,有弟宏伟自榕城创业(福州打拼,曾做某私立学校的执行校长)、鹭岛高就(乔迁在即,将做厦门某私立学校的副校长)而荣归故里。同事同乡,分别多年,一朝聚首,幸何如之。欣喜之余,咏句志之。此诗另一版本:"君自海边还,乡音依旧纯。榕城苦创业,鹭岛再图新。欲济凭舟楫,将休思夏春。平生交契少,倍感手足亲。"

从教篇

"同桌的你"联手赛箴言

曾志辉

鼓信心，加干劲；讲效率，惜光阴；
强竞争，暗较劲；做诤友，同学情；
扬长势，补短处；看变化，同进步；
互提醒，严要求；数风流，笑最后！

1997 年

为掇中《青梅》文学社复社而作

曾志辉

青梅煮酒思古风，结社著文召诗雄。
荆楚才俊齐汇聚，直挂云帆日边红。

2004 年

掇中 2006 届高三开工会

曾志辉

乙酉炎夏话高考，喜讯佳音浪滔滔。
试问来年何所有，金榜题名传捷报！

2005 年 7 月 5 日

掇中 30 年校庆暨高考展望

曾志辉

三十校庆喜临门，岁月如歌奏同声。
待到蟾宫折桂日，金樽共贺唱大风。

2006 年 2 月

为赣医药学院文艺盛会而作

曾昭毅

虔州朝雨浥轻尘,碧草如茵柳色新。
台下师生重重围,遍赏人间天籁音。

【作者附记】2010年5月8日,赣南医学院药学院全体师生于校园足球场组办"五一暨五四两节文艺晚会",余受邀前往观赏而作。虔州,赣州的古称。

静斋主人教师节自题

曾昭毅

粉笔耕耘十五载,亦求桃李遍天开。
未有锦绣遮徒壁,唯留清气满静斋。

2010年9月10日

【作者附记】1995年7月,余始从事医学教育,迄今满15年矣。今晨余收到许多学生教师节祝福短信,遂为此诗,一一回复。余性喜静,故自号为"静斋主人"。

无题小诗

曾昭毅

初登讲台汗如浆,十载风雨话沧桑。
杂质祛除添优素,百炼顽铁亦成钢。

2010年12月11日

【作者附记】今日余代表药学院参加赣南医学院教学竞赛,获一等奖并奖金500元。回忆余首次登台试讲,时值盛夏加上紧张,结束时衣衫湿透。苏联名著《钢铁是怎样炼成的》余曾读多遍,联系个人成长修为,有感于怀,诗以记之。

为教满三十而作兼赠友人

曾昭俊

挥鞭到底意难平,年届知天何所求!
两袖清寒昭日月,一身疾患写春秋。
杏园频有大贤顾,草舍岂无高徒留?
自信宝刀犹未老,敢与前圣竞风流。

2011 年 2 月 1 日

从教二十三年感怀(诗二首)

曾志辉

(其一)

从教廿三载,常思万里疆。
留侯运筹胜,诸葛用计良。
班超投纸笔,少穆禁烟枪。
吾今怅寥廓,徒做孩子王。

(其二)

粉笔常相伴,灰屑染鬓霜。
往岁多授课,今春未登堂。
老凤惭新凤,前浪让后浪。
赋得清闲在,行吟绿茵场。

2011 年 2 月 12 日

【作者附记】余熟谙并仰慕西汉张良(刘邦得天下后被封为"留侯")、东汉班超、三国诸葛亮、清代林则徐(字少穆)此四人的生平事迹,故不胜惶恐地将诸贤纳入诗中;参加工作 23 年以来,余寒暑假第一次未随年级登堂授课。作诗以记。

执教十六载述怀

曾昭毅

劳劳奔波苦，瑟瑟秋月寒。
传道释义理，授渔解疑难。
为师有三乐，任事无二言。
执教必谨肃，治学不虚谈。

2011 年 10 月 13 日

【作者附记】时下大学扩张（我校在籍学生已一万余人），多在郊外建新区，上课需坐校车，经常早出晚归，披星戴月，特作诗以述怀。

【作者注】韩愈言："师者,所以传道受（'受'通'授'）业解惑也。"老子言："授人以鱼不如授人以渔。"孟子言："君子有三乐，而王天下不与存焉。父母俱存，兄弟无故，一乐也；仰不愧于天，俯不怍于人，二乐也；得天下英才而教育之，三乐也。"

贺掇中 2011 年秋季田径运动会开幕

曾志辉

惠风丽日丹桂茂，荆楚少年逞英豪。
腰鼓阵阵旌旗奋，彩球飘飘舞蹈娇。
莘莘学子神采靓，眷眷良师筹谋高。
运动健身强体魄，点兵沙场竞前茅。

2011 年 10 月 17 日

记"一师一优课，一课一名师"活动
——掇中"课内比教学"活动纪实

曾志辉

楚天桂子香，比武群英强。
老将风华茂，名师德艺彰。
务实固校本，高效领学航。
百炼去尘滓，满园桃李芳。

教学比武歌

曾志辉

课堂教学要牢记，教为主导学主体。
教学相长齐努力，质量为本争第一。
备课充分须针对，系统科学梳条理。
形式表现内容定，练习精要巧设计。
网络电教增效益，目标方法用心思。
教学比武寻常事，天道酬勤修德艺。
组织教学生为本，务实高效创奇迹。
激发兴趣控节奏，严谨善教传真知。
满堂灌输当摒弃，自主探究更积极。
问题交流贵合作，培养习惯重双基。
重点难点须讲透，简明生动应注意。
培养先进带后进，因材施教古今理。
个性特长多尊重，评价学生善鼓励。
气氛亲和互感染，敬业爱生谁能敌。

2011 年 11 月

【作者补记】自湖北省教育厅 2011 年 10 月"课内比教学，课外访万家"活动开展以来，余愧为学校教科处主任，忝为组织者之一，终日碌碌，除开展活动、编书和撰写一些通讯报道外，另作下《记"一师一优，一课一名师"活动》《教学比武歌》等"应景诗"（如2012年4月11日所作《掇中承办市级教学比武纪实》即为典型的应景打油诗："昔日古战场，今朝雄风起。教学大比武，群英鏖战急。"不过，《记一师一优，一课一名师"活动》这首"应景诗"却堪称经典）。个中曲直，难以尽述，诗文记之，聊以自嘲。

《教学比武歌》曾获市区教育局征文一等奖，在《作文周刊·教师版》2012年7月4日第41期、总第5523期上发表。

河北衡水中学学习感言（诗二首）

曾志辉

（其一）

素闻衡水名，高考九州惊。
千里索真谛，雪狼精气神。

（其二）

方阵跑操震古今，激情文化是灵魂。
精编学案重研练，我辈归来当较真。

2012年9月19日

【作者附记】9月13日至17日，余与毛惠平、黄红兵、鲁勇诸位领导一同前往河北衡水中学参观学习。衡水中学连续13年高考位居河北第一，今年即有96人被清华北大录取。其校训为"追求卓越"，崇尚激情和精神（所谓"激情文化""把学校，建成一个精神特区""雪狼精神"），注重校园文化建设（教寝室门口均张贴有班主任或学生照片、格言、目标等，校园到处是已毕业学子的巨幅肖像、介绍及名牌大学校长等名人题词，楼阁命名为求真馆、明志楼之类）。年级校服颜色不同，各班每天两次方阵跑操气贯长虹，呐喊震天（如"个人如鹰，团队如狼；超越自我，挑战极限""拼在高三，享受高三；今日疯狂，明日辉煌"），教学上强化学案、课研、考练，班级番号用数字依次、连续命名并已排到500之多。此记。

为高三教师桂林之旅壮行

曾志辉

鏖战一年多苦辛,桂林山水慰心平。
凯旋佳日杯同举,金榜飞来扬美名。

2013 年 6 月 10 日

三月调考后赴仙桃中学取经

曾志辉

草长莺飞恋丽草,桃红柳绿来仙桃。
取得宝典为吾用,巧借长缨缚海蛟。

2013 年 7 月 10 日

【作者补记】 2013 年 3 月调考后,余作为高三书记与掇刀石中学杨清校长以及李锡平、毛惠平两位副校长前往湖北省仙桃中学取经。取经归来,掇中高三年级领导和全体教师将从全国各地、各校所取得的"宝典"为我所用,齐心协力,实干巧干,今年高考最终以文理重本上线 86 人(其中应届生 59 人)而重振雄风,再造辉煌。作诗文补记。

高考百日誓师誓词

曾志辉

百日冲刺,真抓实干。
全力以赴,誓破楼兰。

2014 年 2 月 26 日

【附】

写在高考一百天之际（诗四首）

荆门市掇刀石中学　黎彪

（其一）

高考，一个不轻松的话题，多少莘莘学子难忘的经历；

时间，过去了就永不返回，20年后，匆匆那年的感觉，就是对过往岁月的追忆。

100天，我们一生难得地相聚，一起欢笑，一起哭泣；

100天，为了我们高考后的别离，珍惜现在，只争朝夕。

同学，一个亲切无比的名字，一生都要珍惜的友谊；

上下铺的姐妹兄弟，长点本事，有点出息，为了关爱我们的人，继续努力！

未来的岁月里，无论走到哪里，我们的心，永远在一起；

老师和学生，也是一种缘分，亲爱的彪锅，永远永远记得你！

（其二）

十八岁，金子一样闪光；

十八岁，玫瑰一样芬芳。

十八个冬去春来，

十八个寒来暑往。

我知道健康和勤奋，

更懂得责任与担当。

（其三）

成人大礼，

气势如虹士气扬。

高考在即，

笔下生花尽疯狂！

青春历程，

浓墨重彩铸华章。

（其四）

十八年少，

风华正茂，

激扬文字领风骚。

雏驹明知路途远，

责任担当肩上挑。

青春易逝，

韶华易老，

流光容易把人抛。

成事立业在今日，

莫待明朝悔今朝。

【彪哥附记】十年寒窗苦读，效三元及第傲天下；一朝金榜题名，看五子登科慰平生。

2月26日，高考倒计时100天！丽日蓝天，万里晴空，吉星高照，紫薇出彩。师生百感交集，紧张、高兴、激动、期待、兴奋……我们的学生羽翼丰满，正待展翅翱翔；我们的老师信心百倍，一定马到成功。"自信人生二百年，会当水击三千里"，这是毛泽东的自信；"长风破浪会有时，直挂云帆济沧海"，这是李太白的自信；"谁敢横刀立马，唯我彭大将军"，这是一种天下无敌的霸气，一种蔑视困难的勇气，一种必胜充盈的豪气；"王侯将相宁有种乎"，这是我们学生的自信。

效三皇五帝逐群雄，成八斗奇才傲天下，乾坤未定，你我皆是黑马！

掇中2015年高考出征

曾志辉

隆隆鞭炮今出征，十载寒窗历练成。

明日及锋身手试，蟾宫折桂跃龙门。

2015年6月6日

为掇中师生高考出征壮行

曾昭俊

仲夏风光好，燕莺育雏忙。
京华囊中物，师生笑眉扬。

2015 年 6 月 6 日

掇中 2015 年高考大捷

曾志辉

满园栀子香，英木郁苍苍。
今日发金榜，师生笑脸扬。

2015 年 6 月 24 日

掇中不惑之年升格市直学校志庆

曾志辉

杏坛风雨四十载，继往更新时运来。
展翅会当乘势起，飞凌荆楚凤凰台。

2016 年 2 月 2 日

【作者注】"杏坛"相传为孔子授徒讲学之处，今喻指教育界。

"教师节"自题小像（组诗六首）

曾志辉

（其一）
一支粉笔论乾坤

一支粉笔论乾坤，几卷诗书难有成。
青胜蓼蓝心所系，三千桃李慰平生。

2010 年 9 月 10 日

（其二）
半世光阴弹指过

半世光阴弹指过，独怜华发叹蹉跎。

三千弟子传佳讯，慰我心扉补我拙。

（其三）
事事平常心

年轮已知命，世事难洞明。

进止循天道，平和伴我行。

2011 年

（其四）
从教廿八载

从教廿八载，身心俱已衰。

孜孜何所欲，积善育英才。

2016 年

（其五）
一丛白发额边生

一丛白发额边生，疑是苍穹点点星。

风雨杏坛卅载逝，青山满目桑榆情。

（其六）
岁月静好，淡然前行
——知命之年写给自己

逝水年华今静好，不惊宠辱缘逍遥。

前行罔顾长鞭影，淡然致远忘尘嚣。

【(其一) 作者附记】此诗前两句原来是："缕缕华发长作耕，手中粉笔论乾坤。"今天过我从教的第 23 个教师节。记得 35 岁之前，我曾对年幼的女儿说："娃娃，你在爸爸头上找白头发，每找一根奖 10 元钱。"娃娃找呀，找呀，想在她爸爸头上发点小财，但总是失望而撒手。35 岁后的某一天，娃娃终于从我头上扯下一根白头发，高高兴兴地得了 10 元赏钱，我却感慨万千。后来呀，我将找白头发的赏金标准降到每根 5 元、2 元、1 元直至干脆取消此项游戏。现如今呀，"岁月有痕，白发丛生，胡须霜染，面栖皱纹"，莫非这一切皆是春夏秋冬、粉笔灰屑沾染而成？我而今四十有五，仍须在讲台上耕耘劳作十五余年（已带高考毕业班 15 届，还可继续带 5 届之多），适逢今天教师节，有学生送来福音，爱女也发来短信（"祝我美丽又可爱的爸爸教师节快乐"），作此诗以明心志——"汇人间群书博览者，何其好也；集天下英才教育之不亦乐乎"，"三寸舌三寸笔三尺讲台三千桃李，十载风十载雨十年树木十万栋梁"。

【附】

从教三十年有感（组诗十首）

荆门市掇刀石中学　黎彪

（其一）

一杆教鞭，几盒粉笔，多少苦口婆心。
一块黑板，三尺讲台，叙述平凡人生。
一头白发，满脸皱纹，见证岁月辛勤。
三十年，弹指一挥间，感慨无边无尽。

（其二）

七尺男儿孩子王，甘做人梯不张扬。
几千桃李满天下，回味无穷心亮堂。

（其三）

教书育人是本行，教学相长我成长。
最初担心误子弟，如今从业不慌张。

（其四）

年近半百已不惑，说话做事谁无错。
人活百岁学到老，丰富阅历不算多。

（其五）

廉颇老矣能饭否，更见岁月如蹉跎。

只争朝夕惜光阴，追求完美成果硕。

（其六）

弹指一挥近半百，少年黑发不复在。
三十春秋三尺台，只争朝夕时不待。

（其七）

离离原上草，巍巍萧山高。
飙风扫群小，碧天万里辽。

（其八）

2018届八班教师团队姓名串诗

梅花娇艳傲雪霜，家校共建聚一堂。
天道酬勤彪今古，学海维思任弛张。
德才苦修展宏愿，黎明终至露锋芒。
高考登峰齐努力，王者风范续华章。

【彪哥注】班主任、数学——黎彪，语文——黎峰，英语——刘艳梅，物理——王艳红，化学——王维，生物——蒋宏。

（其九）

2016年元旦寄语

2015，
走过初三，
进入高一，
牵手八班，
聚在一起，
无论忧伤，
还是欢喜，
它即将过去；
2015，
经历军训，
磨炼了自己，
起早摸黑，

一起学习，
无论进步，
还是失意，
它即将过去。
2016，
冬日的暖阳，
捎着春的信息，
憧憬未来，
满怀期许，
无论前方的路，
是鲜花还是荆棘，
付出是绝对的真理；
2016，
快乐读书，
享受学习，
感恩父母，
挑战自己，
无论曾经得意，
还是落差了自己，
追求是永恒的主题。

(其十)
写在元旦
——致掇刀石中学2018届8班的同学们

小时候，
元旦是一件漂亮的衣服，
快快过年，
天天盼，盼，盼！

初中后，
元旦是增长一岁的标志，

快快长大，
总是慢，慢，慢！

高中呢，
元旦是青春岁月的记忆，
快快奔跑，
一路欢，欢，欢！

而现在，
元旦是同学别离的节点，
好好聚聚，
来年念，念，念……

军训诗记（诗三首）
——屈家岭研学实践活动纪实

曾志辉

（其一）
欢歌一路屈家岭，细雨轻风除垢尘。
荆楚学子来整训，修身健体为成人。

（其二）
飒爽英姿美少年，青春似火如诗篇。
创新实践长才智，磨砺身心不畏艰。

（其三）
久在樊笼读死书，投身实践身如虎。
立德树人乃宗旨，知行合一是良途。

2016年6月3日

【作者附记】2016年6月2日上午，掇刀石中学高一年级部分班级近500名学生冒雨前往屈家岭，参加为期三天的研学实践活动，余与王洪斌、张新、刘丰、叶自强、周晗、杨洪钟、吴桥梁等班主任和领导带队。屈家岭是湖北省国防教育基地、湖北省金色农谷青少年实践教育基地、荆门市（国家级）示范性综合实践基地。作诗以记。

【附一】

记团队浮桥活动

荆门市掇刀石中学　吴桥梁

肩担枕木精气神，呐喊加油声不停。
跪爬浮桥须勇敢，团队活动我最行。

【附二】

军训小记（诗五首）

荆门市掇刀石中学　黎彪

（其一）

烈日骄阳下，
他们神采飞扬；
金秋夜色里，
他们军歌嘹亮。
挥洒滚烫的汗水，
塑造靓丽的形象。
扬起少年的臂膀，
书写青春的篇章。

（其二）

碧云天，
绿茵地，
秋色连波，
谷香扑鼻。

甘霖普降龙舞台,
雨打风吹去。

少年身,
迷彩衣,
剑锋所指,
我心所至。
威风执事士气鸿,
顶天又立地。

（其三）

霞融金农谷,秋染屈家岭。
天黄寂寞川,地尽峥嵘林。

（其四）

细风送金声,汗水透衣襟。
豪气展英姿,少年铸军魂。

（其五）

屈家岭上玉竹暖,幽壑潜蛟烟柳寒。
古镇悠悠多旧迹,少年美美尽欢颜。
研学军训拓视野,实践旅行谱新篇。
何盼凤凰至涅槃,但求三载冲蓝天。

2023 年 4 月 26 日

【附三】

军训剪影

掇中 2023 届高一（12）班　王煜娇

少年听雨练攻防,红旗漫卷绿戎装。
勠力打造军人志,修身健体做栋梁。

【附四】

军训有感

掇中 2023 届高一（12）班　杨逸昔

七日军训去如梭，震天呐喊胜鼓锣。
风雨袭过彩练舞，艰苦磨砺报家国。

【附五】

军训一瞥

掇中 2023 届高一（12）班　刘欣予

停云霭霭雨蒙蒙，槐花不似往日荣。
中华儿女军姿靓，不畏艰辛见彩虹。

"曾志辉名师工作室" 自题小像

曾志辉

半世辛劳半世真，满园桃李满园春。
象牙塔内忘寒暑，一片冰心览古今。

2016 年 11 月 5 日

【作者附记】2016 年 11 月 5 日，余代表学校所申报的"曾志辉名师工作室"得以批准（荆门市中小学第二届"名师工作室"共有 23 个，本工作室全称为"荆门市教育科研名师曾志辉工作室"）。"汇人间群书博览者，何其好也；集天下英才教育之，不亦乐乎！"本工作室的属性定位是"高中语文，教育科研，学科辐射；研究的平台，成长的阶梯，名师的摇篮"，目标宗旨是"科研与实践结合，摘引和原创兼顾，品位共特色齐飞；建一流团队，出一流成果，创一流工作室"，团队精神是"志同道合，实至名归"。

"美学老人"朱光潜在《谈美书简》里说，以出世的精神做入世的事业，即所谓"以出世之心做入世之事"，这真是儒道结合的至理名言。桃李不言，下自成蹊；不忘初心，方得始终。作诗文以纪念。

【作者补记】2018年6月,《荆门晚报》以"教育信息化,科研创奇葩"为题报道了"曾志辉名师工作室",随后此文在掇刀石中学微信公众号上予以刊登,余也转发朋友圈,荆门市教育学院(现市教师发展中心)李雪春院长看到后做出如下点评:"志在名师,掇中同辉!"余回复这位学者型的主管领导:"李院长,感谢您将我的名字镶嵌于点评之中,这八个字是对我的谬赞和勉励啊!"

【附】

贺"曾志辉名师工作室"(诗三首)

荆门市掇刀石中学　黎彪

(其一)

名师齐聚大平台,妙笔生辉尽风采。
掇中教研新阵地,喜看硕果滚滚来。

(其二)

曾君引领工作室,实力争创省名师。
集体智慧不低估,建设文学新高地。

(其三)

曾家兄弟皆有才,国藩家门堪表率。
修身齐家持正道,情满人间全是爱。

腹有"国学"气自华(七则)

——"传统文化在高中语文教学中的渗透"诗记

曾志辉

2017年7月3日至7日,余曾有幸在中国人民大学参加"2017年中小学语文教师传统文化课程教学高级研修班"培训并被评为优秀学员,对当时的培训情况和对"传统文化在高中语文教学中的渗透"(市、省重点课题,课题编号2017JA116)之感悟,特作小诗以记。[该诗记后发表于吉林省《读天下》杂志(2019年第6期)]

（其一）

人大"国学"培训综述

秦砖汉瓦系国学，度尽劫波终不绝。

华夏文明逢盛世，发扬光大重和谐。

（其二）

北师大徐勇教授传道

京山灵秀毓人才，经典研究筑九台。

素质人文乃土壤，听君传道释心怀。

【作者附记】7月4日上午，开幕式；之后，北京师范大学教育学部教授、博士生导师徐勇（荆门市京山县人氏）讲授"传统文化教育的意义和价值"。

（其三）

人大附中特级教师于树泉讲经

文化空间善构建，学生考绩谱新篇。

语文入境无他法，博览群书效圣贤。

【作者附记】7月4日下午，中国人民大学附属中学特级教师于树泉讲授"文化经典如何进课堂"。

（其四）

人大教授诸葛忆兵讲唐诗

唐诗难讲难成趣，诸葛出招手法奇。

典故拈来堪巧用，又长知识又解颐。

【作者附记】7月5日上午，全体合影；之后，中国人民大学国学院副院长、教授、博士生导师诸葛忆兵讲授"唐诗创作与欣赏"。

（其五）

人大附小刘叶翎老师讲"汉字里的国学"

一横一竖藏玄机，解字巾帼谁匹敌。

方正和谐是祖训，子曰道教加菩提。

【作者附记】7月5日上午，中国人民大学附属小学刘叶翎老师讲授"基础教育国学课程的实践与研究——汉字里的国学"。

（其六）
北师大教授王宁讲文言文

八旬不老昆山凤，者也之乎论古今。
文质彬彬显风采，原来文化可养生。

【作者附记】7月6日上午，北京师范大学文学院教授王宁讲授"文言文阅读与传统文化教育"。

（其七）
中国国家博物馆参观

雨脚如麻驱雾霾，京都紫气接天来。
参观博物兴犹好，又望长城烽火台。

【作者附记】7月6日下午，参观中国国家博物馆，主题及内容是"国学基地观摩与调研"。

【附一】

人大"国学"研修有感

荆门市掇刀石中学 刘启杰

称雄应试廿三载，弟子千百慰半生。
人大研修开视野，立德树人是根本。
陷身题海舟不远，博览经典真语文。
盛世未央有吾辈，国学传承肩重任。

【附二】

读《道德经》

荆门市掇刀石中学 代翠平

青牛白发过崤山，幸留人间五千言。

玄之又玄众妙门，自有上师是自然。

【附三】

"国学"启慧

荆门市掇刀石中学　代翠平

拍案冲冠起何因？教生无策心如焚。
忽闻国师晨钟声，喜向经典觅知音。

【附四】

上京有感

荆门市掇刀石中学　李方园

朝发荆门上北京，为求国学忘苦辛。
人生漫漫求索路，至此一意归初心。

十五年后重做班主任

曾志辉

辞官不做做主任，主任是个班主任。
教书育人乃本色，豁达心境可养生。

2017年9月1日

【附】

赠班主任曾志辉老师

荆门市掇刀石中学　黎彪

大官不做做小官，回归本色最心安。
教书育人业绩好，家长学生齐点赞！

2017年10月18日

听省语文教研员蒋红森老师讲经（诗三首）

曾志辉

（其一）

省府大师莅敝门，顿开茅塞见真神。

语文尽显苍生事，指点江山论古今。

（其二）

从教三十是语文，深深庭院似侯门。

朝闻夕死疑虚话，如饮醍醐当属真。

（其三）

偶以名师自诩之，方家今日令吾思。

身居井底天一角，却梦碧波翻作奇。

2018 年 11 月 8 日

【作者附记】2018 年 11 月 8 日下午，"天朗气清，惠风和畅"，湖北省教研室语文教研员蒋红森，荆门市教育局党委委员、工会主席龙锋，市教研室语文教研员陈艳莅临掇刀石中学调研，"曾志辉名师工作室"第一次接待省专家，蓬荜生辉。

省、市三位专家此次莅临我校，主要是听评、指导工作室核心成员代翠平老师授课。11 月 18 日至 22 日，代老师将代表湖北省前往浙江省义乌市参加"第七届全国高中语文教师教学基本功展评暨教学观摩研讨会"竞赛活动，此次教学观摩研讨议题是"群文阅读"和"整本书阅读"，主题是"正本清源，回归语言和语言教学本质"。个中具体情况恕不赘述……

【作者补记】2018 年 11 月 21 日，代翠平老师执教高中语文教材必修 4《短文三篇》，最终以第二小组第一名的好成绩摘取了全国优质课竞赛一等奖桂冠。十年磨一剑，霜刃未曾试；今日把示君，金榜题名时。

【附】

预贺代翠平老师载誉而归

荆门市掇刀石中学　黎彪

最美教师要比赛，省市专家请进来。
指点迷津开眼界，领会细节茅塞开。
论古今，谈中外，语文大师展风采。
掇中迎来新机遇，誓把全国桂冠摘。

"楚天卓越工程"台湾培训诗记（九则）

曾志辉

2018年11月27日至12月6日，余有幸参加了"楚天中小学教师校长卓越工程"赴台湾培训，参训人员皆为高中校长、教师，共18人；邀请单位是台湾新北市文教交流协会。对此次培训情况，诗以记之，权当作业。

（其一）

听台湾师大课程与教学研究所唐淑华教授讲
"与学科结合的多文本阅读"

台湾师大唐淑华，挥洒课堂堪大家。
文本学科相架构，阅读能力创奇葩。

2018年11月28日上午

（其二）

听台湾首府大学教育研究所温明丽教授讲
"台湾基础教育的过去、现在与未来"

手舞足蹈温明丽，度尽劫波性愈奇。
如数家珍台教育，顿开茅塞如食饴。

2018年11月28日下午

（其三）

听台湾师大师资培育学院张民杰教授讲
"从教师专业发展评鉴到公开授课与专业回顾"

教师评鉴意如何，是是非非坎坷多。

标准统一非易事，提升专业务琢磨。

2018 年 11 月 29 日上午

（其四）

听政治大学教育学系、政治大学附设实验小学林进山校长讲
"智慧领导创建办学绩效"

诗狂教授展歌喉，满座凝神气不流。

智慧人生重创造，老师校长须思谋。

2018 年 11 月 29 日下午

（其五）

听新北市立积穗中学龙芝宁主任讲
"台湾中小学健康教育课程与教学现状"

人初性爱本天理，传统思维作禁区。

新北老师一席讲，健康教育不昏迷。

2018 年 11 月 30 日上午

（其六）

听台北中正中学余国珍校长讲
"台北市中学教育的特色与变革"

教育弘扬特色路，变革摒弃死读书。

以人为本是方向，素养提高非坦途。

2018 年 11 月 30 日下午

（其七）
拜会新北文山中学

至圣先师立校园，学习尊重是关键。
馆藏角力成特色，孩子笑容最灿烂。

2018 年 12 月 3 日下午

（其八）
拜会新北安康高中

杏坛之光照安康，博士校长我敬仰。
国际视野办教育，素养高考吐芬芳。

2018 年 12 月 4 日上午

（其九）
拜会台北至善中学

礼义廉耻镌校门，明德亲民重修身。
现代教育呈古朴，止于至善即美真。

2018 年 12 月 4 日下午

愧为特级教师

曾志辉

忝列特级生百感，劝君莫笑一寒酸。
半支粉笔自陶醉，几套旧书亦溺耽。
云卷云舒送日月，花开花落作烛蚕。
杏坛自古难成就，愿化三千薪火传。

2018 年 12 月 26 日

【作者附记】2018 年 12 月 11 日，湖北省教育厅公示了湖北省第十批特级教师名单，共有 310 名教师入选，其中荆门市有 10 名老师上榜，余忝居其列（"专任教师"类别）。

"特级教师是国家为表彰特别优秀中小学教师而设置的一种既具先进性，又有专业性的荣誉称号。特级教师应是师德的表率、育人的模范、教学的专家。"以上这段文字是特级教师评选条件中的开场白，与之对照，余颇为汗颜，今后应进一步朝此方向努力，同时也应以平常心待之。

对余评特级关心的人很多，在此一并致谢！感谢2018，感谢上苍，如果没有天时、地利、人和这一切，余这个"寒酸"也不可能在此"嘚瑟"这点微末成绩，此种"嘚瑟"乃一介"寒酸"之聊以慰藉，劝君莫笑我辈非官非商的教书先生也。

"雄关漫道真如铁，而今迈步从头越"，正值辞旧迎新之际，作诗文而记，以明心志焉！

【附】

贺曾志辉老师荣升特级教师

荆门市掇刀石中学　黎彪

人生得意须尽欢，莫让曾特再做官。
精心打造工作室，问鼎正高勇登攀。

2018年12月12日

"评特"嘚瑟

曾志辉

初上讲台闻特级，心生羡慕倍惊奇。
耕耘卅载传捷报，迟暮美人逐梦曦。

2019年3月22日

【作者附记】2019年3月22日上午，余从荆门市教育局教师管理科领回了"特级教师"荣誉证书。

回想2018年12月12日晚8点半左右，湖北省特级教师、龙泉中学退休语文前辈胡孝华给余发来"祝贺祝贺，恭喜恭喜！胡孝华"的短信，其实余并没有存储胡老师的电话号码，颇感意外，又因为胡老师是教师队伍中当行出色的行业领军人物，余更感惊喜，因此"小巫见大巫"回复短信如下："胡老师，我侥幸评了一个特级，没想到会受到您的关注与祝贺，您是我们语文老师的骄傲和楷模，向您学习，向您致敬！记得2003年在武汉参加全国中语学会年会时曾有缘向您讨教，2008年我们掇刀石中学评省示范高中的时候因为缺特级教师这个必备条件还是聘请您等三人作为我们学校的荣誉特级而为我们学校压阵（当时我们戏称为'借鸡下蛋'），我现在的这点微末进步也离不开您的指引，谢谢您，欢迎您到掇刀小聚，我们都是毛李人！"胡老师随即又回复短信："谢谢！名至所归，当之无愧！再次祝贺！"

【附】

我所敬佩的特级教师胡孝华简介

胡孝华，1954年11月出生，荆门市龙泉中学语文教师，民进会员。胡老师曾先后被评为湖北省第七届特级教师（2006年）、荆门市首届本土教育家（2010年）、湖北名师（2011年）、荆门市首届名师工作室主持人（2011年），其教学特色是"以诗意语文开启学生心智，以语文知识构建学生人文素养"，发表了《诗意的放逐与语文的苍白——论语文教学的一个"盲区"》等多篇在全国语文界颇有影响力的论文，出版了诗词作品集《秋窗诗语》，微信公众号为"楚韵悠悠"。

出征吧，2019年高考

曾志辉

又是一年高考日，莘莘学子梦中期。

十年磨剑试身手，一路斩关折桂枝。

2019年6月6日

【附】

梦圆端午高考（诗三首）

荆门市掇刀石学　黎彪

（其一）

高考恰逢端午节，屈子显灵助学业。
十年深耕图厚积，一朝薄发与谁决？
自古金秋结硕果，从来蟾宫攀云阶。
可怜父母皆翘首，捷报飞花闻喜鹊。

（其二）

少小须勤学，文章可立身。
满朝朱紫贵，尽是读书人。

（其三）

风骚可曾有，
随笔伴春秋。
闲时信笔挥洒，
句句可回眸。
三年高考在即，
如今又将回头，
时光总悠悠。
岁月无限好，
美酒醉红楼。

【彪哥附记】 2018年高考第一天（6月6日），本人一段关于高考话题的文字被《荆门日报》发表，还是登在头版头条的位置，可见媒体、社会对高考的关注40年来丝毫不减。又是一年高考时，我说点什么呢？今年高考第一天，恰逢我国传统节日之一的端午节，粽香万里，鹊声悦耳，即兴随笔几句，不成文体，祝福所有的高三学子，祝福所有的中小学生，祝福天下所有读书人！

贺全国名师工作室联盟银川博览会召开

曾志辉

塞上江南心向往，长河落日好风光。
贺兰千嶂雄关立，西夏古城美誉扬。
雅士咸集当引领，名师毕至任徜徉。
杏坛共享为兴教，德艺双馨堪锦囊。

2019 年 7 月 22 日

【作者附记】 2019 年 7 月 23 日—26 日，第二届全国名师工作室创新发展成果博览会在银川市举办，荆门市掇刀石中学曾志辉、黎峰、刘武忠一行三人应邀出席。此次博览会"曾志辉名师工作室"共申报了八项成果参评（其中余所主编的著作《青梅初绽》《传统文化与高中语文教学》在"第二届全国名师工作室创新发展成果博览会"上被评为特等奖，所主持的省重点课题"传统文化在高中语文教学中的渗透"研究成果被评为特等奖，所执教的示范课《声声慢》被评为一等奖），这些成果是工作室评定三年以来全体成员的共同心血和智慧结晶，特别应该感谢的是荆门市教育学院马艳平、李雪春两位院长对本工作室的交流材料《创新之花绽放荆楚大地（含PPT）》做了宏观而精细的指导和斧正。"一个人，走得快；一群人，走得远。教育的目标在远方，所以教育是致远的事业。"成绩属于过去，而今迈步从头越，余将率领工作室团队，百尺竿头，宁静致远。

美丽的银川是宁夏回族自治区首府，拥有"塞上江南"之美誉，古往今来咏古西夏国——宁夏银川之优秀诗文不胜枚举，仅中学语文教材就收有王维的《使至塞上》（"征蓬出汉塞，归雁入胡天。大漠孤烟直，长河落日圆。"）、范仲淹的《渔家傲·塞下秋来风景异》（"塞下秋来风景异，衡阳雁去无留意。四面边声连角起，千嶂里，长烟落日孤城闭。"）、岳飞的《满江红·怒发冲冠》（"驾长车，踏破贺兰山缺。"）等名家名篇。

余不揣冒昧，班门弄斧，赋诗一首，以兹纪念。

【附】

工作室银川之行捷报频传

荆门市掇刀石中学　黎彪

掇中喜传新捷报，我等狂饮老白烧。
一日醉过知酒浓，千金散尽看今朝。
群英会，荆门到，汇报演讲有绝招。
专家教授齐称赞，再接再厉创新高。

贺荆门掇中、利川五中结对互助

曾志辉

关帝掇刀留汉月，利川风物堪奇绝。
立德树人同携手，守正创新共治学。
巧匠往来勤砥砺，名师荟萃细磋切。
校园结对成佳话，兴教可期无憾缺。

2019 年 9 月 18 日

【利川百度百科】利川地处湖北西南边陲，西靠蜀渝，东接恩施，南邻潇湘，北依三峡，与重庆四县两区交界，是恩施土家族苗族自治州面积最大、人口最多的县级市。利川土地肥沃，物产丰富，素有"银利川""贡米之乡"称号，自古以来为"有利之川""大利之川"，故名"利川"。

【作者补记】2022 年 9 月 27 日，余领衔"湖北名师曾志辉工作室"到湖北省京山中学开展了荆门市百名名优教师智汇基层"五进五送"名师助学支教活动，向京山中学师生捐赠了工作室主编、出版的 100 多本《青梅初绽》和《传统文化与高中语文教学》，所作"如何尝试做课题研究"的专题学术讲座获得了与会领导、专家、老师及多家媒体的一致好评，甚至还赢得了"诗情画意"之溢美。此次京山之行，余套用了《贺荆门掇中、利川五中结对互助》这首七言律诗，"偷换"题目为《贺荆门掇中、京山中学结对联谊》，仅将该诗第二句中的"利川"改成"京山"，并请工作室名誉顾问、龙泉中学退休教师杨效锋老师制成书法作品赠予京山中学。此举改头换面，似有如下之嫌：

1. 对京山中学略有不敬，但也实则应景真情；
2. 学校结对联谊，此诗似成经典（余今后还可能如法炮制，故技重演）；
3. 拾己牙慧，"曾郎才尽"。

我之语文教学观

曾志辉

趣味语文我索求，学生素养须研修。
杏坛挥洒数十载，矢志不渝争上游。

2019年10月1日

【作者附记】余1988年7月参加工作，教了30多年高中语文，扪心自问："你侥幸评了一个特级教师，你的语文教学风格是什么？"思索良久，余提炼出这样两句话："让语文更有意思，让学生更有素养。"此之谓"两让"语文教学观，主张语文课如同写作文一样要做到"四有"，即"有意思，有重点，有亮色，有章法"。作为班主任，一向认为学习如同做事、做人，应该把为学、为事、为人真正统一起来，将"用心做事，认真不敷衍"的工匠精神作为治班理念，带毕业班则将"高三高三，真抓实干；全力以赴，誓破楼兰"作为班级口号。虽有作秀之嫌，仍以诗文记之。

题"湖北名师曾志辉工作室"

曾志辉

工匠从来有短长，名师称号愧难当。
修德配位永磨砺，习艺尽责须奋强。
守正创新应勉力，教书育人勿疏狂。
杏坛岁月再回首，满目青山桃李芳。

2020年7月7日

【作者附记】2020年7月，余被省委人才办、省教育厅评为"湖北名师工作室"主持人，授予"湖北名师"称号。迄今为止，余所领衔的"荆门名师曾志辉工作室"是荆门市高中学段首个"湖北名师工作室"，诗以记之。

【附一】

明确历史责任，不辱育人使命
——在"省级名师工作室主持人提升研修班"上的发言

曾志辉

各位领导、各位专家、各位名师：

大家下午好！

我来自荆门市掇刀石中学，我叫曾志辉，是一名高中语文教师，我发言的题目是《明确历史责任，不辱育人使命》。作为"湖北名师""湖北名师工作室"主持人，进入新时代，我们应该承担什么样的历史责任与育人使命呢？

就我的理解，"经师"易得，"人师"难求，我们不能只满足于做一名"授业解惑"的"经师"，更要做一名"传道"的、德艺双馨的"人师"。省委人才办、省教育厅《关于印发2021年度"湖北名师工作室"入选名单的通知》有这样一段话："真正把为学、为事、为人统一起来，当好学生成长的引路人。"我们老师就是要率先垂范，以身作则，做学生为学、为事、为人的示范者和引领者，必须做一个好老师，力争做一个大先生。中国古代的教育是学优则仕、教化人伦，我们新时代的教育就是要为党育人、为国育才，我们要明确历史责任，不辱育人使命！

"三寸舌三寸笔三尺讲台三千桃李，十载风十载雨十年树木十万栋梁。"为着三千桃李、立德树人的梦想，不管前进的路上有多少风风雨雨，我们将执着地走下去，因为我坚信，没有哪条路会拒绝足迹。

> 工匠从来有短长，名师称号愧难当。
> 修德配位永磨砺，习艺尽责须奋强。
> 守正创新应勉力，教书育人勿疏狂。
> 杏坛岁月再回首，满目青山桃李芳。

这首七言律诗是本人2019年度被评为湖北名师时所作，应该也是我内心的写照，就以这首小诗与诸位名师、名师工作室主持人共勉吧。

我的发言完毕，谢谢大家！

2022年11月28日

【附二】

恭贺曾老师荣获"湖北名师"称号

学生家长、沙洋县拾桥镇幼师　全春芝

浪花成溪桃李茂，高擎粉笔写春秋。
讲台三尺耕耘勤，学海四时收获稠。
热血满腔浇桃李，清风两袖荡轻舟。
披霜沐雨倾天智，笃育新苗血汗流。

提前批"三元及第"诗

班主任　曾志辉

（其一）

吴桐树及第中央美术学院

梧桐树上栖三年，练就神功羽翼坚。
今日排云振翅起，扶摇直上九重天。

2020 年 8 月 8 日

【附】

贺吴桐树同学问鼎中央美院

荆门市掇刀石中学　黎彪

凤兮凤兮非无凰，梧桐疯长披朝阳。
少年有志登极顶，敢问天下谁栋梁？

（其二）

杨宇轩及第中国民用航空飞行学院

宇宙茫茫多少梦，轩昂大气存心中。
十年磨剑不言弃，今指苍穹唱大风。

2020 年 8 月 14 日

（其三）

向一凡及第武汉音乐学院

一凡思灿思音乐，曲谱不离歌不绝。
黄鹤翩翩琴瑟舞，高山流水楚人杰。

2020 年 8 月 14 日

【作者注】向一凡，曾用名陈思灿。

贺第四届全国名师工作室海口学术年会召开

曾志辉

旖旎椰城云水涌，春潮阵阵召群雄。
天涯海角何须惧，学术交流唱大风。

2021 年 4 月 11 日

【附】

贺联盟年会，和长湖浪花并千文二君

沙洋教研室　刘云锋

琼海涌波浪花起，椰城聚贤千文成。
遥望天涯海角路，联盟伴君致远行！

高二（12）班"班级公约"

班主任　曾志辉

严禁旷课，安全第一；
和谐发展，自强弘毅。
放声诵读，青春活力；
落实为本，今事今毕。
喧闹嘈杂，学习死敌；

非礼勿动，用心专一。
力戒拖拉，提高效率；
思维惰性，坚决摒弃。
化妆花心，手机丧志；
霸凌同学，举班诛之。

2021 年 11 月

【作者附记】《高二（12）班"班级简介"》——"我本少年，真抓实干；全力以赴，誓破楼兰"，这是我们高二（12）班的班级理念。我们友爱、相融在这个温暖的大家庭中，我们执着、奔跑在希望的地平线上。我们破茧而出，我们是阳光下最绚丽的风景。青春理想，青春活力，青春奋斗，我们都是追梦人！

高二（12）班"文明宣言"

班主任 曾志辉

心灰意懒难成事，自强弘毅方有为。
知荣明耻守法度，文明和谐永相随。

"荆门名师工作室赴汉培训"诗记（六则）

曾志辉

（其一）

听孙望安教授讲"教育场景与案例/叙事剖析"

教育家珍历历数，点评精准堪绝无。
名师培训第一课，我辈顿觉饮醍醐。

2021 年 12 月 2 日

（其二）

听程少波主任讲"卓越教师成长路径"

始入杏坛思骨干，渐臻佳境愈艰难。

今闻指点悟卓越，教海远航德作帆。

2021 年 12 月 2 日

（其三）

听叶显发教授讲"学习中心课堂探讨"

学科故事是经纶，项目做钩摄眼魂。

摒弃灌输还主体，核心素养须求真。

2021 年 12 月 3 日

（其四）

听刘华贵主任讲"以教育科研规划拓展教育生命的广度"

深入浅出做教研，学情世态熟心间。

名师培训求干货，今日传经是红颜。

2021 年 12 月 4 日

（其五）

听彭葆蓓校长讲"善之本在教，教之本在师"

破冰游戏显思维，团队取经不可摧。

精彩纷呈数校长，空杯心态助君飞。

2021 年 12 月 5 日

（其六）

参观华师附属郭茨口小学

汉水滔滔天上来，千年浸润古琴台。

知源致远是良训，荆楚子孙心智开。

2021 年 12 月 6 日

【作者附记】华中师范大学附属郭茨口小学坐落于武汉市汉阳区琴台大道（三千里母亲河——汉江奔流而下经郭茨口到龙王庙入长江），学校的办学理念是"思河汉之源，行江海之远"，校训是"知新行健，思源致远"。2021年12月6日上午，余随荆门市名师工作室主持人及骨干成员培训班一行参观了该校，"纸"向未来、密室闯关、童心妙手制香囊等活动颇有特色。作诗以记。

【附】

和掇中曾志辉老师

沙洋县教研室　刘云锋

天上来水地上流，万般豪情上心头。
思源方知根生处，致远心向入海口。

"楚才卡"喝瑟言志

曾志辉

我本无才封楚才，天怜幽草苔花开。
桑榆非晚犹逐梦，德艺双修紫气来。

2022年1月14日

【作者附记】《省人民政府办公厅关于印发湖北省"楚才卡"实施办法（试行）的通知》指出——什么是"楚才卡"？"楚才卡"是为湖北省高层次人才创新创业和生产生活提供优质服务的凭证，可在全省按照有关政策享受高效便捷的一卡通服务，分为A卡和B卡。申领"楚才卡"需要哪些条件？遵纪守法、诚实守信、学术精湛、作风优良，在湖北工作或服务并做出重要贡献，并获得相应头衔、奖项的在职高层次人才可申领"楚才卡"。2022年1月14日，余以"湖北名师"身份获得"楚才卡"B卡一枚，此卡整个荆门市中小学教育界10人拥有。唐朝王勃有"东隅已逝，桑榆非晚"的名言，李商隐有"天意怜幽草，人间重晚晴"的诗句，清代袁枚有咏"苔"小诗："白日不到处，青春恰自来。苔花如米小，也学牡丹开。"余化用相关词句和意象，作诗言志，喝瑟以记。

愧为正高级教师

曾志辉

古今教授堪卓越，我列其中叹浅薄。
起点低微须奋斗，学识鄙陋勤琢磨。
三尺讲台存日月，一支粉笔绘山河。
杏坛最美传薪火，莫让年华逐水波。

2022 年 12 月 28 日

正高职评感怀

曾志辉

劫难遭逢路坎坷，取经四载缘心魔。
蜗名蝇利谁参透？我本俗人作楚歌。

2023 年 3 月 13 日

【附】

曾志辉正高级教师申报自我鉴定

曾志辉，男，56 岁，荆门市掇刀石中学语文教师，高中从教 35 年，副高任职 20 年，特级教师，湖北名师，湖北名师工作室主持人，湖北省高层次人才"楚才卡"获得者。按照《省人民政府办公厅关于印发湖北省"楚才卡"实施办法（试行）的通知》和 2022 年"荆高职评办"文件，高级职称评审可通过"绿色通道"直接申报、符合条件而认定。

本人评正高基本条件完全合格。亮点是善于引领教研组、课题组、名师工作室等学术团队，是华中师大学科教学（语文）专业研究生，荆门市人民政府先进工作者，市高中语文学科带头人，市高中教学先进个人，省名师工作室暨全国优秀名师工作室主持人（工作室将累计获得省拨科研经费 10 万元），"全国名师工作室联盟"理事及其示范课一等奖，出版了《青梅初绽》《传统文化与高中语文教学》等著作。

本人长期奋斗在教育教学第一线，21年带高考毕业班，多年担任班主任，目前还带高一两个班语文。主要工作业绩如下：

2017年，被评定为湖北省教育科学规划2017年度重点课题"传统文化在高中语文教学中的渗透"负责人，并获得省拨科研经费1万元；

2018年，被省教育厅遴选为2018年度"优秀中小学教师校长"赴台湾培训；

2022年9月，领衔"湖北名师曾志辉工作室"到京山中学开展荆门市百名名优教师智汇基层"五进五送"名师助学支教活动，向该校师生捐赠了工作室主编、出版的100多本书籍，所做专题学术讲座获得了与会领导、专家、老师及多家媒体的一致好评；

2022年12月，市教育局点将，本人将随"援疆专家"5人团2023年到新疆精河县支教2—3个月。

本人2019—2021年曾连续3年申报正高级教师而落选。从教以来，本人工作认真负责，守正创新，对教育事业还是略有贡献的；现年事已高，还有3年多就要退休了，期盼能够拥有一个正高职称的褒奖，希望今年能够圆我这个职业追求的梦想！

贺第五届全国名师工作室联盟嘉兴年会召开

曾志辉

　　红船破浪指航向，盘古开天奔富强。
　　专业创新重教育，名师引领品芬芳。
　　初心坚守栽桃李，使命永铭铸栋梁。
　　最爱南湖烟雨色，杏坛嘉会胜春光。

2023年4月15日

【作者附记】2023年4月15日—17日在浙江省嘉兴市举办第五届全国名师工作室学术年会，以"创新·引领"为主题（落实立德树人任务，创新专业发展方式，引领人才卓越成长），聚焦"高质量发展视域下的教师教育"。

浙江嘉兴，毗邻上海、苏州、杭州，是中国共产党的诞生地，建党已越百年，新的百年开局，让我们走近南湖红船，传承红色基因，接受优秀文化的浸润，聚焦建设高质量教育体系宏大命题下的教师教育，探索名师工作室高质量建设发展的理论与实践，分享引领教育人才成长的经验与启示，从南湖之畔扬帆，在红船瞩望中，开启教育高质量发展新航程。

以上内容来源于《第五届全国名师工作室学术年会通知》，余作为全国名师工作室联盟理事，领衔"湖北名师曾志辉工作室"，偕同黎彪、杜雯两位核心成员，与荆门市教师发展中心、其他名师工作室的领导、主持人和成员一同参加了此次嘉兴盛会。作诗而贺，以助雅兴！

【附一】

贺联盟嘉兴年会

荆门市掇刀石中学　黎彪

南湖红船破浪开，开天辟地划时代。
群英荟萃尽风流，大咖云集展风采。
诗半句，情满怀，创新教育大舞台。
万里烟波春拍岸，杏坛硕果引未来。

【附二】

贺联盟嘉兴年会

沙洋县教研室　刘云锋

正是人间四月天，南湖之畔聚群贤。
吴越古风今尚在，联盟论坛最前沿。
凝聚智慧谋发展，引领卓越齐向前。
红船精神耀千古，国之大者记心间。

贺湖北荆门、新疆精河教育结对（诗二首）

曾志辉

（其一）

少读碧野篇，梦寐走天山。

西域精河美，东疆哈密甜。

丝绸连海陆，沙漠变桑田。

今日来支教，我心化雪莲。

（其二）

荆楚天山一线牵，共谋教育心相连。

青蓝结对同携手，立德树人谱新篇。

2023年秋

【作者附记】我们20世纪60年代出生的人，八九十年代对新疆的了解和认知，因为没有网络，主要是通过课堂、报刊、书籍、电影、电视，印象最深的是看过一部《冰山上的来客》的电影，再就是高中语文教材中曾学过中国现代作家碧野的一篇题为《天山景物记》的散文，记得开头一句话就是："朋友，你到过天山吗？"以至于后来我们写记叙文时也这样鹦鹉学舌："朋友，你到过荆门吗？"没想到即将花甲之年的我，现在竟因为教育第一次来到了新疆，"援疆专家人才"不敢当，但我愿意作为教育战线的一员老兵，为湖北荆门、新疆精河两地的教育结对倾心竭力，做出自己应有的贡献。因此，本人冒昧献丑，作了两首小诗，特为此次活动助兴！

美丽校园我的家（组诗十首）

曾志辉

（其一）

校园荷花池秋夜

隐隐荷塘假山立，孜孜学子真理求。

高高拱桥映灯月，岁岁丹桂飞九州。

2010 年 9 月 12 日

【作者附记】 掇中教学楼后面有一荷花池，池中有游鱼、睡莲、假山、亭阁和状元桥……一到晚上，教室里灯火通明，莘莘学子为蟾宫折桂孜孜以求；而荷花池畔杨柳垂岸，桂影斑驳，花树丛生，翠竹婆娑。

（其二）

校园雪夜独吟

月冷人孤立，风疾草尽凋。

岁寒看松柏，雪重姿愈娇。

2010 年 12 月 16 日

（其三）

校园初夏即景

初夏雨霁寻春芳，素衣罗裙映水旁。

木华参天歌袅袅，最是学子读书忙。

2011 年 5 月 12 日

（其四）

校园高考前夕

栀子满园香，师生备战忙。

三年磨一剑，霜刃透紫光。

2011 年 6 月 3 日

（其五）

校园端午

把酒端午邀，楚狂诵诗骚。

玉兰独娇艳，屈子可寂寥？

2011 年 6 月 6 日

（其六）

校园夏夜

高高夏月投竹影，琅琅书声遍校园。

古木凌云绕广厦，鸿鹄展翅邀蓝天。

2011 年 6 月 16 日

（其七）

校园樟树

夏日骄阳炙，清凉透满园。

行人环首顾，樟木碧连天。

2011 年 6 月 20 日

（其八）

校园桥边桃花

桃花朵朵伊人立，碧水清清细柳依。

行者穿梭桥上过，此情谁解此情丝。

2014 年 3 月 28 日

（其九）

校园遇刺猬

夜间小刺猬，战场铁蒺藜。

偶尔偷瓜果，放生好护堤。

2019 年 7 月 14 日

（其十）

校园我之陋室全家福

往昔维艰忆如昨，燕子衔泥筑新窝。

登高常看彩虹舞，蓬荜生辉福禄多。

2010 年 8 月 18 日

【作者附记】 1988年7月，余在荆门市原李市高中参加工作，1993年9月调至掇刀石中学，其间几度易居，数次搬家，燕子衔泥，筑巢垒窝，实属艰难。2007年农历腊月，终于乔迁新居（掇刀石中学春晖苑小区——三栋其一，坐北朝南，东边有楼，六六大顺），全家福之照也应运而生，题诗以记。

余曾将这十首诗歌以"美丽掇中我的家"为题发在"曾志辉名师工作室"，工作室部分成员点评如下。

周晗——留心观察，用心感受，咱学校的确很美！

文艳丽——"往昔维艰忆如昨，燕子衔泥筑新窝"，深有同感。

柳小玲——热爱我掇刀石中学，同感。

丁媛媛——以校为家，爱家爱校！

周晗——描写得好细腻啊！不一样的心境，不一样的情感！

刘武忠——爱校如家，以校为荣，这才是真正的掇中人。

肖春玲——受益匪浅！

刘武忠——诗意的栖居也不过如此吧！

曾志辉——我1993年9月来到掇刀石中学，在一定程度上见证了学校的历史，可以问心无愧地说："我的青春、我的梦想、我的记忆，都献给了掇刀石中学！"

【附】

立足岗位须敬业，遥望星空当创新
——"教师专业成长"现身说法

曾志辉

尊敬的各位领导、各位老师：

我叫曾志辉，1966年10月出生，是湖北省荆门市掇刀石中学的一名语文教师。我1988年6月毕业于宜昌师范高等专科学校，简称"宜昌师专"，现在这个校名都已经不存在了，被合并到了三峡大学，我也就是那个年代所俗称的"师专生"；当然，后来通过进修，我还是获得了华中师范大学的本科文凭和研究生结业证。1988年7月我被分配到沙洋县李市中学，这所高中在我调离后一年被撤销，改制为初中了；1993年9月我被调到现在所任职的荆门市掇刀石中学，在这里一干就是30多年。我起始学历低微，一辈子所待的两所学校在当地只能算是二三类高中，所教的学生当然也只能算是二三类苗了，当然，我们掇刀石中学后来还是晋升为省示范高中，2016年升格为市直学校，现在生源对比以前已大有好转，在荆门城区还有"北龙泉，南掇中"之称。但正如我在《愧为正高级教师》一诗中所写的那样，我要努力做到"起点低微须奋斗，学识鄙陋勤琢磨"，这首诗完整如下——

愧为正高级教师

古今教授堪卓越，我列其中叹浅薄。
起点低微须奋斗，学识鄙陋勤琢磨。
三尺讲台存日月，一支粉笔绘山河。
杏坛最美传薪火，莫让年华逐水波。

今天，我发言的题目是《立足岗位须敬业，遥望星空当创新》。我首先强调一点，因为我自身的起点学历和工作经历，我只能做一个"现身说法"式的发言，而不敢妄言什么讲座、讲学。大家看，全国各地讲座讲学的多是事业有成、意气风发的专家、学者，而很少有身居一线、勤扒苦做的中小学教师，因为我们中小学教师谈不出什么高深的教育理论，只能现身说法谈一点教学教研的感悟和体会。此时此地，我结合自身近40年的教育教学实践谈一下"教师专业成长"这个问题，在交流的过程中，为了不过于枯燥乏味，体现我们一线语文教师的特点，我将我的某些教育经历、活动足迹、荣誉获奖及我本人的一些所谓诗歌融入其中，尽量讲得有点意思、有点亮色，但绝对没有显摆、嘚瑟的意思啊。

一、爱岗敬业，青胜蓼蓝心所系

作为一个老师，不管他有多高的学历，不管他的工作单位是否是重点学校，不管他所带的是什么层次的学生，也不管他有多少头衔和光环，我认为，立足岗位、干好本职工作、做合格教师这必须是老师的基本定位。只有爱岗敬业，业务过硬，这样才能在单位、在业内站得稳脚，说得起话，抬得起头，这样我们才能担当得起"为党育人，为国育才"的历史责任。做一个有情怀的教师，不辱新时代的教育使命，"青出于蓝而胜于蓝"，这应该是我们每个老师的最大心愿。

我参加工作迄今已有36年，其中就带了21届高三毕业班，总体上还是受到了领导、同行的赞扬和学生的喜爱。做我们高中老师这一行的，以男教师为例，在八九十年代一般22岁本科毕业参加工作，到60岁退休，教龄大多不到40年；

如果三年一循环，一个男教师一辈子最多只能带13届高三毕业班，而我现在却已经带了21届高考，这在我们荆门甚至全国很多地方也可能是为数不多的。这是为什么呢？因为我1991—1997年连续7届、1999—2003年连续5届，后来又陆续9届带高考毕业班，且多年担任班主任。无论是做一般科任教师、班主任，还是担任备课组长、教研组长、年级主任、教科处主任、掇刀区高考补习学校（小）校长，学生的成人、成才永远是我执着的信念和追求。如果以是否参加高考来计算，截至现在，我所带的毕业生应该已有三千弟子了。虽然我只是在二三类学校教学，但还是做到了"低进高出，高进优出"，为国家输送了中国人民大学、上海交通大学、浙江大学、南京大学等一大批大学生和合格的毕业生。虽然这是身为教师的职责所系、分内之事，但党和人民政府、教育主管部门却授予了我荆门市人民政府先进工作者、荆门名师、市高中语文学科带头人、市高中教学先进个人、市首届最佳教科室主任等荣誉称号。有两首题为《自题小像》的小诗是对我长期战斗在教育教学第一线的真实描绘——

一支粉笔论乾坤

一支粉笔论乾坤，几卷诗书难有成。
青胜蓼蓝心所系，三千桃李慰平生。

半世光阴弹指过

半世光阴弹指过，独怜华发叹蹉跎。
三千弟子传佳讯，慰我心扉补我拙。

二、遥望星空，一片冰心览古今

半世辛劳半世真，满园桃李满园春。
象牙塔内忘寒暑，一片冰心览古今。

这首小诗是2016年11月"荆门市教育科研名师曾志辉工作室"（以下简称"荆门名师曾志辉工作室"）评定时所写。几年来，我们名师工作室团队在教育信息化这片园地里，在工作室这座象牙塔内，心若怀冰，博览古今，将教育科研做得卓有成效——2019年5月被全国名师工作室联盟授予"特级教师曾志辉工作室"的荣誉称号，2020年6月被评定为"湖北名师工作室"，并累计获得省拨10万元专项科研经费。

2016年秋季学期是我人生的一个转折点，我年近八旬的老母亲摔跤、骨折、卧床，俗话说"自古忠孝难两全"，我选择了"辞官尽孝"，我将我的中层正职这点芝麻官辞去，教书之余和爱人一起为老母亲洗澡、抠大便、换纸尿裤……但2017年3月，老母亲还是离开了我们。母亲走了，小女还在读研究生，芝麻官也没得做了，我又回到了原点，重新捡起了班主任这个老本行。我开始反思，怎样让自己退休前的10年过得有价值？我该何去何从？2016年11月，我被评定为"荆门名师曾志辉工作室"主持人，这在我的从教生涯中是一个很重要的契机。从此，除了常规的教书育人，我暗下决心，一定要在教育科研方面闯出一片新天地。遥望星空，繁星点点，属于自己的那颗星在哪里？如何做到守正创新？守正难，创新更难，一个年过半百的教书匠要破除思维、行为上的那些条条框框谈何容易？这就要求我们根据自身专业的特点，因地制宜，善找突破口，勇做拓荒牛，努力探求解决专业成长瓶颈问题的蹊径。近几年来，我在以前做备课组长、教研组长的基础上，有以下几点体会。

（一）开名师工作室

2016年，我已迈入知命之年，又是近视又是老花，开名师工作室真是捉襟见肘，而且开工作室这在掇刀石中学可是"破天荒"的事情，首先就过不了建网站所需的信息技术这一关，开句玩笑，一个连智能手机都整不明白的人如何开工作室？这里补充一点，2016年微信公众号好像还不怎么流行，主要是依托国家、省市的"教育资源公共服务平台"建立网站。不会我就学，摸着石头过河，边学边干，边干边学，"给身体加油，为头脑充电"。我们28个成员的工作室团队硬是从无到有，从起步维艰到渐臻佳境，将工作室开得有声有色，风生水起。迄今为止，"荆门教育资源公共服务平台"上显示访问量已逾百万，总资源数近6000，教研活动数40多次，较好地践行了工作室"建一流团队，出一流成果，创一流工作室"的目标宗旨。

"桃李不言，下自成蹊。""荆门名师曾志辉工作室"在《荆门日报》《荆门晚报》和荆门市教育局官网、微信公众号等媒体上共有数十篇宣传报道文章，其中《荆门晚报》的《曾志辉与他的"名师工作室"团队》《教育信息化，科研创奇葩》，市委统战部的《程彻考察"曾志辉名师工作室"》，民盟湖北省委的《荆门盟员曾志辉当选"湖北名师工作室"主持人》……这些报道在社会上产生了广泛而良好的影响。

"一个人，走得快；一群人，走得远。教育的目标在远方，所以教育是致远的事业。"我们工作室将继续本着"志同道合，实至名归"的团队精神，怀着教育任重道远的使命感，既要做好课题研究等教科研工作，更要积极主动地投身于教学实践，力争科研与实践有机结合，真正发挥工作室传承、示范、引领和辐射的公益作用。

（二）做课题研究

全国名师工作室联盟有位专家说："一个老师，如果没有教学，就过不了日子；没有教研，就过不了好日子；没有科研，好日子就过不长。"这在一定程度上强调了教科研的重要性。

2016年10月，工作室"传统文化在高中语文教学中的渗透"被批准为荆门市教育科学"十三五"规划2016年度重点课题，2017年10月又被列为湖北省教育科学规划2017年度重点课题，并获得省拨专项科研经费1万元。如今，这个市、省"双重点课题"均已成功结题，并获得"全国名师工作室创新发展成果"一等奖。同时，课题组成员的其他近10个大、小课题对此省重点课题形成拱卫、捧月之势，正所谓"一花独放不是春，万紫千红春满园"。

（三）尝试著书立说

在评高级教师之前，出于评职的功利化需求，我也曾写过几篇豆腐块论文；高级一评定，自以为"船到码头车到站"了，便很少再写教育教学方面的论文了。我估计很多老师和我有类似的情况，有的老师甚至一篇论文管一辈子。

开名师工作室后，配合课题研究，我又拾起了久违的笔，也可能是"厚积薄发"之故吧，笔头是越写越活，还断断续续地在省级以上报刊上发表了十来篇论文，其中《立足传统文化，提高语文素养》在全国中文核心期刊《中学语文教学参考》2018年8月总第723期上头版发表，同时获得"全国中学语文教育理论研究与教学实践"论文大赛一等奖，并被评为2020年度全国名师工作室创新发展成果一等奖。另外，还主编了由中国国际广播出版社出版的《青梅初绽》《传统文化与高中语文教学》两本小书。目前，我正在整理我的那些所谓诗歌，拟出版以我的微信昵称命名的《长湖浪花》诗文集。我们这些教书先生，一辈子总绕不开评职、挂级之类的蝇头小利、蜗角虚名；但是，这里说句蝇营狗苟的大实话，要想评特级教师、正高职称，出书可是一条硬规则。

（四）请进来，走出去

"荆门名师曾志辉工作室"评定以来，本着"请进来，走出去"的原则，所开展的活动是非常突出的，而且内容丰富，形式多样，效果显著。

工作室多次延请、接待市区政协、省市教科研等部门的领导、专家的参观、考察和指导。2017年7月，市政协副主席程彻等领导莅临工作室并对工作室所取得的成绩给予了充分的肯定，随后，市教科所书记左昌伦、市教师发展中心主任向云、市教育局教师管理科负责人翁涛、市教育局副局长龙锋、省教研室语文教研员蒋红森等亲临工作室进行了科学而细致的指导。

工作室还向学校请示，力争多为工作室成员提供外出学习、交流、培训等机会，比如到毛李中学、漳河中学、沙洋职教中心、恩施州利川五中、湖北京山中学等学校送优课、送科研、送好书的"三送教研活动"就好评如潮。2017年7月，我们工作室一行4人到中国人民大学进行"国学"培训，我本人还被评为优秀学员并代表学员做交流和领奖；2018年11月27日至12月6日，我有幸参加了"楚天中小学教师校长卓越工程"赴台培训，并获得台北教育大学研习证明书；2019年5月，工作室成员参加了辽宁省鞍山市、海城市举办的全国"教学转型与课堂创新"高峰论坛暨优质成果展示会，工作室的经验交流《传统文化的绽放》获得"创新发展成果"一等奖；2019年7月，我与两名工作室成员参加了在宁夏银川市举办的"第二届全国名师工作室创新发展成果博览会"，我作为工作室主持人的经验交流《创新之花绽放荆楚大地》受到组委会专家和与会代表的一致好评；2023年4月，工作室3人参加了在浙江嘉兴市举办的第五届全国名师工作室联盟学术年会，我本人被联盟聘请为常务理事，这里有诗为证——

贺第五届全国名师工作室联盟嘉兴年会召开

红船破浪指航向，盘古开天奔富强。
专业创新重教育，名师引领品芬芳。
初心坚守栽桃李，使命永铭铸栋梁。
最爱南湖烟雨色，杏坛嘉会胜春光。

最后，还希望青年教师多参加优质课比武活动，这应该也属于"请进来，走出去"的范畴。因为我的普通话说得不好，我这一辈子几乎没有参加过优质课竞赛，什么叫"几乎没有"呢？刚入职时还是参加过市里的一次优质课评比活动，但我因为普通话等问题，连个三等奖都没捞着，感觉备受打击，从此就永远告别了优质课竞赛活动。这可能是我教学生涯中最大的短板，今天既然是现身说法，所以我也就不怕丢人现眼而实话实说。现在回头想想，我还是希望年轻教师多参加校内外、市内外、省内外的优质课练兵活动，因为"磨课"的过程对自身专业的成长大有裨益。全国范围内的"一师一优课，一课一名师"活动，如果简单地说，其实就是一个"磨课"的活动，我做学校教科处主任负责这项活动时还为此写过这样一首诗呢——

记"一师一优课，一课一名师"活动
——掇中"课内比教学"活动纪实

楚天桂子香，比武群英强。
老将风华茂，名师德艺彰。
务实固校本，高效领学航。
百炼去尘滓，满园桃李芳。

诸如此类的"请进来，走出去"活动，彰显了工作室"研究的平台，成长的阶梯，名师的摇篮"的属性定位。俗话说"在家干一辈子，不如到外看一会子"，只有这样"请进来，走出去"，才会获得新的见闻、新的启迪、新的收获，这样才能有创新的基础和源泉。"问渠那得清如许，为有源头活水来"，说的就是这个道理，我们既要勇于创新，更要善于创新。

说几句心里话，当我还只是一个高级教师时，总觉得自己没有头衔，没有成果，拿不出手，走不出去，因此我觉得自己教书之余走教科研的路子是对的，也可能正因为如此，我才被全国名师工作室联盟先后聘请为理事、常务理事，并于2018年侥幸评上特级教师，因百感交集，曾赋诗一首——

愧为"特级教师"

忝列特级生百感，劝君莫笑一寒酸。
半支粉笔自陶醉，几套旧书亦溺耽。

云卷云舒送日月，花开花落作烛蚕。
杏坛自古难成就，愿化三千薪火传。

三、蓦然回首，满目青山桃李芳

回想20世纪80年代参加高考时，我并不想当老师，"家有五斗粮，不当孩子王"，甚至后悔不应该填报师专，而应该填报财政、税务之类的部省中专，80年代的部省中专那可真是前途光明啊；但处在还有两三年就要退休的这个时节，蓦然回首，我滋生了"两不羡"的想法，并写下了这样四句打油诗："不羡谁人官做大，不羡谁人钱挣多。春花秋月等闲度，岁月静好不蹉跎。"我现在很庆幸自己选择了教师这个职业，因为我发现自己除了教几句书，其实别无所长。杂交水稻之父袁隆平有一个"禾下乘凉梦"，他说："我们的水稻有高粱那么高，穗子有扫帚那么长，颗粒有花生米那么大，我看着好高兴，坐到稻穗下乘凉。"我们做老师的是不会有太大的出息的，老师的出息主要体现在学生身上，退休之后我也有一个"禾下乘凉梦"，那就是到撒豆成兵的四面八方的学生那里去转转，去游学。

说实话，教书一辈子，和自己走得近的得意弟子也就那么几届，这大概就类似于孔夫子三千弟子中的七十二贤人吧。我从教近40年，所谓的"黄金期"，主要就是自己做班主任的97届、99届、00届、01届，那时候我刚三十出头。

我2000届有个女生叫黄启艳，学文科的，当年高考594分，那个年代是估分填志愿，后来得知离北大、清华就差那么几分，最后录取的是武汉大学新闻系，现在在广东《中山日报》做记者。从读大学开始算起，她在教师节之前，或在元旦、春节前后，整整给我这个班主任兼语文老师寄了10年的明信片。这里，我将黄启艳同学2009年1月6号寄给我的一张明信片上面的内容原汁原味地给大家念一下——

尊敬的曾老师：

现代科技的发达使沟通变得简单快捷，但是我相信这经过千里迢迢的路程送达的祝福一定会因为我至真至诚的心而更容易实现！我想起了一个故事，一位学生坚持每年给他的老师寄明信片，寄了数十年。这个故事启发了我，我想一个人寄一次两次可能没什么，但能做到每年的这个时候保持对恩师的问候并能付诸行动是一件很了不起的事，我想我也会坚持下去！祝愿在2009年里，您和美丽的师母身体健康、工作顺利、生活幸福！

学生：黄启艳敬上
2009年1月6日

这位黄启艳同学从2000年读大学开始给我寄明信片，最初几年我是不知不觉，坦然受之，一是她当时还在武汉大学读书，二是进入21世纪头几年手机也还不怎么流行（这里补充一句，我2001年才佩带手机）。但是，当2009年元旦后收到以上这张明信片，特别是看到以上这段文字时，我这才忐忑不安，觉得"亚历山大"，这点人情世故我还是懂的，我这个老师何德何能竟让一个学生坚持每年给我寄明信片，寄上数十年。开句玩笑，这样会折我的寿啊，于是我与黄启艳直接电话沟通，大意是现代通讯如此发达，"至真至诚的心意"领了，"付诸行动"则大可不必。最终，我这个女弟子给我寄了整整10年的明信片：大学4年，参加工作后6年，从2000年一直寄到2010年。这是一个真实的故事，大家看，2009年的这张明信片我保留至今。

我这三千弟子中的七十二贤人，建有一个微信群，群里有一百多人，这个微信群名称叫作"曾门弟子"，有97届女弟子、现在长江大学做教授的陈红莲的诗歌为证——

"曾门弟子"来相聚

有一种情叫作"同学友情"
有一种相聚叫作"十九年"
有一种幸福叫作"看到你过得比我好"
有一种回忆
叫作那时我们正年轻
有一种爱
叫作放手
有一种期待叫作来年再相聚
有一门弟子
他的名字叫"曾门"！

黄启艳、陈红莲等，只是我"曾门弟子"的代表，这就是我们老师的成就，这就是我们老师的价值，老师得此学生，足矣！

2020年6月，我被省委人才办、省教育厅授予"湖北名师工作室"主持人、"湖北名师"称号，并因此获得湖北省高层次人才"楚才卡"，这首《题"湖北名师曾志辉工作室"》的小诗表达了我这种"蓦然回首，桃李芬芳"的心声——

题"湖北名师曾志辉工作室"

工匠从来有短长，名师称号愧难当。
修德配位永磨砺，习艺尽责须奋强。
守正创新应勉力，教书育人勿疏狂。
杏坛岁月再回首，满目青山桃李芳。

各位领导、各位老师，今天，我现身说法的主要话题是"教师专业成长"，如果有人问我："教师专业成长的标准是什么？"这是个复杂的理论问题，在此我不想奢谈，也谈不清楚，我只能说并没有一个统一的硬性标准，我们做老师的，不说成为骨干教师、卓越教师、教育家型教师，但最低限度，要做一个合格、称职的教师。即使有的老师有些佛系，主张应该像现代作家杨绛所说的那样"让花成花，让树成树"，认为生活就是"做最好的自己"，我个人觉得这也是一种标准，其实"最好的老师"就是"最好的自己"。

如果有人问我："你的专业成长了吗？"我在前面大谈特谈功名利禄这些庸俗的东西，甚至"炫"自己的特级教师、正高级教师这些头衔，真是汗颜得很，似乎也不那么风雅，其实我这是一种"老之将至"的心态，因为是现身说法，所以还请大家多多包涵。人民教育家于漪说："一辈子做教师，一辈子学做教师。"学无止境，专业成长永远在路上，于漪老师尚且"一辈子学做教师"，何况我辈？在于漪老师面前我是小巫见大巫，甚至连巫都不是呢。

如果有人问我："教师专业到底如何成长？"《论语》子曰："仁远乎哉？我欲仁，斯仁至矣。"翻译成现代汉语就是，孔子说："仁德难道离我们很远吗？我想达到仁，仁就到了。"这里仿几句："专业成长远乎哉？我想专业成长，成长就到了。"我认为，教师专业成长的途径因人而异，我们不能好高骛远，要一步一步地努力成长，但其核心是自身的内在需要和内驱动力。老师们特别是青年教师，如果听了我此时的发言萌生了那么一点专业成长的愿望并在以后付诸行动，我觉得我今天的发言目的就达到了。

各位领导、各位老师，我们中小学教师的工作既是一种智力活，也是一种体力活，特别是高中老师还要上早晚自习，双休日、高三寒暑假还要补课，实在辛苦得很。因此，大家看70多岁的白发苍苍的大学老师还在讲台挥洒，还在到处讲学，而60来岁的中小学教师就已弯腰驼背，觉得力不从心了。我现在已到退休之年，遥望星空，有时也会思考生命的终极问题。生命的本质意义是什么呢？我认为就是健康快乐，我们要健康快乐地工作、学习、生活，教师的专业成长当然也离不开良好的身体素质，没有身体做本钱，还谈什么专业成长呢？

日本作家村上春树酷爱跑步，为此他还创作了一部题为《当我谈跑步时我谈些什么》的散文集。从2010年10月开始，我开始坚持跑步，后因腰椎间盘突出、腰椎骨质增生改跑为走，迄今为止累计行程5万余里（这里补充一下，我之跑步、散步，早上锻炼戏称为"早练"，下午课外活动锻炼戏称为"黄昏练"，我主要选择晚上锻炼戏称为"夜练"；我希望我之跑步、散步累计长度能达到8万余里，即绕地球赤道一周，我还有"绕地八万誓躬行"的诗句呢）。这期间，我还参加了"爱飞客"2016荆门国际马拉松长跑（我参加的是四分马拉松，跑程10多公里），并断断续续地创作了18首长跑诗及所谓附记，还自诩为"长跑诗人"，如"犹怜树影缠灯月，步步留痕自咏诗"这两句写晚上跑步时树影婆娑，灯月辉映，还真有一点跑步吟诗的意境呢。这里择其三首分享给大家，愿我们都养成适度运动的好习惯，愿我们都能做到"日行万步路，夜读十页书"，愿我们的专业成长都拥有一个好身体做支撑。

长跑序曲

我跑我在，运动不止。
吟诗跑步，舒心健体。
感悟生活，思考得失。
聊以寄托，歌以咏志。

"夜练"双月记

日日驰奔心所依，身轻体健获新迪。
犹怜树影缠灯月，步步留痕自咏诗。

"荆门国际马拉松"友情出演

马拉赛事落荆门,柳绿桃红竞吐芬。
腰痛不惜挥汗雨,肯将衰朽换新春?

我的发言完毕,谢谢大家!

《学子习作选》自序

——致"曾门弟子"

曾志辉

1988年6月,余从宜昌师专(现三峡大学)毕业,随即在沙洋县原李市高中参加工作,1993年9月调至荆门市掇刀石中学,算而今从教已达36年矣,这期间又先后在华中师大汉语言文学专业函授本科班、研究生课程班进修并获得相应学历。

执教36年,其中带高三毕业班即有21届之多,以参加高考为标准,应该有三千弟子了吧(1990—1997年连续带了7届,1998—2003年连续带了5届,2005—2006年带了1届,2008—2010年连续带了2届,2012—2015年连续带了3届,2017—2020年连续带了3届,2024—2025学年还拟带1届;设若一位高中教师一辈子工作40年,带毕业班3年一轮回,一般也只能带13届),现如今余将历届高三毕业班学子名单附于《长湖浪花·从教篇——兄弟家诗集》电子文档之后("人之患在好为人师",姑且称为"曾门弟子"),考虑到正式出版的《长湖浪花》毕竟是一部诗文集,学子名单则只能"忍痛割爱",所幸的是余之《长湖浪花》即将献丑付梓,且有2009、2010、2020这3届弟子名单及其习作作为代表收录于诗文集。

余今五十有八,2026年10月即可退休。退休之后,如果上苍眷顾,身体许可,余便携带《长湖浪花》,凭借一辈子做老师所"浪得"的一点虚名——"三纸一卡"(余一辈子就挣了特级教师、湖北名师暨湖北名师工作室主持人、正高级教师这三张纸,另加一张湖北省高层次人才"楚才卡"),游学天下,遍访学子("游学"者,一边教学,一边旅游,一边到学生那里去转转也),年轻时不能做到"读万卷书,行万里路",花甲至古稀这10年似乎仍然梦想"诗和远方"!

2023年秋

揭中 2009 届学子"清明采风"等习作选

指导教师　曾志辉

清明歌忆

李成林（首都师范大学）

步乱清风舞有影，踏碎明月落无声。
残篱我倚听风久，不见当年簪花人。

送客荆州

李成林（首都师范大学）

春草浅浅花又开，桃花新红梨花白。
小舟翩然从此逝，渐入青江没碧埃。

咏春

王丹丹（广西师范大学）

春风绕柳显婀娜，归燕衔泥筑新窝。
又是一年烂漫时，学童倚窗吟新歌。

咏春

李冰心（四川师范大学）

满园芳华织彩缎，遍地嫩草铺绿毯。
香蜂美蝶处处舞，春光无限人人欢。

咏春

徐旭（广东警官学院）

千里莺啼绿映黄，西行桐罗足留香。
纤纤流金耸田间，簇成花海缀大江。

清明

鲁海洲（武汉大学）

寒尽初下清明雨，暖洗茵草绿芭蕉。
恋香扑红三两蝶，一夜春风花色好。

清明有感

刘欣（中央财经大学）

清明晴好春风暖，皇毯无垠紫云蕃。
本应欢笑漫天舞，唯少故人复展颜。

清明怀人

彭菲菲（武汉大学）

百里花黄九州春，四月香满归乡路。
遥闻鸡犬鸣相迎，伊人不见柳还舞。

咏油菜花

吴盼（武汉大学）

桃李落尽菜花黄，朵朵流金片片香。
风动回眸笑莞尔，俏然野里独幽芳。

春思

罗啸（中南民族大学）

雪花落尽北雁归，新燕啄泥马蹄轻。
满城飘絮随风起，疑是冬风送别情。

油菜花开

代军（湖南大学）

金花满畈尽情开，馥郁清香扑鼻来。
料得秋收年景好，农家谁个不乐怀？

寻芳

卢思齐（上海财经大学）

和风四月弄春柔，丝雨无边笼花幽。
有芳无芳凭人意，自有滋味在心头。

春杏

赵颖莹（中央民族大学）

春阳晓漫半面窗，绿玉微卷葳蕤光。
红萼未褪青杏小，早有黄莺度枝梁。

油花颂

胡莉蓉（中南财经政法大学）

一花三叶喜相迎，千顷万亩承载情。
春风剪刀田间舞，绿海金波翻绉形。

春暖花开

陈诚（武汉理工大学）

阳春三月暖自来，万物复苏恐争艳。
菜花开来引蜂绕，熏得百姓乐开颜。

咏春

李湘君（暨南大学）

绿柳红桃春来报，蛙声片片蝶飘飘。
谁家小儿钓江边，鱼也欢畅争春闹。

暮春咏怀

黎静（华北电力大学）

三月人间草芳菲，群花冠艳自葳蕤。
自是万物生方始，莫留叹息催人泪。

奈何

李扬帆（武汉大学）

新雨拍花花迎雨，清风拂柳柳随风。
自是一片春光好，奈何此景悠悠长？

清明归家有感

徐亚莉（云南财经大学）

蝴蝶翩翩菜花丛，学子纷纷乐家中。
人道红豆至相思，我言花蝶最情钟。

咏春

肖荣（南京师范大学）

一路春光无限好，菜花满地桃妖娆。

片片金黄飞眼帘，绿水青山分外娇。

无题

方翔（山东财政大学）

一天一地一世界，一花一草一画面。
一人一景一陶然，一生一世不慕仙。

忆昔

雷宇萍（北京物资学院）

古井邃栏青衣照，旧垣柴扉艾草高。
犹忆星夜流萤雪，竹马声声郎语遥。

春燕

郭小雪（南昌航空大学）

窗前旭日抹胭脂，正是东风梦醒时。
燕语呢喃何所念，一枝春柳一行诗。

咏油菜花

梁小媛（武汉大学）

黄花朵朵开满园，清香远播万里甜。
蜂蝶翩跹采蜜欢，乐得农人笑开颜。

落花梦

刘慧（中南财经政法大学）

晓来风染层林翠，落英缤纷四时飞。
飘零犹梦春色好，却入红尘不可回。

孤身浸春

钟笑然（西南政法大学）

百里絮飞春风荡，千朵花绽闹春光。
万片蝶舞迎春意，一人孤身独自赏。

垂钓

朱运涛（黑龙江大学）

一帽一竿一渔翁，求鱼求乐求清闲。
茶花飘香沁心脾，引得鱼醉鱼囊满。

荷花池

陈虎（云南财经大学）

梦里荷花飘云中，亭山雾霭起朦胧。
一桥横卧迎风雨，吾身独倚雕栏红。

题菜花

陈虎（云南财经大学）

相约去年看花事，今朝更有节庆时。
蜂蝶灵鸟飞天舞，香溢乾坤不为迟。

"油菜花节"郊外踏青

佚名

春风桃李野郊行，一地菜花一地金。
麦柳青青碧水笑，相逢意气农家情。

咏大学

段小刚（南开大学）

大师大楼双子座，理想现实两重天。
高压自由傍地行，学习工作俱汗颜。
袍泽愤青侃大山，幽怨悲伤也笑谈。
鹏飞谁与话云程，铩羽折翅亦难停。
徘徊趑趄不得前，柳暗花明又一年。
北海南溟俱往事，卷土重来未可知。
闲把短信拿来发，祝福送至恩师家。

掇中 2010 届学子"荆门喜逢省运""上海喜迎世博"习作选

指导教师　曾志辉

（其一）

云峰

凤鸣楚天迎新客，十月金风送喜来。
不羡王侯功名事，只盼健儿把潮拍。

（其二）

李凡

象山枫叶红胜火，天鹅湖水唱新歌。
喧天锣鼓迎省运，蟾宫桂枝待我折。

（其三）

张侃

楚塞三湘九派通，底蕴千年气势宏。
举市人民齐欢笑，省运添作点睛龙。

（其四）

姚诗情

日暖泥融雪半销，寅虎一啸喜自到。
黄花飘香惹人醉，激情省运数今朝。

（其五）

陈虎

晴空一鹤破苍穹，楚国燃炬华夏红。
冲天喜色无限好，省运落荆万户荣。

（其六）

吴亚妮

红叶黄花秋意深，楚天荆门万事成。
百年省运百年盼，夕阳晚照亦良辰。

（其七）

李桂玲

燕子结伴飞南国，忽闻荆楚省运开。
遥望健儿竞相逐，争扇双翼北向来。

（其八）

袁梦

楚塞金秋迎盛会，八方同聚喜相逢。
问君谁主沉与浮？群雄角逐竞争锋。

（其九）

谢小娇

山光绮丽水色秀，历史悠久美更优。
省运举办情更暖，五湖来此健身游。

（其十）

刘慧

江水逐海浪逐涛，鲲鹏展翅飞碧霄。
恰逢荆门迎省运，千里恭候在今朝。

（其十一）

钟笑然

双宝山间明珠秀，地接三湘九派通。
鸿鹄轻掠天鹅湖，飘絮漫飞杨柳枝。
红鳟畅游迎宾舞，菜籽低头闻鹊喜。
一眼难尽荆门美，省运精彩盼更急。

（其十二）

朱田田

十里春风拂荆门，门户大开敞胸怀。
一骑红尘楚人笑，众人知是省运来。

（其十三）

曾理

菊香清秋透荆门，长歌飞天舞郢楚。
省运激情抒我怀，盛世国威俱一出。

（其十四）

桂枝香·喜逢省运

蒋卓君

登临送目，正荆楚初秋，夏风依旧。百米跑道如霞，绿茵似梦。车水马龙旭日中，迎宾客，彩旗斜矗。槐淡樟浓，龙泉鱼跃，画图难足。

看今朝，热情竞逐。感省运盛景，喜从中来。多年凭高想望，一心为荣。象山微笑举岚光，见香草绿树摇动。只盼进进，追逐省运，精彩尽收。

（其十五）

苏小帆

忽闻世博落于沪，亿万国人喜欲狂。
黄浦江头千帆竞，华夏神州露锋芒。

（其十六）

雷宇萍

喜逢世博莅申城，候此盛事几度秋。
醉眼迷离狂欢刻，且邀明月共杯筹。

（其十七）

黄瑶

寅虎一跃英姿显，神龙腾飞冲云天。
世博一举国威扬，中华锣鼓惊殿仙。

（其十八）

朱运涛

沧海桑田百度秋，黄浦妆新世博临。
东方明珠殊惊世，敢立虹桥唱欢情。

掇中 2020 届学子"疫情居家学习"习作选

指导教师　曾志辉

闻开学喜极而泣

范培根

忽闻书院喜开封，只恨无屏来御风。
梦洒清泪湿白卷，为得如意挑青灯。

居家学习有感

王书涵

闭户深居邀书海，窗中窥得春色来。
飞鸽衔枝传喜讯，扶摇直上将桂摘。

闻开学在望有感

朱莉萍

庚子年初病毒传，居家学习祈国安。
复课在望心欢喜，愿与同窗折桂冠。

疫后有感

张津

疫情恶煞不一般，久居樊笼终得安。
何来困顿无睡意，愿托此心杏林间。

复学有感

张欣荣

病魔肆虐新年淡，万众一心护武汉。
今朝听闻复开学，披荆斩棘夺桂冠。

盼开学有感

付雅菡

呼啸疾风起欲狂，暮春微雨敲邻窗。
千灯遥望燃愈晚，吾将奋勉惜时光。

归学似箭

赖峥圳

春寒料峭出桎梏，负笈学子踏归途。
书声琅琅披星月，相逢好友一如初。

春学感赋

刘昌阳

烟村柳陌早鸡鸣，微云晨阳哺麦青。
桃李万千拾旧梦，待到花开满院庭。

居家学习有感

张蔚文

桃红柳绿谷雨晴，城郭再开荆楚新。
忽念同窗相别久，书山小径再相迎。

喜闻开学有感

钟颖洁

春风十里花烂漫，山河劫尽春盎然。
喜闻五月重返校，全力以赴攻考关。

5月6日开学有望

徐诺

鸟鸣春树舞朝阳，荆楚学子梦课堂。
志向高远须笃行，他日有成做栋梁。

雨中寻春

王昕雨

青翠雨滴落成画，山川人间美无涯。
最是院落墙角处，一抹深情染桃花。

醒春

庹佳丽

袅袅烟柳双燕栖，长堤新水蝶影晰。

满庭清芳沁碧瓦,酒酽花浓尽开颐。

春日有感
邓君宇
桃李吐芳争艳开,燕子衔泥筑楚宅。
花丛梦蝶翩翩舞,春意阑珊把梦摘。

盼春
钟紫薇
疫病沉沉蔽日辉,万物蛰伏盼春回。
石榴欲燃荆楚地,雏凤抖擞穿云归。

春　日
孟子杨
竹屋檐下燕飞入,红花娇小倚青树。
润物春风拂面来,无声染绿天涯路。

盼复课
向颖思
疾销疫去气温升,蜂蝶闹春恣翻腾。
复课开园终有望,冲锋高考向前奔。

开学有感
陈淑琦
华夏疫去忧愁忘,荆楚学子回课堂。
铁杵成针鸿鹄志,瓜熟蒂落如愿偿。

晚春即景
杨明
骄阳四月润樱桃,春水轻柔洗绿蕉。
谷雨鸣鸠拂爱羽,香茗一盏乐陶陶。

开学有感

肖凌雨

恰逢疫情待家中，独学无友确不同。
十年用功寒窗苦，巧月凌霄别样红。

居家随笔

游咏佳

鸡鸣欲曙人沉睡，李桃争艳春迷醉。
太白三杯通大道，每日却恨难折桂。

春

杨宇轩

冰雪消融春满怀，陌上荆桃向阳开。
满园秀色拦不住，谁家新燕衔泥来。

喜闻开学

刘兴宇

春风送暖花始开，学子向往状元台。
复课喜讯从天降，心犹春燕急归来。

居家学习有感

曾姝玥

山河劫难见曙光，复学在即研读忙。
应效松竹心坚定，傲雪凌霜不迷茫。

长风破

胡桂平

扬帆远渡书海里，风急速传归校时。
破釜沉舟背水战，学子蟾宫折桂枝。

喜闻开学可期

杨奕玿

冬日已尽春意闹,独坐家中书声绕。
喜闻五月终复课,莘莘学子争先到。

蜗居有感

陆术杰

春意终返四月天,人间再得见鲜颜。
劝君惜时莫虚度,来日拭剑展才贤。

闻春日归学

马雨萱

万众一心抗疫情,寒过春来万物明。
晴光正好风华茂,不负韶光与落英。

畅享春意

鲁宇杰

骄阳四月暖红桃,春水轻柔洗绿蕉。
田园风光迷世人,静坐赏景乐陶陶。

初春

龚辉

绵柔春雨雪寒销,枯叶随风尽落漂。
碧水清池鸭知暖,争相嬉闹任逍遥。

春愿

王诗苹

今春漫长不寻常,景外人内愁若狂。
疫时迷惘失初梦,愿心同绿并回肠。

春

张体燕

春雨抚柳风轻轻,娇花望日水平平。
人家几许清闲居,卧看月明烛灯明。

春景

王梓琪

东风吹彻市钟晚，夹竹照影水似蓝。
溪桥隐隐分野色，几处灯火映春山。

望开学

赵怡珺

光阴之绸金梭织，潜心苦读正当时。
一年四季春光好，学海归来折桂枝。

居家学习有感

张佩璇

初闻闭关空懈怠，自我调适须心耐。
又悉开学将在即，启窗春意滚滚来。

致白衣战士

周一帆

冬去春来桃花开，荆楚大地迎春来。
最是人间停留处，尤想致敬白衣怀。

春学有感

刘馨月

庚子年节蒙污垢，病毒恣袭黄鹤楼。
疫后牡丹红烂漫，春回学堂书海游。

家中之学毕矣

刘以萱

百姓禁足宅中荡，学时家人伴在旁。
潮生潮落春至矣，复拾课本聚于堂。

子夜自怜

郑珞薇

黄金榜上欲断肠,他人皆喜我泪绝。
今负师望须奋起,誓学鲤鱼龙门越。

喜闻开学迫近

黄梦圆

原是新年气象佳,无奈疫情如涌潮。
听闻开学日将至,愿在校中学海遨。

复学有感

曾晓容

疫情无情人有情,千家灯火照江潮。
可怜学子终可待,蟾宫枝头桂花飘。

开学有感

刘景轩

今日晓看白华重,昨夜晚听雨敲窗。
一人一案林肇叹,风僝雨僽是心怆。

归去来兮

王良宝

春风桃李旧时云,红芳紫萼恋春天。
愁心苦闷何处去,防疫读书两不烦。

无题

王欣怡

豆蔻随春却凋零,鲍畜暮秋尽犬吠。
红日高升楚天阔,黑云压境也不黑。

居家学习有感

王丝怡

雨丝风片倚寒窗,三月如歌万物吟。
劝君莫把时间贱,一寸光阴一寸金。

记开学

代宇驰

莘莘学子望复课,书山题海齐奋斗。
破土扎根历艰辛,志存高远早筹谋。

闻5月6日开学有感

肖晶晶

寒流过后春风来,绿柳红花尽争艳。
少年辛苦跃龙门,一寸光阴不可贱。

闻开学

刘歆怡

十年寒窗磨一剑,今朝出鞘试锋芒。
光明在前君莫负,须积跬步争辉煌。

河山依旧

丁祝凤

不惧疫情恣狂虐,华夏齐心驱魑魅。
春风浩荡迎阶绿,山河锦绣生华辉。

开学在即有感

郑瑞

莺啼燕舞草色闲,喜闻五月即开学。
破釜沉舟奋起追,鱼跃龙门高考捷。

四月春

张若琳

新冠来袭气势汹，荆楚大地元气损。
凛冽严冬终已逝，守得花明又逢春。

庚子遇"新冠"而志投杏林

范培根

适逢佳节春雷降，瑞鼠迎新喜呈祥。
天伦共享阖家乐，怎奈瘴气弥四方。
忆昔娇颜流连戏，惊得粉樱羞敛妆。
春风才染新芽绿，回顾树影独泪伤。
夜半忽梦游乐事，孤影茕茕对空墙。
空墙岂解个中味？只问何故惊梦乡。
梦忆繁华举城闹，街头何处无酒香。
酒酣高歌人倾倒，与君醉卧市井旁。
冷风料峭吹酒醒，人去楼空忽寂茫。
黑云压城狂风起，万马齐喑皆惊慌。
旦夕诸城俱紧闭，羁旅游子困异乡。
方寸之间真情露，咫尺天涯诉苦肠。
九州病魔恣肆虐，泱泱华夏岂待亡？
雷火双神连夜起，八方共援神兵降。
耄耋老翁心未已，挺身志在病疫防。
觅尽百草寻妙药，观尽书典求良方。
白衣卫士战病毒，悬壶济民胜药王。
昼夜相继不知倦，汗浸额头湿衣裳。
身缠顽疾弃生死，呕尽心血溘然亡。
长恨未破新冠疫，忠魂犹思觅金方。
呜呼痛矣久难释，清明缟素举国殇。
我本少强又何益？羞居一室人空忙。
鸡鸣未曙人沉睡，书声先传扰梦乡。

闻道习业于网络，研学修身将疫抗。
书院开封闻即泣，漫天黑云见曙光。
曙光虽现云未散，思危致知器身藏。
藏器于身待时动，且击铜锣铸金榜。
金榜岂为千钟粟？但求悬壶以兴邦。
长帆终须济沧海，七尺男儿当自强。
敬羡先贤居杏林，愿倾终生坐药堂。

采风篇

与王维老师秋泳凤凰水库

曾志辉

酷暑炎炎心向往，秋风瑟瑟共徜徉。
凤凰展翅为兄弟，倦气随波一逝光。

2005 年 8 月 24 日

荆门首届"油菜花节"郊外踏青

曾志辉

春风桃李野郊行，一地菜花一地金。
麦柳青青碧水笑，相逢意气农家情。

2008 年 4 月

【作者注】此诗作于邵华、杜雯老师之老家——掇刀区响岭村。

赴南昌"起义"寄友人

曾志辉

才处关公地，又饮赣江水。
会当滕王阁，何时见星魁？

2008 年 10 月

登滕王阁寄友人

曾志辉

君问归期亦有期，赣江夜雨涨秋池。
滕王阁里飘孤鹜，却恋长天霞飞时。

2008 年 10 月

【作者注】 此诗最早寄发给荆门市沙洋中学常克军主任（现为沙洋县后港中学校长）。

春游

曾昭毅

草长蝶飞四月天，东流碧水三江源。
南国处处春光好，稚子陶陶放纸鸢。

2010 年 4 月 22 日

【作者附记】 赣江由上游的章江和贡江交汇而成，交汇处称三江源，此处风景优美，且离家甚近，是一家人常去游玩的地方。

江晚

曾昭毅

江边随步看晚霞，杨柳如丝山如画。
更喜南国春来早，还寻老妪学种瓜。

2010 年 4 月 24 日

无题

曾昭毅

野旷山叠翠，江平日影斜。
何处香来袭？林间栀子花。

2010 年 6 月 17 日

江浙之行（组诗十首）

曾志辉

（其一）

上海看世博

青山绿水世博行，千里飞驰黄浦滨。

故楚春申惊坐起，一轮明月照古今。

2010年6月15日

【作者附记】2010年6月15日，余随掇刀政协一行乘动车到上海看世博会，不禁想起楚国春申君，其封地即为今日之上海，因此上海除"沪"之外亦简称"申"。春申君原名黄歇，位列战国四君之一，其籍贯即湖北省荆门市沙洋县后港镇黄歇村，余作为同乡游历其封地，加之首次坐动车看大海，发思古之幽情，感时势之变迁，百年梦想，世博成真，上海这粒东方明珠真乃沧海桑田也。作诗以记。

此次上海之行，余受到掇中95届弟子张俊宏、09届弟子卢思齐的盛情接待。

（其二）

西湖游

浣纱西子巧梳妆，千古风华犹沁芳。

骚客往来诗万首，我今吟唱徒痴狂。

2010年6月21日

【作者补记】才饮虎跑泉，又食西湖鱼，对虎跑泉之行作一补记——"性空大师择居地，济公活佛圆寂所。二虎刨泉汩汩淌，雾山翠树洗心浊"。唐朝高僧性空择址建寺，惜此地无水，夜梦二虎刨出泉眼，汩汩滔滔，"虎刨泉"即由此得名，后演变成"虎跑泉"。济公和尚先前在灵隐寺出家，因偷吃狗肉被逐而避居净慈寺，最后圆寂于虎跑泉。虎跑泉为中国第三大泉（济南趵突泉第一，无锡惠泉第二）。

（其三）

岳王庙偶感

江南古城桂森森，岳王庙里香雾腾。

武穆风波留一叹,始知忠奸身后分。

2010 年 6 月 21 日

(其四)

谒灵隐寺飞来峰

古刹灵隐寺,名山飞来峰。

此中有禅意,心安自养生。

2010 年 6 月 21 日

【作者注】在灵隐寺烧香拜佛入口处,有诸多警示语,余摘录数句作为"醒世恒言"——"心安自健康""善用其心,善待一切""失败之人,一意孤行,刚愎自用;成功之人,与人为善,从善如流"。

(其五)

望杭州楼外楼

临安旧邸翻作新,西湖歌舞楼外情。

古越有幸逢盛世,休闲之都奏和声。

2010 年 6 月 21 日

【作者注】2010 年 6 月 20 日,余从上海来到杭州。上海有"冒险家的乐园"之称,高楼大厦,打拼挣钱是其生存之道;而杭州有"东方休闲之都"之谓,青山绿水,素有"上有天堂,下有苏杭"之美誉,2006 年"世界休闲博览会"在杭州召开。然生活之根本目的,挣钱耶?休闲耶?抑或兼而有之?此如孔子与两小儿辩日,实难一言以蔽之,而"天堂"里的杭州人,视二者孰轻孰重则不言而喻也。

(其六)

嘉兴南湖瞻仰"一大"旧址

赤县烟雨莽苍苍,百年魑魅舞猖狂。

开天辟地大事变,一艘红船导航向。

2010 年 6 月 22 日

【作者附记】2010年6月22日，余游览浙江嘉兴南湖（南湖有著名的烟雨楼），瞻仰了中共"一大"旧址，并与"一大"闭会之日所租红船合影留念。想到1921年中国共产党成立（毛泽东评价为"开天辟地大事变"，当时全国共产主义8个小组有党员50余名，与会者13人，这13人后来人生轨迹迥异），又念及不惑之身"七一"宣誓，思绪万千，作诗以记。

（其七）

嘉兴观水上音乐喷泉

银花火树万人攒，乐似金戈透广寒。

七彩弥天水柱舞，翩翩仙子霓裳沾。

2010年6月22日

【作者附记】浙江省嘉兴市于"七一广场"修造水上音乐喷泉（迄今为止，全国一流，规模最大），2010年6月22日晚，余与张兴万及其家人前往观赏，乐声雄健，喷泉四射，水柱奔月，蔚为壮美，寂寞嫦娥，翩翩起舞。作诗以记之。

（其八）

苏州寒山寺感遇

客子姑苏愁未眠，小桥流水星方寒。

古来文士同一梦，夜半钟声犹袅然。

2010年6月23日

（其九）

嘉兴赠97届弟子张兴万

吴越相逢倾楚声，四方游历驱车行。

南湖细雨绵绵落，恰似张君待我情。

2010年6月24日

【作者附记】2010年6月21日晚，余从杭州到嘉兴，在97届弟子张兴万（现为浙江嘉兴电子股份有限公司销售经理）处逗留三天，游南湖，赏喷泉，上苏州，叙情谊，张君盛情款待，照顾有加，家之妻女称余"乐不思蜀"也。24日下午张君驱车相送，细雨绵绵，作诗以赠。

（其十）

归去来兮辞

苏杭嘉沪泛扁舟，心倦身疲钱水流。
常念天涯芳草处，今知飞鸟巢穴求。

2010 年 6 月 25 日

【作者附记】2010 年 6 月 15 日至 25 日，余在上海、杭州、嘉兴、苏州游历 10 天，始知古人所言"行万里路"其实更难于"读万卷书"，作打油诗一首以记之，是为出行小结。

送学路上和诗一首

曾昭毅

羡知兄长世博游，吟罢西子下苏州。
犹悔未能约君去，共泛南湖一扁舟。

2010 年 6 月 25 日

【作者附记】余兄弟三人天涯两隔。近日，志辉兄长遍游上海苏杭嘉兴，诗兴大发，成诗数首。今晨，余冒雨骑车送幼子上学，又接兄长短信诗作，遂拟和诗一首，途中开始构思，至校门口乃成。此次世博会学校亦组织游览，然余心疼银子且妻儿上班上学无人照顾，未能成行。

"七一"游三峡人家

曾志辉

三峡风情土家妹，声似莺啭秀盈眉。
两岸青山叠如画，江急石遏不忍归。

2010 年 7 月 1 日

江边夏夜

曾昭毅

疏星六七颗，灯火千万家。
江风正拂面，夜深别栀花。

2010 年 7 月 1 日

金盆山采药

曾昭毅

石峻山高曲径斜，竹林溪水傍人家。
觅识仙草千百颗，白云生处见奇葩。

2010 年 7 月 14 日

【作者附记】7 月 14 日，余和彭金年博士携药学院 08 级药学专科二班全体同学赴江西信丰金盆山自然保护区采药见习，合影留念并赋诗一首。仙草，灵芝的俗称，此处泛指草药。

游江西万安水电城

曾昭毅

千里赣江十八滩，万顷碧水接云天。
万重青山万重浪，万安国电喜人间。

2010 年 7 月 31 日

【作者附记】赣江北上注入鄱阳湖，流经江西万安十八滩，筑坝拦河建成江西最大的水电站。不惑之年生日，余与同事两家人自驾车游览万安水电城和《鹿鼎记》影视城，留影并赋诗以记。

游凤凰古城

曾昭俊

碧色湘西风景异，大山十万群峰奇。
沱江两岸人潮涌，洞天一线飞瀑急。
苗寨阿妹歌舞好，汉家小伙心神怡。
凤凰情韵古今在，变换街头导游旗。

2010 年 8 月 5 日

国庆游通天岩

曾昭毅

赭石风中秀，碧水阶上流。
林疏草木壮，鸟噪不识愁。

2010 年 10 月 2 日

【作者附记】2010 年国庆节期间，余一家首次游览江西赣州通天岩国家级风景区。通天岩具有世界殊异的丹霞地貌，林间溪水潺潺，明代心学大师王阳明先生曾在此结庐讲学。

游借粮湖

曾昭俊

秋上湖心岛，四合绿水环。
日出残荷暖，雾笼金菊寒。
渡口钓难静，石秤弈正酣。
村姑煮鳜鱼，把酒乐陶然。

2010 年 11 月 8 日

【作者注】借粮湖位于沙洋县毛李镇鲁店片，亦称南湖。

漳河忆昔

曾志辉

浩浩漳河滟滟波,丛丛绿树田田荷。
沙滩更爱渔舟晚,击水霞中听恋歌。

2010 年 11 月 28 日

【作者附记】1989 年 9 月至 1992 年 7 月,妻曾在荆门电大宏图分校读书三年,余则往返于李市与漳河这两镇之间,光阴荏苒,补诗以记。

西津河忆昔(诗二首)

曾志辉

(其一)

淼淼西津似玉带,盈盈笑语如花开。
大江东去狂一曲,初生蛟龙破浪来。

(其二)

李市高中,西津之旁。
长长西津,直通汉江。
水何淼淼,夏之雨涨。
淼淼之水,引我徜徉。
巧笑倩兮,在水一方。
饮酒赋诗,意气扬扬。
幸甚至哉,歌以抒怀!

2010 年 12 月 6 日

【作者附记】余 1988 年 7 月大学毕业被分配到沙洋县原李市高中,1993 年 9 月调至掇刀石中学而户籍迄今仍留在李市,岁月悠悠,感慨忆昔。

南行漫记（并序，组诗十四首）

曾志辉

余此次南行，前后持续14天：2011年7月8日朝发掇刀夕至江西吉安，9日至10日上午在井冈山，10日晚至12日晨在江西赣州，12日下午至13日上午在广州，13日下午至15日在深圳，16日至17日在香港，18日在澳门，19日上午由澳门经珠海晚上到达广州，21日上午熊小艳、黄启艳两位弟子送余从广州乘动车到武汉然后转回荆门。在此期间，共觅得诗歌14首，姑且称为"南行漫记"。是为序。

井冈之行（五首）

【作者按】2011年7月8日至10日，荆门市掇刀石中学党总支组织部分共产党员到革命圣地井冈山进行了为期三天的游览和学习。余置身井冈，有感井冈，觅得五首小诗特作为建党90周年之献礼！

（其一）

井冈之行前夕

赤色井冈摆战场，朱毛叱咤旌旗扬。
而今我欲来朝圣，黄洋炮声响耳旁。

2011年7月7日

（其二）

井冈之行途中

蒙蒙雾雨君行早，千里奔驰力戒娇。
一路红歌壮热血，吉安直下拜朱毛。

2011年7月8日

（其三）

井冈翠竹

——题大井毛泽东同志旧居

井冈翠竹多又奇，化作革命枪和笔。

主席戎马显本色，一寸红土一行诗。

2011 年 7 月 9 日

【作者附记】今天上午，余一行在井冈山大井瞻仰了毛泽东、朱德、陈毅等同志的旧居，旧居周围青山巍巍，翠竹繁茂，还有几块红米秧田；进入毛泽东同志旧居里面，尚保留着毛主席用来装书的两个竹箩和几支毛笔。毛泽东这位"战争诗人"（美国著名记者埃德加·斯诺《西行漫记》一书评语），运用枪杆子和笔杆子，以天才般的大手笔使中国革命终成燎原之势。感慨万千，作诗以记。

（其四）

雨中游览黄洋界

黄洋界上云雾起，大雨滂沱身淋漓。

荆楚儿女不畏险，井冈精神全无敌。

2011 年 7 月 9 日

【作者附记】今天下午，余一行 24 人游览黄洋界，突然烟雾缭绕，乌云翻滚，大雨倾盆，井冈山的天气真是变化快，雨水多。我们不怕暴雨，不畏艰险，终于游览完了黄洋界，而且与毛主席的扮演者田金同志合影留念。此记。

（其五）

咏小井红军医院创始人曾志

南国女杰芙蓉花，身许革命即为家。

红军医院留倩影，魂系井冈沃中华。

2011 年 7 月 10 日

【作者附记】曾志，原名曾昭学，系红四军小井红军医院（又名"红光医院"）创始人之一，湖南宜章人。在国民党反动派白色恐怖高压下，曾志两死革命丈夫，长征之前托孤，作为红色间谍被捕坐牢。中华人民共和国成立后，曾志历任广州市委书记、中央组织部副部长，但仍坚持让长征托孤的儿子石来发生活在井冈山老表家里，去世后骨灰的三分之一也"魂归井冈"。敬仰老革命家曾志，诗文以记。

（其六）
自井冈赴赣州兄弟相会

依依别井冈，又赴赣江旁。

兄弟遥相会，举杯话故乡。

2011 年 7 月 10 日

（其七）
广州海心沙亚运公园观夜景

梦幻花城不夜天，南行夙愿终随缘。

珠江情满洪波涌，亚运五羊换靓颜。

2011 年 7 月 12 日

【作者附记】7 月 12 日晚，余与爱人侄子陈云华一起游览了广州海心沙亚运公园，海心沙亚运公园乃 2010 年 11 月广州第 16 届亚运会主会场。

（其八）
深圳红树林隔海夜观香港

红树林边沐海风，灯光点点入心中。

一轮明月连两岸，度尽劫波九州同。

2011 年 7 月 13 日

【作者附记】深圳有个红树林，红树林濒临南海，海对岸就是香港。7 月 13 日下午，爱人侄子陈云华驱车将余从广州送到深圳，晚上受到了周雪飞、戴晓松、周未年、余华、王峰等诸位弟子的盛情接待，饭后与戴晓松、周未年、余华等到红树林边散步、聊天、吹海风，夜观香港。余生平第一次实景看海，作诗以记。

（其九）
深圳印象

昔日渔村杳无迹，摩天大厦云脚低。

沧桑巨变世瞩目，南海明珠第一奇。

2011 年 7 月 15 日

【作者附记】7月13日—19日，余参加2011年全国中学教育科研联合体深港澳会议。13日报到，14日、15日这两天的深圳会议，从早7点到晚7点，除了吃饭就是开会、考察等活动，连午睡也取消了（这就是所谓的深圳速度、深圳节奏、深圳精神吧），其间还到深圳外国语学校和深圳中学进行了参观和学习。此记。

（其十）
香港夜游维多利亚港湾

皓月生海上，华灯映蓝波。

沧桑百年史，化作今日歌。

2011 年 7 月 17 日

【作者附记】香港是一个购物的天堂、喧嚣的场所；唯有晚上坐游轮在维多利亚港湾观赏香港美丽的夜景，才觉得些许诗意。香港之行，还参观了香港中文大学。此记。

（其十一）
清晨渡海从香港赴澳门

朝辞香港赴澳门，雾海茫茫叹孤身。

博彩营业世皆好，个中眼泪今古闻。

2011 年 7 月 18 日

【作者附记】7月18日凌晨4点起床，然后洗漱、整装、早餐，7点50分坐轮船渡海从香港赴澳门。此时，朝雾茫茫，海天一线，隐隐约约只能看到山的轮廓。船行海中，船身剧烈颠簸，不时传来游客们的呕吐之声。此情此景，余亦倍感身心不适，甚至滋生出一种孤身漂泊之感，头脑中还闪现出《泰坦尼克号》之画面。余又联想到澳门的博彩业，据悉每年税收1000多亿港元（占澳门全年收入的80%），不觉感慨"十赌九输"之古语……作诗以记。

（其十二）
澳门濠江中学观感

濠江中学桃李芬，适逢盛世焕青春。

爱国历史堪悠久，首面红旗插澳门。

2011 年 7 月 18 日

【作者附记】7 月 18 日下午，余和全国中学教育科联体一行参观了濠江中学，聆听了学校介绍（"一国两制"的澳门教育也倡导德、智、体全面发展），然后在有江泽民同志头像、"桃李芬芳"的碑刻下面合影留念。

（其十三）
再见，广东诸位弟子

岭南古榕根深深，荆楚学子业有成。

挥手别君抬首望，长风破浪俏争春。

2011 年 7 月 21 日

【作者附记】在广东省深圳、广州两市期间，余受到了掇中 99 届、2000 届、01 届十余位弟子的盛情接待（深圳有周雪飞、戴晓松、周未年、余华、王峰，广州聚会有熊小艳、康飞、陈昆仑、黄启艳、郭兰英等，此间余真正领略到了何为"吃在广东"），有的甚至请假从异地赶来探望（如黄启艳、郭兰英分别从中山、深圳赶到广州），余一并致谢，衷心祝愿诸位弟子事业有成、家庭幸福，热烈欢迎大家回母校相聚！此记。

【附】

寄语母校

掇中 2000 届学子（深圳海关）　周雪飞

一别母校已旬年，恩师教诲历眼前。

掇刀发轫掇橡笔，怀德恭谨傍和谦。

草房茅庐出狂狷，幽谷深莽探红嫣。

顽铁淬火就砥石，百般打磨锋芒现。

2011 年

（其十四）

广州赠"龙瑞厂"陈云华

龙瑞服装人缘好，艰苦创业义胆豪。

重质守信有远见，宏图再展节节高。

2011 年 7 月 21 日

【作者附记】爱人侄子陈云华在广州白手起家，先打工后开办"龙瑞厂"做服装方面的生意，现如今已初具规模，效益颇佳，其创业经历令人深思，创业经验值得总结。余 7 月 12 日从赣州到广州后承蒙云华相接，晚饭后一起游览海心沙亚运公园，然后参观"龙瑞厂"并留宿一晚，13 日下午云华亲自驱车将余送往深圳，19 日从澳门回来经珠海到广州后又将余接送到学生处。在广州、深圳这几天，余感谢云华及其家人盛情接待，并衷心祝愿"龙瑞厂"进一步做大做强做精，生意兴隆，财源广进！作诗以赠。

游井冈有感

曾昭毅

领袖足迹何处寻？巍巍罗霄柏森森。

重峦幽壑筑坚垒，飞瀑清溪紫赤根。

八角楼上明灯火，黄洋界前建业勋。

忠魂英烈虽逝去，革命精神万年存！

2011 年 8 月 31 日

【作者附记】8 月 27 日至 28 日，余和同事杨医生两家游览井冈山，作诗以表达对领袖和革命英烈的缅怀之情。

有的古诗有多个版本，此诗颈联原为"八角楼外燎原火，黄洋界前旷世勋"，可作另一版本。

厦门游记

曾昭毅

圆月清风水天连，沙滩赤脚觅海鲜。
潮来潮往寻常事，难有平生一日闲。

2011 年 9 月 11 日

【作者附记】9 月 10 日至 12 日，余和同事杨医生两家驾车游厦门度教师节和中秋节，第一次畅游大海，漫步沙滩，作诗以记。

三江源游记

曾昭毅

艳阳四月天，碧水三江源。
众芳初绽蕊，群蝶竞翩跹。
信步谈棋道，疾奔放纸鸢。
尽兴归家晚，举杯约明年。

2012 年 4 月 19 日

【作者附记】多天阴雨，今日偶晴，余和同事黄、徐两家相约在三江源春游一天。三家小孩得以放羊，痛快玩耍，三孩子吵吵闹闹，分分合合，犹如三国演义，颇为有趣。晚上在饭店举杯约言，以后多创造机会，让这些独生宝宝多在一起，学学待人处事接物之基本技能，学会理解、包容、合作，塑造良好的个性品格。今年被余确定为君临品格塑造年，以此诗记。

渤海湾游泳

曾志辉

赤足走沙滩，白浪连碧天。
海泳尝水涩，今朝有余闲。

2012 年 8 月 20 日

【作者附记】 2012 年 8 月 18 日，余夫妇携女到南开大学报名，20 日，与农行掇刀团林支行朱文功夫妇（其女朱相宜为龙泉中学文科学生，今年考入南开大学金融学专业）同游渤海湾，余第一次在海中游泳，亲尝了海水的苦与咸。此记。

游河北衡水湖

曾志辉

苇绕衡水湖，鱼浮墨鹰逐。
舟泊梅花岛，倦气一扫无。

2012 年 9 月

民盟鄂东行（诗二首）

曾志辉

（其一）

随民盟参观闻一多纪念馆感怀

浠水一多根，民盟出伟人。
江河孕热血，松柏育纯真。
学问高八斗，诗情溢满身。
拍案响傲骨，红烛化精神。

（其二）

民盟一行参观湖北省博物馆

勾践为国铸利剑，楚侯耽乐制编钟。
细腰长袖犹歌舞，继往开来唱大风。

2012 年 12 月 24 日至 25 日

【附】

和《民盟鄂东行》

荆门市掇刀石中学　黎彪

辉哥赏剑听编钟，声声入耳缅英雄。
民盟潇洒走一回，广见博闻收获丰。

早春漳河踏青

曾志辉

二月漳河柳吐芽，情人桥上鸟喳喳。
玉兰娇嫩皆春色，仲夏凯歌来品茶。

2013 年 3 月 11 日

【作者附记】 2013 年 3 月 11 日（农历二月前一天），适逢荆门等 8 市 3 月调考结束，余与掇刀石中学赵正林、鲁勇、范江华、贺建志、李功发、田静、杨晓国、陈桂芳、文艳丽、李成新等诸位领导和老师前往漳河踏青，共商复习备考大计，并相约高考大捷后再来畅游漳河，举杯同庆，即所谓"仲夏凯歌来品茶"也。作诗文以记。

补习学校最美采风（诗五首）

曾志辉

【作者按】 2013 年 6 月 28 日，余被掇刀区教育局党组任命为掇刀区高考补习学校校长，贺建志同志任书记，范江华同志任副校长，校址在掇刀石中学之西——市体校；第二年迁回掇中青少年活动中心，余和贺建志仍是校长、书记，杨宜勇老师为补校教务主任。前后两年老师有所调整。"杂咏篇"收录有《咏马》："八骏萧萧振鬃髦，精神抖擞惊长空。会当追梦奋蹄起，一往无前气若虹。""从教篇"收录有《掇中 2015 年高考出征》："隆隆鞭炮今出征，十载寒窗历练成。明日及锋身手试，蟾宫折桂跃龙门。"《掇中 2015 年高考大捷》："满园栀子香，英木郁苍苍。今日发金榜，师生笑脸扬。"

（其一）
凤凰水库郊游

倩倩秋风伴我行，粼粼碧水引诗情。

三清观里闻传道，恰似恩师念考经。

2013 年 10 月 22 日

（其二）
采桑葚

高考大战前，师生返自然。

小径桑树多，桑葚正可餐。

中有大桑树，其果入云端。

众人望兴叹，桑果令人馋。

建志甩绳套，阿辉搭吊板。

姐妹齐上阵，采摘乐疯癫。

品后悟真谛，辛苦换甘甜。

2014 年 5 月 15 日

【作者附记】2014 年 5 月 15 日下午，余和补习学校共 14 位老师率全体学生到郊外踏青，趣事多多，其乐融融，其中高潮便是余与贺建志、匡红梅、董娟娟、王霞、肖春玲等老师采摘桑葚，另有李成新、杨晓国、刘宏丽、杨宜勇、范江华、张春馨、代淑英、文艳丽诸位老师也投身其中。作打油诗以记之。

（其三）
师生郊游

久在樊笼返自然，鸠鸣云树采桑甜。

迢迢小径融融乐，布谷声声祈丰年。

2014 年 5 月 15 日

（其四）
沙洋纪山寺祈福

岛上莲花仙雾缭，纪山寺里檀香烧。

游人千古同一梦，唯愿子孙步步高。

2015 年 4 月 4 日

【作者附记】2015 年 4 月 4 日，适逢清明放假，余与掇刀补习学校刘丰、黎峰、杨洪钟、匡红梅、杨宜勇、贺建志等人前往沙洋县纪山镇莲花岛、纪山寺拜谒祈福。作诗文以记。

（其五）

仲夏雨中游汉江

轻车奔汉江，细雨润心房。

风正千帆竞，水急百鸟翔。

渔夫劳坝下，垂柳绕宅旁。

虾宴与君饮，相谈谋自强。

2015 年 6 月 17 日

【作者附记】2015 年 6 月 17 日，掇刀补习学校一行 11 人（黎峰、王洪斌、辛玉琴、匡红梅、杨宜勇、贺建志、杨洪钟等）应刘丰老师之邀，前往沙洋县姚集、马良招生，雨中游览汉江，并受到刘丰老师岳父杨老先生、马良中学双校长及马良卫生院江院长之盛情款待，作诗以记。

山东万里采风行（组诗十二首）

曾志辉

（其一）

由荆门赴山东途中

齐鲁迢迢路，怀揣孔孟书。

寻根还索谛，本色一寒儒。

2014 年 7 月 28 日

【作者附记】2014 年 7 月 28 日，余一行前往济南、泰山、曲阜、青岛、威海、烟台、蓬莱，拟作诗文以记之，此为其一。

（其二）
济南的夏天

天上银河水，人间趵突泉。

大明湖畔走，思古亦思源。

2014 年 7 月 29 日

（其三）
登泰山记

泰山十八盘，奇陡艰又难。

秦帝频换轿，吾侪力登攀。

2014 年 7 月 29 日

【作者附记】据云，秦始皇泰山封禅上玉皇顶时，临近南天门此段路程，高陡难行，接连换了十八次轿夫才攀登上去，"十八盘"即由此得名，此记。

（其四）
登泰山记

久慕岱宗名，一朝得以登。

葱茏翠柏立，陡峭石阶行。

飞鸟无踪迹，天街有乐声。

今凌绝顶处，谈笑赋闲情。

2014 年 7 月 29 日

【附】

30 年代山东军阀韩复榘诗

远看泰山黑乎乎，上头细来下头粗。

有朝一日倒过来，下头细来上头粗。

（其五）
曲阜仰止

尘世多喧嚣，圣贤可寂寥？

古来虽若此，儒血流今朝。

2014 年 7 月 30 日

（其六）

孔林静思

墓地柏森森，生前身后名。
始皇无四代，孔府却传今。

2014 年 7 月 30 日

【作者附记】"孔林"系孔子及其后人的陵墓群（至今已有 10 万余座坟冢），处处松柏森森（千年古柏比比皆是，真可谓"松柏之后凋也"，树龄最长的一株达 2500 余年，正与孔子同庚），其嫡传子孙已繁衍 80 代，曲阜 40 万人中孔姓即有 10 余万，孔氏后人遍布海内外，"孔孟曾颜"四大圣人姓氏也由清帝钦定为同宗同派；而秦始皇封禅泰山到曲阜时，因其"焚书坑儒"竟掘开孔子陵寝，秦朝最终仅传三世。遥思历史，朝代更替频仍，一个家族却绵延至今，感慨系之，作诗文以记。

（其七）

青岛之歌

世园莅青岛，月季迎客娇。
百年屈辱史，雪耻看今朝。

2014 年 7 月 31 日

【作者附记】青岛现在是山东省经济最发达的城市，而百年之前竟沦为德国的殖民地，抗战中青岛再度落入日本之手，新中国成立前的青岛可谓满目疮痍、屈辱之至啊！此次山东之行，恰逢世界园艺博览会（主题为"让生活走近自然"）在青岛举行，各种植物竞相登场，青岛市花月季更是独占花魁。此记。

（其八）

威海吟

——甲午战争 120 年祭

威海源名震海寇，积贫累弱国堪忧。

倭多利炮频滋事，我少坚船难运筹。

吉野疯狂恣逞虐，致远奋勇终沉舟。

甲午风云转瞬逝，剜心之痛记心头。

2014 年 8 月 1 日

【作者附记】1894 年 7 月 25 日，甲午战争在山东威海（威海之名源于"威镇海寇"之意）刘公岛黄海海域爆发，中日两国展开了一场关乎民族兴衰的殊死搏斗，"致远"号、"吉野"号分别是当时中日双方的主力军舰。这场战争的最终结局是邓世昌等爱国将领壮烈殉国，号称实力雄居亚洲第一的铁甲舰队、中国近代第一支海军——清朝北洋水师仅仅 6 年便全军覆没，清政府割地赔款。对于甲午战争，梁启超有言，"唤起吾国四千年之大梦，实自甲午一役始也"。适逢八一建军节，吾等来到威海，参观刘公岛，看到"勿忘国殇，海洋强国""落后就要挨打"之类的标语，作诗文以记。

（其九）

威海刘公岛之行

蓝天碧海连一线，心旷神怡养眼帘。

岛上刘公邀品蜃，归来余兴赋诗篇。

2014 年 8 月 1 日

【作者附记】8 月 1 日下午，余一行 7 人（另有范江华、匡红梅、王霞、刘天德、徐丽琴、胡心筑）游历了刘公岛。刘公系东汉末年汉少帝刘辩之皇子刘民，刘民因董卓废少帝之故辗转漂泊来到该岛，后扶危济困，广施善行，刘公岛即由此得名。此记。

（其十）

刘公岛旅途花絮

埋头苦作诗，心骛通八极。

不慎碰一妇，妇落一手机。

机旧无破损，妇索同伴机。

我作道歉状，老妪欲扯皮。

幸得众人救，解我燃眉急。

戒之慎勿忘，万事勿着迷。

2014 年 8 月 1 日

（其十一）

过烟台张裕酒庄

张庄酿酒地，满眼葡萄奇。
再品瑶池液，飘飘似阮籍。

2014 年 8 月 2 日

【作者附记】8 月 2 日上午，由威海前往蓬莱，途经烟台张裕酒庄，吾等参观了此庄酿酒全过程，并品尝了一红一白两种葡萄酒，据介绍该酒曾上国宴招待过访华的美国总统奥巴马，只可惜西晋"竹林七贤"之一的酒仙阮籍无缘饮之矣。此记。

（其十二）

游蓬莱仙境

青鸟不知何处寻，吾侪万里访蓬山。
滔滔碧浪白云涌，座座危楼香雾缠。
尘客喧嚣捐助易，众神肃穆显灵难。
八仙过海终虚化，归看家园袅袅烟。

2014 年 8 月 2 日

【作者附记】8 月 2 日下午，吾等未能像古人所说的那样"蓬山此去无多路，青鸟殷勤为探看"，而是千里迢迢、不辞辛苦地来到了蓬莱（蓬莱与瀛洲、方丈号称海外三座仙山），该地是传说中八仙过海及其成仙之处。此记。

仙居生态茶园观光

曾志辉

造化钟神秀，人间有天堂。
南湖秋水溢，茶园村姑忙。
漫山拾板栗，一室品茗芳。

莫道红尘恼，居此似仙乡。

2015 年 9 月 20 日

【作者附记】 2015 年 9 月 20 日，余与掇刀石中学李锡平、刘丰、赵翔老师等一行人，应荆门市永兴茶庄有限公司刘华平先生之邀，前往其基地（仙居生态观光茶园）观光，受到刘先生热情接待。此行印象最深的是山上捡板栗，这是余平生第一次所为，也才知道板栗原来是在树下所拾而得，其外壳竟似刺猬一般。作诗以记，聊表谢意！

宜昌五峰观光（诗三首）

曾志辉

（其一）

柴埠溪大峡谷

五峰天下秀，造化神工谋。
峡谷清溪过，风光眼底收。
缆车危万丈，怪磊如一筹。
兴尽腰虽痛，山歌解我忧。

（其二）

赠五峰县贺笑容、梁虹诸君

采花山上七仙女，玉手纤纤奉酒茶。
生态五峰真汉子，相逢义气如一家。

（其三）

五峰望月亮湾瀑布

山形似月倾前身，鬼斧神刀一涧成。
天地水湍争汇聚，瀑流飞下马奔腾。

2016 年 7 月 16 日—17 日

【作者附记】 2016 年 7 月 15—17 日，余与掇刀石中学刘丰、杨宜勇、张新、叶自强、黎彪、李怀兵、周杰及荆门其他几位老乡一起赴宜昌市五峰县进行生态文化观光考察，此间受到了五峰县傅家堰乡贺笑容、梁虹等朋友的盛情接待。不胜感激，难忘土家风情，作诗文以记。文章本天成，妙手偶得之；此中有情趣，诸君相与析。

【附一】

答曾兄

梁虹

桃李卅载自成蹊，满腹经纶惺惺惜。
云山风度皆本色，万里锦绣快心意。

【附二】

五峰锦绣乡镇——傅家堰（"醉美堰域"诗四首）

贺笑容　一方

（其一）

门口一口堰，堰里水满沿。
阳雀来洗澡，喜鹊来闹莲。

（其二）

仙女岩边情歌甜，月亮湾前瀑布悬。
马渡河畔赏桔红，雾海团峰掩桃源。

（其三）

青山绿水化桑田，美酒甘醇蔬果鲜。
金挂树梢银铺地，土家岁岁是丰年。

（其四）

锦绣乡镇尽美景，梦幻山村飘紫烟。
诗画农家享太平，醉美堰域在人间。

【附三】

醉美堰域（诗三首）

荆门市掇刀石中学　黎彪

（其一）

春风十里，

不及堰域醉美。

人生百年，

不如潇洒几回 。

（其二）

山深树密虫鸣处，时有凉爽不是风。

索道缆车跨悬崖，无限风光在五峰。

（其三）

月牙横卧峻岭间，亮剑飞流地连天。

湾湾溪水遍堰域，葱葱绿树陪神仙。

江浙采风万里行（组诗六首）

曾志辉

（其一）

荆门赴江浙途中

窗外浮云似白衣，车中游客话西施。

相逢意气奔吴越，一路欢歌品烤鱼。

2017 年 7 月 31 日

【作者附记】2017 年 7 月 31 日，余与刘丰、杨宜勇、贺建志、杨梨花、许远红共 6 位前往浙江省杭州市桐庐县观光。一路上，大家兴高采烈，分享了贺建志等老师所携带的烧鸡、烤鱼诸多食品。

（其二）

浙江桐庐观光

潇洒桐庐县，美名今古延。

富春自成画，瑶琳妙为仙。

严陵遗钓台，范公赋诗篇。

灵秀江南好，儒商情义绵。

2017 年 8 月 1 日

【作者附记】8月1日，余一行先后游览了瑶琳（溶洞）仙境、大奇山国家森林公园、富春江严子陵钓台等景点。严子陵乃东汉著名隐士，系光武帝刘秀同学、好友，其后积极助刘秀起兵，事成归隐富春山，垂钓江边，并设馆、授徒、著述，今"严子陵钓台"即源于此。南朝（梁）文学家吴均《与朱元思书》（现初中语文教材选有此骈文）写道："风烟俱净，天山共色。从流飘荡，任意东西。自富阳至桐庐一百许里，奇山异水，天下独绝……鸢飞戾天者，望峰息心；经纶世务者，窥谷忘反（通"返"）。"范公，即北宋名臣范仲淹，贬谪桐庐郡时，曾写下《萧洒桐庐郡十咏（绝）》（10首五言绝句均以"萧洒桐庐郡"开头），并赞严子陵曰："云山苍苍，江水泱泱。先生之风，山高水长！"后人又有诗道："山水高长子陵节，桐庐萧洒范公诗。"综上所述，从古至今，桐庐因此有"中国画城——萧洒桐庐"之美称。这一天多的时间，余与荆门、五峰一行受到了贺县长及浙江诸位老总的盛情接待，真切地感受到了江浙的儒商文化。

【附】

萧洒桐庐郡十绝（咏）

北宋·范仲淹

（一）

萧洒桐庐郡，乌龙山霭中。

使君无一事，心共白云空。

（二）

萧洒桐庐郡，开轩即解颜。

劳生一何幸，日日面青山。

（三）

萧洒桐庐郡，全家长道情。
不闻歌舞事，绕舍石泉声。

（四）

萧洒桐庐郡，公余午睡浓。
人生安乐处，谁复问千钟。

（五）

萧洒桐庐郡，家家竹隐泉。
令人思杜牧，无处不潺湲。

（六）

萧洒桐庐郡，春山半是茶。
新雷还好事，惊起雨前芽。

（七）

萧洒桐庐郡，千家起画楼。
相呼采莲去，笑上木兰舟。

（八）

萧洒桐庐郡，清潭百丈馀。
钓翁应有道，所得是嘉鱼。

（九）

萧洒桐庐郡，身闲性亦灵。
降真香一炷，欲老悟黄庭。

（十）

萧洒桐庐郡，严陵旧钓台。
江山如不胜，光武肯教来？

（其三）

游桐庐千岛湖

千岛湖中波潋滟，梅峰顶上笑开颜。

人生若是轻钟粟，明月白云伴我焉。

2017 年 8 月 2 日

（其四）

赠贺笑容同志

荆楚系故乡，五峰做县长。

为人重义气，交友遍八方。

去岁访柴埠，今朝聚浙江。

愿君一路顺，德政美名扬。

2017 年 8 月 2 日

（其五）

夜游西湖

西子月夜难成梦，灯火喧嚣相映红。

待到铅华褪尽后，还她丽质闺阁中。

2017 年 8 月 3 日

（其六）

无锡是个好地方

上海匆匆过，太湖引我歌。

舅甥情义重，姑嫂家常多。

日日览名胜，餐餐有酒桌。

明年阿女至，创业看巾帼。

2017 年 8 月 6 日

【作者附记】8 月 4 日上午，余夫妇辞别刘丰等老师，从杭州来到上海，外甥李杨在虹桥车站接到余等并一起来到小女所实习的上海天风证券公司，四人共进午餐，随后小女继续上班，余等来到无锡。在无锡两天多的时间里，余夫妇受到了大妹夫妇、李杨夫妇一家五口人的热情款待，其中6日晚在太湖边十八湾的烧烤野炊更是令人终生难忘。李杨系大妹之子，1988年出生，高中余曾教过三年，大连理工毕业，目前在上海工作，暂时安家于无锡（其妻刘雨玮华科毕业，在无锡上班），堪称事业有成，家庭幸福（其儿已三岁，正拟生二胎）。无锡是国家历史文化名城，京杭大运河流经此地，素有"太湖明珠""小香港"之美誉，经济发达，人文荟萃，现代文学巨匠曹禺《雷雨》中周朴园的这句台词可一言以蔽之："无锡是个好地方！"（据云，"无锡是个好地方"现已成为无锡市的广告宣传词。）这几天，余等曾留恋于太湖、蠡湖的湖光山色，徜徉于具有"江南第一古镇"之称的梅村（商末吴国最早定都无锡梅里，即现在的梅村镇，后来才迁都苏州），参观了无锡博物院……无锡地杰人灵，英才辈出，有禅位于弟的吴国开国之君泰伯，有明朝东林书院顾宪成（"风声雨声读书声"对联作者是也），有以荣毅仁为代表的荣氏家族（江南大学即由荣氏家族创办），有演奏《二泉映月》的民间艺人瞎子阿炳，有以钱锺书为代表的钱氏家族，有三国、水浒、唐城等影视基地……小女现在上海实习，明年研究生毕业，如有可能，也希望能在江浙创业。余夫妇7日上午10点左右从无锡坐高铁到汉口，再从汉口返荆。江浙万里采风，此行到此结束，作诗文以记之。

"快乐驿站"快乐行（组诗九首）

曾志辉

（其一）

为"快乐驿站"而作

楚天秋气爽，结伴赴钟祥。
青鸟争探路，紫薇竞吐芳。
欢歌惊碧水，笑语解饥肠。
归去酒牌乐，声声祝健康。

2015年9月4日

（其二）

钟祥看紫薇

青山绿水钟祥好，朵朵紫薇迎客娇。
乡野黄瓜情谊暖，秋风自是胜春朝。

2015 年 9 月 4 日

【作者附记】2015 年 9 月 4 日上午，余夫妇与卢克宝、杨宜勇、龚文平夫妇另加卢思齐共九人到钟祥看紫薇花。游玩途中，四家人分吃四条黄瓜，其乐融融，并拟建"快乐驿站"微信群，初步议定节假日驴友们结伴外出观光。作诗以记。

（其三）

"快乐驿站"长湖投名状

长湖荡舟桨，权作投名状。
驿站后来者，接力不可忘。

（其四）

襄阳游习家池

襄阳龙虎气，造化习家池。
碧水随风漾，青山滴翠依。
葱葱林木秀，代代功德积。
挥手再凝望，见贤而思齐。

2015 年 11 月 29 日

（其五）

穿越陈凯歌《大唐鬼宴》唐城

凯歌鬼宴梦，襄汉落唐城。
我辈玩穿越，亦幻本亦真。

2015 年 11 月 29 日

【作者附记】2015 年 11 月 29 日，"快乐驿站"三辆车 11 人北上襄阳，观唐城，游习家池，作诗以记。

（其六）
京山看茶花

紫气绕京山，和风送我来。
茶花正烂漫，春意满胸怀。

2016 年 3 月 13 日

（其七）
雨中游当阳玉泉寺

驱车奔玉泉，春意正缠绵。
铁塔俟千载，银杏茂百年。
游人悲落雨，我辈乐开颜。
山陡攀金顶，归来作酒仙。

2016 年 4 月 17 日

【作者附记】 2016 年 4 月 17 日上午，掇中"快乐驿站"一行冒雨游览了湖北省当阳市玉泉寺，建于北宋年间的千年铁塔矗立眼前，百年银杏成为我们照相的景点，然后雨中登玉泉山，有雨趣而无淋漓之苦。作诗以记。

（其八）
掇刀谭店生态观光

沟渠睡莲绕谭店，鹅鸭喜鹊栖田间。
西瓜草莓棚里长，农耕文化换新颜。

2016 年 4 月 17 日

（其九）
"快乐驿站"巡远安

岁末结良伴，漫游鸣凤山。
一溪碧水漾，两壁白云盘。
阶陡攀金顶，路长藐困难。
登高扫晦气，风正挂新帆。

2018 年 1 月 1 日

西行漫记（组诗八诗）

曾志辉

（其一）
与大舅伯赴重庆

嘉陵江畔涛声起，峡谷猿猱不住啼。
郎舅相约下渝州，俊哥靓女笑依依。

2018 年 7 月 3 日

（其二）
重庆吃火锅

重庆火锅天下闻，棍棒酒碗齐上阵。
翻江倒海皆肉类，辛辣食物也养生。

2018 年 7 月 3 日

（其三）
赠彭钰雯小朋友《红岩》小说

小小钰雯真活泼，聪明勤奋奖状多。
语文优秀堪书女，发力数学戒偏科。

2018 年 7 月 4 日

（其四）
红岩、白公馆与渣滓洞巡礼

青松挺且森，不朽红岩魂。
江姐是钢铁，陈然比钴金。
忠诚足可贵，奸恶更难闻。
歌乐山头立，乾坤精气神。

2018 年 7 月 4 日

（其五）
雾都印象

网红大重庆，处处堪奇景。

人在索中走，水经脚下行。

昼常烟雾笼，夜有彩灯明。

轻轨穿堂过，洪崖多美人。

2018 年 7 月 5 日

（其六）
赠重庆弟子高定兵、彭严俊

山城雾锁有君伴，过坎爬坡不畏难。

瓷器口中留倩影，枇杷树下赏奇观。

2018 年 7 月 7 日

（其七）
两坝一峡掠影

宜昌三斗坪，举世三峡坝。

大坝泻洪猛，气势如奔马。

半日匆匆过，走马略观花。

陆路变水路，顺流又出发。

船过葛洲坝，据闻是三闸。

长江被断流，驯服颇听话。

船擦闸壁过，水落船跌下。

落差数十米，鬼斧成奇葩。

伟哉人胜天，水电利万家。

2018 年 7 月 8 日

（其八）
船上听土家妹唱歌

土家幺妹展歌喉，滚滚长江颓不流。
两岸猕猴似唱和，行人顿解心中忧。

2018 年 7 月 8 日

【作者附记】2018 年 7 月 3 日，余与大舅伯许远怀由徐伦（大舅伯女婿）车送荆州，然后乘高铁西出重庆。在重庆住了四晚，受到了侄子彭严俊（也是 2001 届弟子）、侄媳何丰、侄孙女彭钰雯、彭严俊岳父岳母、97 届弟子高定兵等人的热情招待。8 日由重庆到宜昌，又受到了侄女彭映霞、侄女婿李威、侄孙女李晨祎等人的盛情款待。8 日晚由宜昌抵毛李许场，彭严俊父母（二舅伯彭宏艳、二舅母朱子清）让我们一如既往地感受到了温暖如家。9 日上午，返沙洋，回荆门。此行如愿以偿，功德圆满，当然也离不开"许场亲友群"等亲戚朋友的友情点赞，在此一并致谢！

至于 8 首小诗中所提到的地点、人物、事件这里不再一一赘述，仅就第 4 首诗《红岩、白公馆与渣滓洞巡礼》所吟咏的江姐、陈然做一小注。江姐和陈然均为在白公馆或渣滓洞坐过牢的革命烈士——江姐原名江竹筠，几乎家喻户晓，其名言是受竹签之刑时所说的"竹签子是竹子做的，共产党员的意志是钢铁铸成的"；陈然则似乎鲜为人知，特做重点注解。

陈然，原名陈崇德，河北省香河县人，民盟盟员，1939 年加入中国共产党。曾任中共重庆地下党主办的《挺进报》特别支部书记并负责《挺进报》的秘密印刷工作。1948 年 4 月被捕，在狱中坚持斗争，写下了不朽的《我的"自白"书》诗篇，1949 年 10 月 28 日在重庆大坪刑场壮烈牺牲，年仅 26 岁。陈然是红色经典小说《红岩》中成岗的原型，《我的"自白"书》一诗已收录小学五年级第二学期《语文》课本。

"国庆"栗溪游

曾志辉

栗溪拾板栗，处处风光奇。
山顶风车转，天边雁字集。
猕猴献蜜桃，黄犬知人意。
把酒论今古，情真碧水依。

2018年10月1日

【作者附记】 2018年"国庆"佳节，在掇中已毕业23年的学生龙红菊及其家人，诚邀吾等一行6人（另5人是吴荣华、黄红兵、邵华、杜雯、邵新玥）前往东宝区栗溪镇一游，有感龙红菊一家盛情款待，作诗以记。

游大观园

曾昭俊

金秋十月风光好，寻胜大观畅逍遥。
池底红莲吐奇葩，堂前绿柳垂丝绦。
蘅芜尚见题黄菊，潇湘犹闻咏离骚。
园深只为情痴恋，梦醒红楼说窈窕。

2018年10月3日

台湾培训花絮（组诗五首）

曾志辉

2018年11月27日至12月6日，余有幸参加了"楚天中小学教师校长卓越工程"赴台湾培训。培训之余，拈得几瓣花朵，是为"赴台花絮"。

（其一）
赴台培训随想

楚天培训赴台行，风朗气清我欲吟。

海外孤悬一岛省，天涯皆是九州魂。

同根同脉民族梦，异域异方华夏音。

此去却因学术事，百花齐放当求真。

2018 年 11 月 25 日

（其二）
夜半鼾声
——和《鼾声小曲》

莫看高楼起，不怕鼾声奇。

今晚图一醉，见贤必思齐。

2018 年 11 月 30 日

【附】

鼾声小曲

潜江市园林中学　伍信平

同居鼾声已起，只能忍看手机。

极疲之后入睡，看我如何收拾。

2018 年 11 月 29 日

（其三）
日月潭掠影

心驰日月潭，今下睹芳颜。

四岸青山护，一湖碧水缠。

骋怀玄奘寺，驻目令慈庵。

挥手从兹去，何年圆梦还。

2018 年 12 月 1 日

（其四）
阿里山恋曲

一路听歌邓丽君，少年失魄老丢魂。
漫山桧木有灵性，小伙姑娘好隐身。

2018 年 12 月 2 日

（其五）
台北故宫博物馆巡礼

物华天宝由何梦，台北闻说有故宫。
满目琳琅数玉菜，连城钟鼎推毛公。
汝窑瓷器名夷夏，宣纸墨韵誉外中。
待到海峡变通途，璧合九州唱大风。

2018 年 12 月 5 日

【附】

赠曾志辉老师

恩施州咸丰一中　张祥亨

曾校文笔实在高，志在华夏把书教。
辉豪泼墨不得了，此团华人皆为傲。

"五一"假漳河野炊

曾志辉

春暮心旌摇，野炊亮狠招。
龙虾邵帅煮，蒜梗朱爷烧。
鱼鳝堪鲜味，竹荪亦美肴。
青山人未老，劳动展风骚。

2019 年 5 月 1 日

【作者附记】2019年"五一"放假之后,荆门市掇刀石中学高二语文备课组的老师们自带食材、碗筷等到漳河野炊,大家尽相献宝,各展厨艺,其中"朱爷"朱平华老师"铁板蒜苔","邵帅"邵华老师烹制未剪屁股的龙虾,尤为抢眼。是日,美味佳肴,花絮迭出,其乐融融,尽兴而归。今天"五一"节,但愿"青山人未老,劳动展风骚"。

游三峡九凤谷

曾昭俊

草长莺飞三月天,丑溪处处漱轻烟。
三峡望月歌淋漓,九凤朝阳舞蹁跹。
滑索鸟惊情怯怯,亮桥人恐意绵绵。
安知陶令今何在,不羡鸳鸯只羡仙。

2019年5月

到宁夏,给心灵放个假(诗二首)

曾志辉

(其一)
银川看白杨
——忆茅盾《白杨礼赞》

塞上白杨伟丈夫,茅公礼赞倍称奇。
枝枝向上朝天阙,不似南国细柳依。

2019年7月26日

(其二)
枸杞赋
——赠"中国枸杞馆"

古今长寿奈何寻?西夏中宁天下闻。

水果伟哥英岛颂，山茶绿宝美洲称。

养肝护肾身弥健，明目益精心不昏。

欲教人生少憾事，日食枸杞成知音。

2019 年 8 月 4 日

掇刀民盟一行调研漳河三干渠

曾志辉

少小居长湖，禾田常槁枯。

漳河今日涌，碧水楚天独。

灌溉延千里，润泽遍万户。

科学助管理，功在造民福。

2019 年 8 月 15 日

七绝

曾昭俊

扶栏踏雪上寒山，飞瀑如雷挂前川。

黄雀叽叽斜窜过，赚得山客仰头看。

2020 年 1 月 22 日

江南好，风景旧曾谙（组诗七首）

曾志辉

（其一）

访溪口雪窦山、蒋氏故居

溪口水潺潺，盘桓雪窦山。

瀑飞幽壑底，龙舞故居前。

中正存高妙，美龄留妩妍。

奈何风水好，蒋氏遁台湾？

2020 年 8 月 3 日

【作者附记】2020 年 8 月 3 日上午，余和爱人奔赴中国近现代著名的历史人物蒋介石（名中正）、蒋经国父子的故里——奉化溪口，游览了中国第五大佛教名山——浙江雪窦山 [蒋介石和宋美龄中西合璧的故居——妙高台别墅（"妙高台"三字乃蒋介石手书）、充满灵气的晏坐石、千丈岩瀑布、张学良将军幽禁处……四大佛教名山为山西五台山、浙江普陀山、四川峨眉山、安徽九华山]，随后参观了大佛景区 [弥勒道场千年古刹——雪窦寺、露天弥勒大佛（高度为 56.74 米，传说 56.74 亿年后接如来佛班的"未来佛"——弥勒尊佛，量大福大，快乐开心，"大肚能容，容天下难容之事；开口便笑，笑世间可笑之人"）……]，下午又参观了溪口蒋氏故居景区。

作诗文以记之。

（其二）

访台州江南长城

曾志辉

戚家枪棒手中拿，保卫祖国保卫家。

铁马金戈年少梦，老来更想走天涯。

2020 年 8 月 5 日

【附】

彪哥祝福诗

一介书生握重器，二老为伴未曾离。

女儿长大志四方，爱情事业有根基。

祝贺曾特一家人，幸福美满甜如蜜。

（其三）

台州赠邓小松阖家

伉俪本同学，台州来创业。
赤拳做外贸，满目无亲爵。
勤奋养财运，仁和少憾缺。
长城留倩影，挥手依依别。

2020 年 8 月 6 日

【作者附记】 2020 年 8 月 5 日上午，受掇中 2000 届弟子邓小松、沈燕琴之邀，余夫妇从浙江宁波来到台州，游览了台州府城墙——江南长城（江南八达岭），受到了小松阖家盛情款待。其间，畅想未来，往事依依，其乐融融。原来，邓小松与其重庆妻子系西安欧亚学院同学，二人大学毕业后来到台州，举目无亲，赤手空拳，白手起家，现如今做得风生水起，潜力非凡，堪称成功人士，更为难得的是还育有一双乖巧伶俐、漂亮可爱的女儿。作诗以赠，祝福邓小松、沈燕琴诸位弟子事业有成，生活美满！

（其四）

嘉兴嘉善西塘古镇游

西塘古镇美如画，欸乃声声摇橹娃。
灯影小桥梦幻里，便是楚囚也忘家。

2020 年 8 月 11 日

（其五）

南浔、乌镇印象

小桥流水本一家，乌镇就茶品酱鸭。
富甲南浔飘落照，不及茅盾名天涯。

2020 年 8 月 12 日

（其六）

江浙作别小女

去年就上班，一载方团圆。

相聚十余日，离别在眼前。

2020 年 8 月 13 日

（其七）
江南忆，何日更重游

千里迢迢赴宁波，阿拉江浙欢迎我。
溪口舟山曾瞩目，雪窦普陀也礼佛。
月湖公园曳舞劲，天一阁楼书卷多。
江南古镇风光好，台州嘉兴咏诗歌。

2020 年 8 月 13 日

【作者附记】2020 年 8 月 13 日，余夫妇从嘉兴乘动车到达荆州，然后乘公共汽车返回掇刀。此次江浙之行历时半月，余夫妇以宁波市海曙区女儿居住地为轴心，游览了溪口镇雪窦山（含蒋氏故居）、台州江南长城、舟山普陀寺、江南三大古镇（湖州市南浔区南浔、嘉兴市嘉善县西塘、嘉兴市桐乡市乌镇）等风景名胜古迹，并且受到了荆门市掇刀石中学袁天亮、陈凤、周俊奇、邓小松、沈燕琴、张兴万、张继承等同学的热情接待，在此一并致谢。对于这两周经历，特浓缩为以上八句权作念想。

浪淘沙 · 再游漳河

曾昭俊

乘舟弄碧波，
且掬清凉。
飞凫掠岸野趣长。
不觉误入莲深处，
菡萏飘香。

来去苦匆匆，
云水茫茫。

去年人比今年强。
明年知与谁人共，
想应无恙！

2021 年 8 月 5 日

绍兴朝圣

曾志辉

少读鲁迅文，今赴绍兴游。
店谓咸亨店，楼称三味楼。
酒喝黄米酒，舟荡乌篷舟。
寂寞生前事，芳名万古流。

2023 年 4 月 16 日

【作者附记】嘉兴年会，忙里偷闲，来到绍兴，受到了从荆门市沙洋中学调到绍兴教书的付强、王艳夫妇的盛情款待，余戏谑："夫妻苦创业，我辈来乘凉。"作诗以记。

游福州森林公园

曾昭俊

斜阳莫笑游园酣，曲岸已觉风欲寒。
榕树森森闲坐客，芭蕉冉冉乱鸣蝉。
鸳鸯池里卿卿戏，萌鸟枝头傻傻看。
最喜南国行不倦，归来采菊忆南山。

2023 年 10 月

过亭江炮台

曾昭俊

山在城中城在山,一山绕过一山拦。
山头才睹黑云锁,转眼见天一片蓝。

2023年10月

咏史篇

昆明悼民盟先驱闻一多

曾志辉

千里慕名访我师，一多塑像巍巍立。

最后演讲六十载，红烛精神永不熄。

2006年6月

【作者注】2006年6月25日，民盟掇刀支部一行在云南师范大学"西南联大"旧址，瞻仰了民盟先驱闻一多先生塑像，心潮起伏，有感而作。

闻一多

曾志辉　曾昭毅

浠水一多根，民盟至伟人。

江河淌热血，松柏凝忠魂。

学问贯中外，诗情耀古今。

红烛映傲骨，长夜揽仁心。

【志辉注】闻一多，本名闻家骅，字友三，生于湖北浠水县巴河镇，中国现代诗人、学者、民盟盟员、民主战士。作为诗人，是"新月诗派"（或"格律诗派"）的重要成员，其创作主张"三美"（音乐美、绘画美、建筑美），并出版了诗集《红烛》《死水》，其中《七子之歌·澳门》后被谱成曲子迎接澳门回归。作为学者，他历任武汉大学、青岛大学、清华大学、西南联大等学校教授。作为民主战士，1945年3月联名发表昆明文化界《关于挽救当前危局的主张》，1946年7月15日在悼念李公朴的大会上，做了《最后一次讲演》（此文后被选入初中语文教材），斥责国民党暗杀李公朴的罪行，当日下午被国民党特务暗杀逝世，时年47岁。2009年，闻一多被评为100位为中华人民共和国做出贡献的英雄模范人物之一。

观隋朝名将贺若弼史有感

曾昭毅

国是日非究可哀，满朝文武皆饭袋。
锥舌之诫已忘却，一纸圣裁宫中来。

【作者注】贺若弼之父系北周名将，因口出怨言被赐死，临终锥舌诫子"慎言保身"。贺若弼初能谨慎行事，与韩擒虎俱为灭陈功臣。后贺若弼倚功而骄，恃才而傲，怨谤不已，终被诛杀。故作此诗，亦为吾等修身之戒也。

武侯

曾昭毅

卧龙隐山林，乱世观群雄。
英才比管乐，盛德如周公。
鼎足峙三国，华夏思一统。
惜哉志未酬，溘然逝秋风。

2010年5月16日

【作者注】诸葛亮，字孔明，号卧龙，蜀汉丞相，三国时期杰出的政治家、战略家、军事家。在世时被封为武乡侯，谥曰忠武侯。其代表作有《前出师表》《后出师表》《诫子书》等。成都有武侯祠，大诗人杜甫有《蜀相》名篇传世。诸葛亮言："夫君子之行，静以修身，俭以养德。非淡泊无以明志，非宁静无以致远。夫学须静也，才须学也。非学无以广才，非志无以成学。淫慢则不能励精，险躁则不能治性。"康熙言："诸葛亮云：'鞠躬尽瘁，死而后已。'为人臣者，唯诸葛亮能如此耳。"

唐明皇

曾昭毅

开元盛世久，明皇恋歌舞。
爱妃杨玉环，宰相李林甫。
贤良皆退隐，奸佞如墙堵。
一朝变乱生，国破民受苦！

2010 年 5 月 23 日

【作者注】唐明皇，即唐玄宗李隆基。玄宗在位年间，是大唐由盛变衰的关键时期。早期的玄宗办事干练果断，赏罚分明，知人善任。他励精图治，改革吏治，任用贤能，选用著名宰相姚崇、宋璟、张九龄等。唐朝政治清明，社会安定，经济空前繁荣，进入鼎盛时期，后人称这一时期为"开元盛世"。在位后期，他贪图享乐，荒淫无度，沉湎酒色，宠幸贵妃杨玉环，不理政事，宠信并重用李林甫、杨国忠等奸臣，政治日益腐败黑暗，最终导致安史之乱发生，唐朝从此走向衰亡。

司马懿

——赠语曾君临

曾昭毅

三国司马懿，鹰视驻云端。
衔命御诸葛，督师渭水边。
女衣敷粉黛，屡败愈心坚。
胜负寻常事，忍羞是伟男。

2010 年 5 月 29 日

【作者注】《三国演义》乃余最早、研读最多之书籍，余常以三国人物故事教导君临。周瑜器量狭隘，有所谓"既生瑜，何生亮"之叹；司马懿智虽逊于诸葛孔明，然其忍辱负重、百折不挠之气度精神，堪为古今楷模。昔韩信受胯下之辱，亦终成大业。俗语云"小不忍则乱大谋"，唐人杜牧也有诗云："胜败兵家事不期，包羞忍耻是男儿。"

评诸葛孔明

曾昭毅

大意失荆州，关公走麦城。
负气未东行，先主败彝陵。
拒纳奇袭策，遗恨失街亭。
用兵岂贵久？北伐功难成。

2010 年 6 月 2 日

岳飞

曾志辉　曾昭毅

江南古城桂森森，岳王庙前四时春。
风波亭里悲不已，忠奸何须身后分。

2010 年 6 月 21 日

【志辉注】岳飞，字鹏举，抗金名将，率领的"岳家军"号称"冻死不拆屋，饿死不掳掠"，金军有"撼山易，撼岳家军难"之评语。岳飞文才同样卓越，其代表词作《满江红·怒发冲冠》是千古传诵的爱国名篇。1142 年 1 月，岳飞以"莫须有"罪名冤死风波亭，20 余年后（当年以十二道"金字牌"催令岳飞班师的宋高宗、秦桧已死，宋孝宗在位）才得以平反昭雪，改葬于西湖畔栖霞岭，追谥武穆（后又追谥忠武），追封鄂王，筑墓立碑，秦桧等四大奸人跪于墓前，所谓"青山有幸埋忠骨，白铁无辜铸佞臣"。然岳飞生前呢？

杭州在南宋时称临安（宋高宗并不想在此"长安"，但此临时安身之地作为都城却长达 152 年），实乃江南古城；现杭州市花为桂花，桂树随处可见，有诗为证："有三秋桂子，十里荷花。"

看图限时诗五首

曾昭毅

（其一）
赞赵云

常山赵子龙，长坂耀雄风。

百战救危主，征袍血染红。

（其二）
惜关公

关羽大意失荆州，临刑依然骂吴狗。

军师战略未遵循，武将毕竟少智谋。

（其三）
赞张飞

跃马长坂桥，燕人胆识高。

一声震天吼，百万齐遁逃。

（其四）
赞黄忠

长沙投英主，汉水建奇功。

老将酬知己，伐吴殁营中。

（其五）
惜马超

潼关千里雪，渭水一日红。

国恨与家仇，兵败皆成梦。

2010 年 6 月 26 日

【作者注】 君临看三国后，经常作画考余限时作诗。今日，君临画赵云、张飞挺枪跃马图及关羽父子被俘临刑图，限时让余成诗，遂作诗三首，后补二首，刘备"五虎上将"齐全也。

伤蜀

曾昭毅

蜀田禾尽枯,奸佞满朝都。
大厦危将覆,谁能辅后主?

2010 年 7 月 4 日

【作者注】 蜀汉,始于昭烈帝刘备,终于后主刘禅,历二帝,共 43 年。后主期间诸葛亮曾六出祁山,但屡屡无功;姜维九伐中原,却次次失败。宦官黄皓把持内廷,使得前方战事不为刘禅所知,最终蜀国灭亡,刘禅自缚而降。

李渊

曾昭毅

隋炀失其鹿,遍地燃烽烟。
唐祖倡义兵,誓师出太原。
数载灭群雄,解民于倒悬。
挥鞭乃西指,迁鼎入长安。

2010 年 8 月 4 日

【作者注】 隋末天下大乱,唐高祖李渊以太原起兵反隋,削平李密、王世充、窦建德等群雄割据,定鼎长安,开创大唐基业。

曾国藩(诗二首)

曾志辉

(其一)

一生尚拙摒虚名,不夸大言诚为本。
打仗力求打稳仗,近代军政第一人。

（其二）

湘江水逝天朗朗，宦海云飞木苍苍。
石破天惊烽烟起，留得身后毁誉扬。

2010 年 8 月 8 日

【作者注】曾国藩，湖南湘乡县人，封一等毅勇侯。曾国藩一生考了 7 次秀才，一直到 23 岁才勉强过关，智商也不过中等；其为人处世质朴平直，认为"成功的路有千万条，最笨的那条最踏实"，主张"以诚为本，以拙为用"，要求自己"不说大话，不求虚名"，做事"情愿人占我的便益（宜），断不肯我占人的便益（宜）"，别人以巧以伪欺他，他却以诚以拙相待；其创建湘军，选拔将卒厌恶"善说话"之徒，重用敦实淳朴、少浮滑之人，一生善打愚战、笨战而不善打巧战，"打仗要打个稳字"乃其军旅座右铭。总之，曾国藩是中国近代史上一个高明的军事家、战略家，被誉为官场楷模和千古完人（堪称"三不朽"——立德、立功、立言），真乃"大智若愚，大巧若拙"耶？"惟楚有材，于斯为盛"，个中曲直，令人深思。

除了自身文治武功，曾国藩教子有方，家学渊源，有著作《曾文正公家书》等传世，其子曾纪泽系晚清著名的外交家。

"大处着眼，小处着手；群居守口，独居守心。"这是曾国藩最有名的一副对联，可为座右铭。

郑和

曾昭毅

银铠金盔宝弓雕，英雄常慕霍骠姚。
千帆竞渡曝夏日，万使疾趋拜明朝。
异土频思家乡月，同心首建友谊桥。
暮迟烈士唯所念，远赴海洋作波涛。

2010 年 10 月 12 日

【作者注】郑和，我国伟大的航海家、外交家，明成祖朱棣"靖难之役"的功臣。受明成祖派遣，在 1405—1433 年的 28 年间，率领数百艘海船，近 3 万名将士组成的混合舰队，七下西洋，开辟了西太平洋至印度洋、大西洋的亚非洲际航线，有人认为还到达过美洲。他广泛开展和平外交，访问了许多亚非国家，体现了中华民族经略海洋、开放进取的意志和精神。郑和病逝于最后一次航海归国途中，有《郑和航海图》传世。2005年7月11日，是中国的第一个航海日。

霍骠姚即霍去病，先被汉武帝封为骠姚校尉，后被封为骠骑将军。

此诗另一版本为："银铠金盔宝弓雕，英雄常慕霍骠姚。七下西洋千帆竞，万国遣使拜我朝。几年未见家乡月，谁处江山不妖娆？烈士暮迟心何系？愿归大海作波涛。"

戚继光

曾昭毅

鸳鸯阵法戚家枪，纪效新书天下扬。
虎士三千军律肃，倭奴十万贼心亡。
南平海波安社稷，北挫鞑虏固边疆。
国有良将国有辅，用兵行威若金汤。

2010年10月17日

【作者注】戚继光，民族英雄、军事家。他创立了鸳鸯阵法和戚家枪法，组织训练了军纪严明、英勇善战的三千戚家军，平定了为害百余年的明朝沿海倭寇匪患。戚继光驻守蓟州15年，数次重挫南下的鞑靼骑兵势力，稳定了明朝北部边疆。戚继光善于用兵，善于创新，常以极微代价取得惊人战绩。著有《纪效新书》等四部兵书，被奉为兵家圣典。戚继光还善诗文，有"封侯非我意，但愿海波平"诗句，辑有《止止堂集》。

左宗棠

曾昭毅

万里黄云万里沙，湖湘子弟遍天涯。
西定新疆功至伟，君侯热血沃中华。

2010年10月25日

【作者注】左宗棠，晚清军事家、民族英雄，功封恪靖侯。左宗棠少有大志，好读书，自联"身无半文，心忧天下；手释万卷，神交古人"，名言"穷困潦倒之时，不被人欺；飞黄腾达之日，不被人嫉"，名联"发上等愿，结中等缘，享下等福；择高处立，寻平处住，向宽处行"。左宗棠以六旬高龄、八万湖湘子弟兵收复新疆，粉碎了英俄分裂分割中国新疆的阴谋，立下万世之勋。余每晚给君临讲一个英雄人物故事，"晚清三杰"之中，以左宗棠为最，诗以记之。

咏左宗棠兼和小弟

曾昭俊

将军出大漠，万里征蓬飞。
厥功何其伟，比肩今有谁？

林则徐

曾昭毅

虎门销烟震中外，放眼世界独一人。
行遍西域万里路，今朝谁似逐臣心？

2010 年 11 月 3 日

【作者注】林则徐，民族英雄、政治家。其名言有"苟利国家生死以，岂因祸福避趋之""海纳百川，有容乃大；壁立千仞，无欲则刚""岂能尽如人意，但求无愧我心"。

马援

曾昭毅

伏波论兵君意合，堆米为阵决胜多。
马革裹尸堪壮志，云台未列又如何。

2010 年 11 月 12 日

【作者注】马援，东汉开国功臣之一，官至伏波将军，封新息侯，祖先是战国时赵国名将马服君赵奢。马援平隗嚣时堆米为山，决胜千里，为战争史上一大创举，在刘秀的统一战争中立下了赫赫战功。天下统一，马援虽已年迈，但仍请缨东征西讨，西破羌人，南平交趾（今越南），病逝于征蛮军中。汉明帝时，图画东汉初年的功臣名将列于云台，因外戚之故（援女时为皇后），唯独没有列上马援。光武帝言："伏波论兵，与我意合。"马援有言，"大丈夫立志，穷当益坚，老当益壮"，"男儿当死于边野，以马革裹尸还葬耳"，气概甚得后人崇敬。

周亚夫

曾昭毅

驻军细柳持威重，平楚定吴旷世功。
足己不学身不保，弓藏鸟尽古今同。

2010 年 11 月 13 日

【作者注】周亚夫，西汉绛侯周勃次子，文景时期著名将军。周亚夫驻军细柳，治军严谨，深得器重，统帅汉军平定七国之乱，但不知"功高震主，功成身退，逊己待人"，终被诛杀。

屈原

曾昭毅

举世沉醉独清醒，忠言逆耳众相倾。
君失诤臣国必亡，汨罗千载有余声。

2010 年 11 月 13 日

【作者注】屈原，战国末期楚国丹阳人，官职左徒、三闾大夫。虽忠事楚怀王，但性格耿直，屡遭排挤，因顷襄王听信谗言而被流放，最终投汨罗江而死。屈原是我国伟大的浪漫主义诗人，也是我国已知最早的著名诗人。他创立了"楚辞"这种文体，代表作品有《离骚》《九歌》《九章》《天问》等。毛泽东题写屈原："屈子当年赋楚骚，手中握有杀人刀。艾萧太盛椒兰少，一跃冲向万里涛。"中国古语有云："君有诤臣，不亡其国。父有诤子，不亡其家。"

李牧

曾昭毅

名将备边谋略高,汉家骑士亦英豪。
十年一战入绝漠,匹马单于远遁逃。

2010 年 11 月 15 日

【作者注】李牧,战国时期赵国名将,受封武安君,与白起、王翦、廉颇被称为"战国四大名将"。镇守赵国北边代雁门郡以备匈奴,针对匈奴骑兵特点,李牧采取持久、积极防御战略,充分准备。公元前 244 年,李牧诱敌深入,集中车、步、骑优势兵力,设伏聚歼匈奴十万骑兵,一举解除赵国边患。在赵奢、廉颇之后抵御秦国,数次挫败秦军,因反间计而被杀,赵王"用人不信,自毁长城",赵国灭亡。

廉颇

曾昭毅

千古佳话将相和,八旬不老是廉颇。
攻坚野战威天下,请罪负荆勇如何?

2010 年 11 月 16 日

【作者注】廉颇,战国时期赵国杰出的军事家,封信平君,拜相国。后人有诗赞曰:"为国释恩怨,请罪敢负荆。"

郭子仪

曾昭毅

戎马一生灭獍枭,功同再造安唐朝。
非关君上少疑忌,却是令公谦不骄。

2010 年 11 月 17 日

【作者注】郭子仪,中唐名将,玄宗时爆发安史之乱,率军收复洛阳、长安两京,功居平乱之首,封汾阳郡王,时人尊称为郭令公。代宗时,郭子仪平定仆固怀恩叛乱，说服回纥，共破吐蕃。肃宗言"虽吾之家国，实由卿再造"，史称"权倾天下而朝不忌，功盖一代而主不疑"。子曰："君子泰而不骄，小人骄而不泰。"

咏易安居士

曾志辉

如梦清照漱玉香，有为明诚金石扬。
月满西楼蓦回首，花飘异地堪感伤。

2010 年 11 月 29 日

【作者注】李清照，宋代婉约派代表词人，号易安居士，山东济南人，有词集《漱玉词》（代表作有《如梦令》《一剪梅》《声声慢》，余尤爱"和羞走，倚门回首，却把青梅嗅"等词句），其夫君赵明诚有著作《金石录》，郭沫若有楹联"大明湖畔趵突泉边故居在垂杨深处，漱玉集中金石录里文采有后主遗风"。

孙膑与勾践

曾昭毅

孙膑苟且偷生日，越王卧薪尝胆时。
斯人若行韬晦计，世上愚智岂皆知？

2010 年 12 月 24 日

【作者注】据史载，孙膑为避庞涓迫害而装疯卖傻，越王勾践为复国报仇而卧薪尝胆，此二人行韬光养晦之计而瞒过对手。

悼民进泰斗雷洁琼女士

曾志辉

数九寒冬落惊雷，琼星陨逝华夏悲。
百年奋斗为民主，一世玉洁化雪梅。

2011 年 1 月 10 日

【作者注】今晚看《新闻联播》,惊闻民进中央名誉主席雷洁琼女士于昨日(1月9日)逝世,享年106岁。雷洁琼,广东台山人,出生于广州(其父为前清举人且有进步思想),1931年美国南加州大学社会学硕士毕业,系我国著名社会学家、法学家、教育家、社会活动家,曾历任北大教授、民进中央主席、全国政协副主席,中华人民共和国成立前被誉为"民主斗士"。余作为友党民盟成员作诗以悼。

重读《李愬雪夜袭蔡州》有感

曾昭毅

风雪夜半万众行,旌旗冻折马无声。
孤军远袭擒元恶,十载割据一日平。

2011年10月23日

【作者注】李愬,字元直,封凉国公。817年十月初十,李愬雪夜袭取蔡州,擒获淮西叛将吴元济,是中外军事史上奇袭战的经典战例。重读英雄故事,作诗以记。

曾纪泽

曾昭毅

烽火不息日徐落,伊犁河水泛碧波。
铮铮老将平乱寇,耿耿忠臣斗沙俄。
国弱难能复疆土,兵强方敢言战和。
睡狮百载犹未醒,华夏堪怜尽悲歌!

2011年10月28日

【作者注】曾纪泽,晚清名臣,外交家,曾国藩长子。

内蒙访古（诗二首）

曾昭毅

（其一）
王昭君

匈奴铁骑风卷云，文武众声议和亲。

频拭花容离乡泪，明妃从此没胡尘！

2012 年 7 月

【作者注】2012 年 7 月 14 日—20 日，余携妻和君临随赣医附院旅游团赴内蒙古旅行七日，作诗以记。

（其二）
成吉思汗

十万铁骑征战勤，亚欧版图尽胡音。

五帐可汗分疆土，帝国前景若浮云。

【作者注】一代天骄成吉思汗统一蒙古各部，骁勇善战的蒙古骑兵几乎席卷整个欧亚大陆，建立了世界历史上仅次于英殖民帝国疆域的庞大帝国，然子孙纷争，昙花一现。余平生第一次观蒙古大草原，骑蒙古马，醉蒙古酒，品蒙古烤全羊，赏蒙古名歌，观蒙古篝火晚会，赏蒙古赛马马术，住蒙古包，不亦快哉！

观秦陵兵马俑有感

曾昭毅

郦陵千古秦始皇，清扫六合制八荒。

长平决胜逐北漠，黩武穷兵铸国殇。

2013 年 7 月 12 日

【作者注】2013 年 7 月，余妻难得 10 日之假，全家北上西安，观游古都古城钟鼓楼，游览华山和兵马俑，然后南归探望双方父母。诗文以记。

苏武

曾志辉

一去匈奴十九年，牧羊北海历辛艰。
李陵叛汉千秋罪，苏武持节留史篇。

2014年11月20日

【作者注】苏武，杜陵（今陕西西安）人，西汉大臣，杰出的外交家，民族英雄。天汉元年（公元前100年），奉命以中郎将持节出使匈奴。当时，副使张胜卷入匈奴内乱中，苏武受到牵连，被扣留。匈奴贵族多次威胁利诱，欲使其投降。苏武誓死不从，引佩刀自刺负伤。后苏武被匈奴人迁到北海（现俄罗斯境内的贝加尔湖）牧羊，扬言要公羊生子方可释放他回国（"使牧羝，羝乳乃得归"）。苏武历尽艰辛，留居匈奴19年，持汉节牧羊，始终不屈，其间还拒绝了好友、降将——李陵（飞将军李广之孙）之劝降。汉昭帝始元六年（公元前81年），汉与匈奴和亲，汉使者寻得苏武等人下落，这才使其获释归汉，拜典属国，禄中二千石，后封关内侯，并位列麒麟阁十一功臣。苏武爱国忠贞的节操不仅使其名著当时，且对后世产生深远影响。

咏林冲

——《林教头风雪山神庙》教学反思

曾志辉

林冲豹子头，蒙冤解沧州。
百忍一朝反，誓与官府斗。

悼诗人汪国真

曾志辉

一代诗魂骤殒尘，凄清冷月哀国真。
远方风雨何须怕？只是再难佳句闻。

2015年5月1日

【作者注】汪国真先生系当代著名诗人、书画家，于2015年4月26日去世，享年59岁，其"没有比人更高的山，没有比脚更长的路""既然选择了远方，便只顾风雨兼程"等隽永诗句曾激励过我们这些80年代的青年，所谓"我的青春我的梦"，并因此而形成"汪国真热"。岁月悄然流淌，先生英年早逝，班门弄斧，作诗以悼。

悼杨绛先生

曾志辉

百年才女推杨绛，文化昆仑有锺书。
学富德高天下仰，情深伉俪人间独。

2016年5月25日

【作者注】2016年5月25日凌晨，中国著名作家、翻译家、钱锺书夫人杨绛去世，享年105岁。知杨绛之名，始于高中时读其所翻译的西班牙塞万提斯的小说《堂吉诃德》；后来又陆续知道她还有《干校六记》《我们仨》《洗澡》等作品。钱锺书与王国维、陈寅恪有20世纪中国学界三座"文化昆仑"之称。

兹录杨绛先生言行作为悼念——

1. 男人不努力，一辈子没出息；女人不努力，一辈子受委屈。

2. "我一生是钱锺书生命中的杨绛……钱锺书的天性，没受压迫，没受损伤，我保全了他的天真、淘气和痴气"；"遇见你之前，我没有想过结婚，遇见你之后，结婚我没有想过和别人"。

3. 女儿钱瑗"是我平生唯一杰作"。

4. 1998年，钱锺书走了，"锺书逃走了，我也想逃走，但是逃到哪里去呢？我压根儿不能逃，得留在人间，打扫战场，尽我应尽的责任！"除了《杨绛全集》出版，杨先生还整理、汇编了钱锺书的读书笔记近70卷。

5. 把自己还给自己，把别人还给别人，让花成花，让树成树。

6. 杨绛淡泊名利，几近"隐身"，低调至极，并将稿酬捐给清华大学设立"好读书"奖学金，"我和谁都不争，和谁争我都不屑；我爱大自然，其次就是艺术；我双手烤着生命之火取暖，火萎了，我也准备走了"……

同学少年，修学储能

——观电视剧《恰同学少年》之点滴

曾志辉

峥嵘岁月风华茂，修业储能见识高。
二百学军止战祸，润之胆略胜群豪。

2021年暑假疫情期间

【作者附记】城南郊外，三千北洋溃兵蠢蠢欲动，一场兵祸一触即发，长沙城在劫难逃。危急时刻，毛泽东以惊人的胆略，率领二百来名扛着木枪的湖南第一师范学校学生军，上演了一场精彩绝伦的"空城记"，一举将三千溃兵全部缴枪（余以上七言绝句中所谓"二百学军止战祸"是也）……这是电视剧《恰同学少年》最后一集（第23集）的"压轴戏"，可以说湖南第一师范这五年脚踏实地的修学储能对毛泽东的影响是巨大、深远的。

咏毛泽东

——纪念毛主席诞生一百二十八周年

曾昭俊

一轮红日出韶山，华夏从兹江山娇。
武略雪尽百年耻，文韬泽被九重霄。
功昭日月过汤禹，德配乾坤齐舜尧。
治世安邦真人杰，英名身后万古标。

2021年12月26日

怀念周总理

——观《海棠依旧》有感

曾昭俊

总理音容何处寻，西花厅外海棠新。
鞠躬只为中华梦，沥血皆因兆民情。
一身正气昭日月，两袖清风傲古今。
闻鸡起视泪飞雨，耿耿丹心天地吟！

读苏轼《贾谊论》有怀

曾昭俊

贾生壮志可堪敬，更有治才世罕寻。
只缘器狭穷不处，一朝逐斥即沉沦。

2022 年 3 月 17 日

【作者注】夜读苏轼《贾谊论》，兼及王安石《贾生》、李商隐《贾生》（"宣室求贤访逐臣，贾生才调更无伦。可怜夜半虚前席，不问苍生问鬼神"），刘长卿《长沙过贾谊宅》，毛主席《咏贾谊》（"少年倜傥廊庙才，壮志未酬事堪哀。胸罗文章兵百万，胆照华国树千台。雄英无计倾圣主，高节终竟受疑猜。千古同惜长沙傅，空白汨罗步尘埃"），深自有感，不觉手痒，顺口胡诌一绝，以飨诸君。

土木堡之变

曾昭毅

不勤远略久，驻跸谋决战。
军败国将危，祸因一宦官？

2023 年 11 月 12 日

【作者注】土木堡，位于今河北省怀来县。明朝自洪武之治、永乐盛世、仁宣之治后，不勤远略久矣，朝廷边备废弛，边将只知吃喝玩乐，贪利肥己，逢迎赌博。"大明朝底层兵民什么都知道,就是无法让高层知道;中层文武官员什么都不知道,就是装什么都知道;高层镇抚大臣什么都想知道,就是什么都无法知道。"1449年,瓦剌也先率军犯边,在外不知彼、内不知己的情形之下,明英宗朱祁镇受宠信宦官王振鼓动,率三十万大军御驾亲征,君臣不知虚实,不识兵要,胡乱指挥,屡战屡败,最终全军覆没于土木堡,朱祁镇被俘,祸国宦官王振被愤怒明军将士捶杀。在中国历史上,皇帝在军事战争中被俘,除了靖康之耻,此为又一例。

杂咏篇

四十抒怀

曾志辉

不惑之年叹不惑,酒舞牌歌惑中过。
但使珍惜好韶光,敢教岁月扬清波。

2004 年

【作者附记】此诗乃吾"家诗"中处女之作也。奔四之年,余悟出几句"曾氏名言":

第一,少说话,多做事(后来又悟出:"说该说之话,做该做之事。");少喝酒,多运动;少打牌,多学习。第二,审时度势,谋定而后动,力争此时此地此身此事做好(所谓"四此","此时此地,战胜自己",做一个过程主义者,做好当下),世上只有卖老鼠药而没有卖后悔药的。第三,简洁、干练是智慧的结晶。第四,成功永远属于沉得住气的人。第五,做事学儒家,敢于担当,实在一点;做人学道家,善于超然,大气一点。

这些所谓"名言"真正践行,实属不易,其中"三少三多"就做得不好,故有"酒舞牌歌"之叹也,望子孙后辈戒之慎之,自控自律。

民盟荆门市委年终文艺盛会即席而作

曾志辉

申酉相交喜相逢,群贤荟萃尽英雄。
民盟六十光辉史,我辈奋发立新功。

2004 年 12 月

【作者注】中国民主同盟前身系中国民主政团同盟,于 1941 年 3 月 19 日在重庆秘密成立,1945 年 9 月更为现名,成立至 2004 年已 60 余年矣。

夏夜咏池

曾昭毅

水浅鱼虾瘦，泥深鳅鳝肥。
若无秋雨至，应有春霖回。

2005 年 7 月

2006 年初加入农工党

曾昭毅

而立之初入农工，吾心祝愿天下同。
他年若展鲲鹏翅，亦使中华换靓容。

辞旧迎新抒怀

曾志辉

人到中年感慨多，恨不觉悟叹蹉跎。
闻道有如饮醍醐，重理镜妆艳城郭。

2008 年 12 月 28 日

【作者附记】2008 年 12 月 28 日，余平生第一次向党组织递交了入党申请书，是"美人迟暮"，还是"朝闻道，夕死可矣"？抑或"重理镜妆"而洗心革面？个中滋味，无以言表，作诗以记。

晚秋述怀

曾昭毅

一麾残阳落，万里悲秋色。
年少徒怀志，老来尽蹉跎。
满腹经世策，堪与谁人说？

廉颇逾八旬，忠心犹许国。

【作者附记】首联纯粹写景，抒发个人暮秋之悲，二句均化自古诗词，其中"万里悲秋"来自杜甫名句"万里悲秋常作客，百年多病独登台"。

无题

曾昭俊

昨日偏知春色新，檐前雨燕昵声亲。
善行积满悯怜意，新曲陶醉玲珑心。
素手偷来梨蕊雪，锦心绣尽鸳鸯情。
若思卓女当垆日，肯效相如度双星。

除夕偶句

曾昭毅

爆竹声里又除夕，稚子门前读背急。
才换新联辞旧岁，便斟米酒啃土鸡。

2010年2月2日

【作者注】今岁寒假，小儿作业颇多，每日监督完成，毫不懈怠。余每日在君临作业任务完成后，带他到野外活动几小时，让他过一个充实的寒假。

悼玉树地震死难者

曾昭毅

青海玉树添汶川，无数生灵遭涂炭。
举国同悲齐努力，重建家园救斯难！

2010年4月21日

【作者附记】2010年4月14日，青海玉树地震，藏族同胞死伤数千，作诗以悼。

病中输液

曾志辉

春去夏至暑气来，身心不适患小灾。
高高液瓶床边挂，始知平安是福海。

2010 年 5 月 25 日

【作者附记】2010 年 5 月 19 日，余到掇刀社区医院输液，连续七天方止，谨以此记。

无题

曾志辉

蝴蝶翩翩几度秋，岁月堪嗟抹心头。
庄生晓梦何时了？留得身后土一抔。

慎言

曾昭毅

家事国事天下事，风声雨声埋怨声。
牢骚太盛伤肝胃，闭口少言度余生。

2010 年 5 月 27 日

【作者附记】当今社会正处转型期，矛盾错综复杂，世人多牢骚。多干活，少说话，为我等修身保身之诫也。

【志辉注】美国富兰克林出身贫寒，经过艰苦奋斗，终于事业有成，兼具政治家、科学家、哲学家、作家等头衔于一身，而且在诸多行业中，均成为令人钦佩的榜样。然而成功并非偶然，在 18 世纪新生的美洲殖民地上，他已提出许多修身励志的做法，他早年就以 13 项德行来自勉——节制、寡言、秩序、果断、节俭、勤劳、诚恳、公正、中庸、整洁、宁静、贞节、谦逊，其中"节制"即要求自己食不过饱，饮酒适量，"寡言"则要求自己少说话，尽量避免无谓的聊天。富兰克林之所谓"寡言"，亦即孔子之一贯主张——"君子欲讷于言而敏于行"。

端午节偶句

曾昭毅

厨下爱妻午炊忙,厅中稚子喜洋洋。
窗外忽闻雨声急,闲里还吟旧诗章。

2010 年 6 月 16 日

【作者注】"喜洋洋"实指时下热播之动画《喜羊羊与灰太狼》之剧也。

中考偶感

曾昭俊

六月炎热天,中考带队看。
场内汗如雨,楼前人似谙。
湖边钓最爱,林下棋正酣。
漫漫教坛路,今年复明年。

2010 年 6 月 22 日

夏夜思

曾昭毅

月皎蝉鸣树,江清鱼近人。
亦思一席枕,堪作梁甫吟。

2010 年 7 月 22 日

【作者附记】余以"诸葛一生唯谨慎,吕端大事不糊涂"为工作信条,常慕诸葛孔明之才、之功、之德,欲效仿古人而不得焉。

四十抒怀

曾昭毅

夜阑蝉寂风满楼,盈月渐亏时接秋。
卅九华年流水逝,家国天下使人愁。

2010 年 7 月 29 日

【作者附记】2010 年 7 月 31 日,农历六月二十,余亦迈入不惑之年矣。人至中年,感慨愁绪颇多。余有诗云:"往昔如昨堪回首,岁月飞逝叹蹉跎。"此亦中年常有之心境也。

警世醒言

——写在"建军节"前夕

曾昭毅

一代雄主逝,多年未用兵。
周边皆失地,三军不远征。
歌舞夸盛世,觥筹醉太平。
强敌如林立,天下岂安宁?

2010 年 7 月 31 日

【作者附记】"国虽大,好战必亡;天下虽安,忘战必危。"国家应在和平时期努力发展经济,改善民生,争取民心;改革弊政,澄清吏治,选贤用能;抚养战士,加强训练,充实军备,提升综合国力。否则,国必危矣。

酷暑喜雨

曾昭毅

清风送秋至,绮窗迎君开。
惊雷震寰宇,骤雨涤尘埃。

2010 年 8 月 5 日

【作者附记】时下地球环境恶化，气候反常，他年恐不能居人矣。江南连日酷暑难耐，室内外如炙如蒸，今日方有风雨送来丝凉，作诗以记之。

一医住院有感

曾志辉

恣饮辛劳数十载，引得秋后百病来。
今朝入院求医治，始知健康乃柱台。

2010 年 8 月 7 日

【作者附记】余因积劳、饮酒、运动少诸因素而致疾，其中与应试教育也不无关系（余迄今从教 22 年，即有 15 年带高考毕业班，并且长期带双班，多年担任班主任，素有"应试狂""高考专业户"之称，此乃"辛劳"之大意也）。2010年 8 月 7 日，因弟曾昭毅之举荐，慕名与市一医杨举红医生（弟之同学）联系，平生首次住院，感慨万端，这才相信 15—45 岁是人一生中身体最好的 30 年，圣人云："身体发肤，受诸父母，不敢毁伤。"谨以此记。

醉酒梦中偶得

曾昭毅

谈笑品青梅，醉梦吟霜月。
秋风正萧瑟，残阳犹似血。

2010 年 8 月 16 日

孟秋出院畅游荆门汉通游泳馆

曾志辉

粼粼水波梦驰往，病体康苏似鱼翔。
莫道池中秋色至，吾心旷怡胜春光。

2010 年 8 月 30 日

【作者附记】2010年8月30日下午，余与妻办好出院手续回家（8月7日入住一医），晚饭后漫步到学校附近的"荆门汉通游泳馆"，恰逢此馆为迎接湖北省第十三届运动会而开放伊始，虽时至孟秋，水颇凉意，但余仍畅游一小时之多。古语云"春女思，秋士悲"，余已迈入人生之秋，也应该像刘禹锡那样有"自古逢秋悲寂寥，我言秋日胜春朝"之心境，旷达为人，怡然处世，恪遵医嘱，戒酒多动，修身健体，谨以诗记，有诗为证！

秋夜述怀

曾昭毅

西风携雨入寒窗，遥忆往昔说夜郎。
数载豪情今不在，南柯梦醒枕黄粱。

2010年9月11日

【作者附记】2002年9月，余考入贵阳医学院攻读硕士研究生，苦读三年，毕业时踌躇满志。而今贵州，古时夜郎国所在地。

中秋感怀

曾昭毅

圆月初升照高楼，盈樽把酒度中秋。
怜看妻子愁何在，千杯一醉轻王侯。

2010年9月22日

【作者附记】身处异乡，年登不惑，妻子早已谋划，今年过一个像样的中秋节。目睹工作家务操持劳碌的妻子，余常怀愧疚，自惭不能建功立业，封妻荫子；然妻子常言，只要一家平安健康，君临明理懂事，用心读书，足矣。诗以记之。

晚练

曾昭毅

绿茵场上足球飞,明月清风伴我归。

十载三千六百日,长寿九九不须吹。

2010 年 10 月 16 日

【作者附记】9月开始,我们陪君临天天足球训练一小时,踢足球运动量大,且活动全身,若陪君临训练十年至君临成年,则身体自然强健高寿矣。

观省运开幕式(诗二首)

曾志辉

(其一)

省运今夕莅楚荆,菊歌桂酒喜恭迎。

漫天彩焰奔明月,嫦女开怀舞太平。

(其二)

秋风习习,皓月当空。

彩旗飘飘,万人攒动。

花团锦簇,灯火明通。

玉树银花,焰火飞冲。

运动健儿,豪迈刚劲。

蟾宫折桂,岁月流金。

寂寞嫦娥,开怀相庆。

百年盛事,歌舞升平。

幸甚至哉,诗以咏怀!

2010 年 10 月 19 日

【作者注】2010 年 10 月 19 日,湖北省第十三届运动会在荆门市生态运动公园体育场(掇刀石中学西北近侧)隆重开幕,恰逢盛世,诗以记之。

月下独步

曾昭毅

皎皎月当空，寂寞柳随风。
独步移只影，秋深落叶红。

2010 年 11 月 11 日

冬晨

曾昭毅

萧萧梧叶落，瑟瑟北风寒。
纤草霜凝重，日迟步履跚。

2010 年 11 月 28 日

重读《战国策·冯谖客孟尝君》

曾志辉

孟尝故里栖狡兔，几度经营筑三窟。
可叹机关终算尽，匿身寒月倚桂株。

2010 年 12 月 17 日

斑鸠放生记

曾志辉

关关雎鸠落难兮，三面受阻独自哀。
机缘巧兮余所捕，终放生兮羽留怀。

2010 年 12 月 26 日

【作者附记】12 月 26 日（星期天）上午上完第二节课后，余在教学楼西二楼走廊尽头，看到一只大斑鸠扑腾着翅膀到处乱撞，因三面皆墙或玻璃，又找不到另一面出口而飞不出去，余迅疾捕捉到了它。何以处置？是送之小朋友抑或送之餐馆？余最终决定放生。当余双手托之放生后，斑鸠先飞到楼前小树上盘旋一周，然后飞向蓝天，余之怀里留落了几根斑鸠的羽毛……

戏言打牌赌博者

曾志辉

世人多好赌，祸倚而非祸。
险中求富贵，终是不归路。

2011 年 1 月 13 日

悼三舅兄妻宋腊芳

曾志辉

平生际遇实堪伤，育女培儿好心肠。
年近五旬随病去，子孙仁孝悲满堂。

2011 年 2 月 10 日

【作者附记】三舅兄许远清之妻宋腊芳，生于1963年腊月，卒于2011年正月初六，死因系心脏病剧烈发作，死前亲人均不在身边，竟未留下半句遗言，终年48岁。腊芳姐生下长子许小俊即发现患有心脏病，手术后恢复较好，后又坚持生下女儿许彩霞，复使病情变重，加之家业困难，命途多舛，多年卧病，终致早亡。其丈夫甚为勤劳，儿女颇为仁孝，孙女极为乖巧，此乃其苦难生命之美好慰藉也。腊芳姐系亿万人中最普通的一分子，属刀子嘴、豆腐心之类的好人，余怀着悲悯之心前往吊唁，并为其一夜守灵，在其灵前静坐默想，感造化之无常，叹人生之不公，哀生活之艰辛，伤其婆婆白发人送黑发人，愿死者灵魂早入天堂并保佑其亲人吉祥安康！

作诗以悼，《附记》且为祭文。呜呼哀哉，伏惟尚飨！

《孙子兵法》学习口诀（诗三首）

曾昭毅

（其一）

战略篇

用兵宜慎关死生，争胜全胜力遵行。
可知可为胜可胜，伐谋伐交后伐兵。
速战速决不贵久，先胜必胜运筹清。
百战百胜非上善，不战屈人慎攻城。
虚实分合变奇正，胜于易胜无功名。
水火辅攻善使间，知己知彼知地形。
仁义兴师得多助，知止不殆将帅明。
修道保法民心顺，有备无患天下宁。

2011 年 3 月 1 日

（其二）

战术篇

良将辅国多算胜，军争利害应分清。
致人致敌争主动，因敌变化功乃成。
兵者诡道以诈立，形兵之极至无形。
兵情主速决战事，先发制人定输赢。
出其不意攻无备，知天知地知敌情。
出奇制胜决胜败，避实击虚胜负明。
齐勇聚锐励士气，陷之死地而后生。
攻心为上通九变，全争天下称善兵。

2011 年 4 月 2 日

（其三）

将帅篇

将帅辅国慎兵事，忠诚无私建功勋。
统筹全局计久远，智者不惑明知人。
宽严相济政之道，赏信罚必军纪森。
廉洁律己勤军务，仁者爱人得士心。
刚柔相济兼文武，勇者无畏铸军魂。
缓急相济毋躁愠，多谋善断计筹深。
胜骄败馁非将道，进退唯时不避身。
上下同心合战力，接敌每战似初临。

2011 年 11 月 4 日

【作者附记】 余研读《武经七书》特别是《孙子兵法》多年，现将孙子之主要战略思想结合个人学习心得编一口诀，与天下兵法爱好者共享之。

长寿养生歌

曾昭毅

长寿养生须谨记，豁达心境为第一。
乐观积极待人事，悲观消极伤身体。
情绪激动血压剧，久坐身疲痔瘘起。
动手动脑防老化，散步健身下下棋。
戒烟戒酒忌辛辣，暴饮暴食伤肝胰。
心脑血管多禁忌，高脂高盐高糖食。
蔬菜纤维防便秘，多饮清水少结石。
充足睡眠保精力，新鲜空气常呼吸。

2011 年 4 月 3 日

【志辉注】 江湖有歌谣："不要攀，不要比，不要自己气自己；少吃盐，多吃醋，少打麻将多散步；按时睡，按时起，跑步跳舞健身体；父是天，母是地，孝敬父母要牢记；夫妻爱，子女孝，家和比啥都重要；行点善，积点德，多做善事多积德；只要能吃饭，钱就不会断；不怕赚钱少，就怕走得早……"此歌谣不妨作为《长寿养生歌》注脚，虽有些消极成分，但也不无积极意义，有些甚至"解得好"。

梦中吟诗一首

曾昭毅

八一战旗猎猎飘，十万将士逞英豪。
歌舞奏凯醉明月，掳得敌酋祭宝刀。

2012 年 2 月 11 日

【作者附记】昨夜偶得一梦，并得此诗之架构，醒来连缀修改而成，自娱自乐而已。

中国有了航母辽宁舰（诗三首）

曾志辉

（其一）

百年梦想百年盼，万里水疆万里难。
巨舰辽宁镇海上，龙腾虎啸换新颜。

（其二）

横空出世辽宁舰，亿兆华人海梦圆。
富国强军何所惧，还我钓岛写新篇。

（其三）

倭人购岛闹哄哄，敲响中华警世钟。
待到雷霆一怒吼，却说海寇梦皆空。

2012 年 9 月 25 日

观湖北首届精品菊展

曾志辉

争奇斗艳菊登场，信步荆城我品芳。
瑟瑟秋风虽已至，东篱把酒胜春光。

2012 年 10 月 28 日

端午

曾志辉

把酒邀端午，当门挂艾蒿。
天涯同品粽，更爱屈辞娇。

2015 年 6 月 20 日

【附一】

辞悲

掇中 2010 届学子　王田

灵均一拨辞，枚贾莫可攀。
光阴百代过，如今何人瞻？

【附二】

无题

掇中 2010 届学子　王田

千里归巢燕，春风醉屠苏。
云中几段锦，枕边半卷书。
琼筵飞觞羽，明月映玉壶。
繁星入河汉，君自晏晏如。

【王田附记】如今当人们过端午的时候，肯定有不知这是纪念屈原的，更别说他的楚辞，于是为老师才情所染，也赋一五绝，望斧正。另外，去年春节撰写了一副横批为"岁月赛青春"的对联，现一并寄来请您评改：

转瞬廿载过，且把桃符记已往，岁月峥嵘须奋斗；
回眸千秋隔，宜将竹叶报来日，年华潇洒莫蹉跎。

自题

曾昭毅

男儿不能带吴钩，收取关山五十州。
云台凌烟已成梦，秋风一夜尽白头。

2015 年 8 月 30 日

【作者注】云台二十八将，指汉光武帝刘秀麾下助其一统天下、重兴汉室江山的二十八员大将，如邓禹、岑彭、吴汉、冯异等。永平年间，汉明帝追忆当年随其父皇打下东汉江山的功臣宿将，命绘二十八位功臣的画像于洛阳南宫云台，故称"云台二十八将"。贞观十七年，唐太宗李世民为了纪念和他一起打天下治天下的功臣，在长安修建凌烟阁来陈列由阎立本所绘的二十四位功臣的画像。值君临明日小升初之际，余以此诗激励君临立志学好本领，将来报效国家，莫重蹈"少壮不努力，老大徒伤悲"之覆辙也。

猴年大姨姐家共度除夕

曾志辉

四世同堂笑语喧，觥筹交错舞翩跹。
声声鞭炮融融乐，祈盼新年福祉延。

2015 年除夕

向不良嗜好宣战

曾志辉

唱着养生歌，做着伤身事。
腰疼痔痹起，棋牌也是敌。
一味纵六欲，身心总会疲。
吾今奔花甲，健康非儿戏。
自律惜身体，福禧长相依。

2016 年 5 月 23 日

【作者附记】现如今，余俨然韩愈所说的那样"视茫茫，而发苍苍，而齿牙动摇"，更患上腰椎骨质增生等疾病，因为不能再做剧烈运动，余已将先前的跑步改为现在的竞走，此举让人不禁想起杜甫《登高》中的"潦倒新停浊酒杯"之诗句。年过半百，形同废人，惜福自怜，珍爱生命，向一切不良嗜好宣战，不再透支身体。宣战誓言，诗文以记。

掇中 1997 届弟子荣归母校

曾志辉

楚天千里来相聚，捉对厮杀忆往昔。
石上掇刀秋风劲，曾门弟子重情义。

2016 年 10 月 4 日

【附】

"曾门弟子"来相聚

掇中 1997 届弟子　陈红莲

有一种情叫作"同学友情"
有一种相聚叫作"十九年"
有一种幸福叫作"看到你过得比我好"
有一种回忆

叫作那时我们正年轻

有一种爱

叫作放手

有一种期待叫作来年再相聚

有一门弟子

他的名字叫"曾门"!

生肖诗六首

曾志辉

(其一)
咏牛

湖边田埂老牛立,水域村郭父辈犁。

半百春秋再回首,牧歌声里犹奋蹄。

2009 年

【作者附记】40 岁之前,余时常吟咏着"不用扬鞭自奋蹄";而今,余则更欣赏"牧歌声里犹奋蹄",瑞士阿尔卑斯山山口的标牌提醒我们:"慢慢走,欣赏啊!"

(其二)
咏虎

长白山顶身影留,华南脚下亦悠悠。

冲天一啸临寰宇,便引人间万福瓯。

2010 年 2 月 13 日

(其三)
咏兔

嫦娥落寞舞翩跹,玉兔相怜奔广寒。

冬去春回逢盛世,吉祥如意降尘凡。

2011 年 1 月 18 日

（其四）
咏龙

龙腾大海新年至，凤舞昆山紫气来。
家有孩儿金榜梦，及锋而试桂枝摘。

2012 年

（其五）
咏马

八骏萧萧振鬣鬃，精神抖擞惊长空。
会当追梦奋蹄起，一往无前气若虹。

2014 年 1 月 31 日

（其六）
咏鸡

飞来峰上有金鸡，报晓千年自在啼。
不作寻常嗟漫道，日出日落养生息。

2017 年 1 月 22 日

【附】

登飞来峰
王安石

飞来山上千寻塔，闻说鸡鸣见日升。
不畏浮云遮望眼，自缘身在最高层。

1997 届弟子毕业 20 年聚会

曾志辉

五湖四海聚荆城，廿载风霜赤子心。
举盏放歌忆往事，明朝创业传佳音。

2017 年 8 月 19 日

【作者附记】2017 年 8 月 19 日晚上，荆门市掇刀石中学 1997 届 21 名弟子在张兴万、金明涛等同学的组织下，于荆门星球大酒店举行毕业 20 年聚会活动，余偕夫人与赵正林、张铮两位老师一同前往。这些弟子分别从广东（尉书楼、李春梅、李剑、黄孝义）、江浙（张兴万、张继承、唐习平）、重庆（高定兵）、湖北（金明涛、刘波、陈华波、黄长江、严志宏、王俊林、孙晓东、龚远勇、李华、陈华云、张爱华、曲中艺）等地汇聚而来。他们正值春秋鼎盛，堪称事业有成。师生们在一起叙旧、照相、品酒、唱歌，最值得一提的是老师们和很多同学像开班会似的轮番发言，或吟诗作赋，或谈古论今，或畅谈感想。最后，学生代表为老师颁发纪念品，此次聚会在师生合唱《难忘今宵》的乐曲声中结束。作诗文以记之。

【附一】

20 年后的相聚

掇中 1997 届弟子　陈红莲

二十年后的相聚
你们学会了握手
但是高兴之余
久藏不用的绰号和口头禅
还是脱口而出

兄弟你胖了
生活的风霜也染皱了岁月
美女你还是那么年轻漂亮

是啊红尘中等你们再见
怕你们认不出
不见个面不敢老
师母亦如是

是谁搬出了一箱酒
你们簇拥着老师
像进班上课一样
走进灯光明媚的酒楼

入席点菜倒酒
动作熟悉而亲切
那个主动掌壶的同学
分明是课堂上的积极分子
手法依然年轻霸道

酒不需要过三巡
胃已经被热情炙烤得温暖
大家说着话
回顾着当年一个个囫囵吞枣的故事
也描绘着分别后一条条时光交错的痕迹

同学和师生间的情谊
在美好的回忆里青春永驻
更会在今后的日子里蓬勃生长
灯光下
你们围坐在一起
一如二十年前的情景
也深信这样的情景
若干年后会和二十年前一样

【附二】

二十年后，我们相聚了

掇中 97 届弟子

天之涯，地之角，知交半零落。

常惦记，期重逢，人生难得是欢聚。

唯同窗，情谊重，眼帘启合，二十春秋已斑驳。

记忆中，花坛里的蔷薇红了又淡，夏日里的栀枝溢满校园，白雪中的腊梅与你羞涩的字条夹在书页；记忆中，红颜蓝己，回眸巧笑，发梢掠过书墙。

那一篇之乎者也的文言文还在指尖纠结，代数几何又悄然爬上心头；梦中还在呢喃结构语法的 ABC，近代与古代的历史又唱起了戏曲，哲学的伪装在角落里掩笑。

于是，我们夹杂青春的气息，一起伏案，一起困惑，一起落泪，一起欢呼，在无数次唐诗宋词元曲的委婉与豪放中释放青春，又在无数次现实与残酷中追逐着梦想。

时光荏苒，白驹过隙，三年一别，二十年后重回，淡淡的相思淡淡的愁，老照片的情怀，新聚会的期待。一去经年别日，几度春花秋月。二十年，不问，不问，同桌的你，还好吗？一个眼神交换，一个有力的相拥，原来，二十年后，我们都在这里。

【附三】

西江月·学生毕业会餐

荆门市掇刀石中学　黎彪

大考刚刚落幕，
同学汇聚一起。
少男少女最多情，
谁在那里叹息？

相约来年再聚，

倍增同学友谊。
才子佳人难再得，
尽在春风得意。

悼大舅母香姐

曾志辉

去年母卧榻，共患如一家。
日日探三遍，周周来数茬。
饥寒诉长嫂，友善似香花。
今问天公否？令君魂断涯。

2017 年 9 月 14 日

【作者附记】2016 年下半年，大舅母香姐为陪伴孙女度过高三这一年，租房来到了掇刀石中学，恰逢老母亲从江西赣州返荆，不幸摔跤骨折卧床。在余夫妻照料老母期间，大舅母经常来嘘寒问暖，更是我们侍奉母亲的安慰者、鼓励者和帮助者，余等也常到嫂姐处蹭饭。老母 2017 年 3 月 12 日作古，大舅母清明前后犯病，9 月 12 日仙逝，享年仅 63 岁（1954—2017）。大舅母这一生勤劳节俭，朴实无华，与世无争，善良本分，育有两女，女孝婿贤。只可惜世事无常，天公不公，逝者已矣，生者好活，愿大舅母灵魂升入天堂，愿大舅伯节哀顺变、保重身体！作诗文以记。

悼大姐夫鲁志兵

曾志辉

英雄鲁志兵，一本江湖经。
处事有侠气，为人无戾行。
弟兄念辅助，姐妹感恩情。
从此阴阳隔，今生不再生。

2018 年 3 月 7 日

【作者附记】2018年3月7日凌晨，大姐夫鲁志兵仙逝，享年仅63岁。鲁志兵一生坎坷，饱受折腾，南来北往，北往南来，务农，当民兵，开煤球厂，各种手艺自学成才，为一双儿女完婚护崽，这一切颇有"江湖英雄"之气。曾家和鲁家共有兄弟姐妹12人，作为老大的鲁志兵对待兄弟姐妹（也包括对待其他亲戚朋友）却是极好，其口头禅："兄弟姐妹只有今生没有来生！"愿大姐夫鲁志兵一路走好，活着的兄弟姐妹们牢记"今生无来生"这句话吧！

春日读红

曾昭俊

爱将时日品红楼，常共石兄青埂游。
钗黛难分轩轾美，袭晴易犯芙蓉愁。
香菱斗草几回喧，红玉遗绢何处求？
借问世人谁解味，情痴千载空悠悠。

2018年5月3日

【作者附记】余平生所好，唯读红而已。日有所暇，必捧红而品，自觉余香满口，一室生辉。一册红楼，如朦胧烟雨梦，亦幻亦真；如醇厚浓香酒，如醉如痴！

贺民盟荆门高新区·掇刀区总支成立

曾志辉

云淡秋高聚会堂，建言献策话衷肠。
弘扬正气谋实事，关注民生放眼量。
风雨同舟乃本色，和谐一体建城乡。
总支今日乘风起，勠力齐心续华章。

2018年11月3日

【作者附记】2018年11月3日上午，秋高气爽，风轻云淡，这个被市政协副主席、民盟荆门市委主委程彻称为将载入民盟荆门市委史册的日子，民盟荆门高新区·掇刀区总支委员会正式成立，余被推选为副主委。

民盟总结与联谊纪实

曾志辉

银花火树中国梦，联谊总结精彩呈。
主委致辞交口赞，部长诵诗翘首听。
歌吟演讲堪亮色，鬼舞瑜伽亦摩登。
更喜文昌书富有，特级正高落民盟。

2019 年 1 月 29 日

【作者附记】2019年1月29日下午，"2018年度民盟荆门高新区·掇刀区总支工作总结暨盟员联谊交流会"在荆门东城国际酒店举行。此次活动由白石坡中学官春笋老师主持，总支主委吴荣华致辞，统战部副部长李新伟讲话并现场诵诗，荆门市现代学校副校长、文昌阁阁主刘焕泉演讲《我的藏书》，余之夫人许远红作为特邀嘉宾表演鬼步舞《山谷里的思念》。2018年，民盟高新区·掇刀区总支成立伊始，硕果累累，成绩斐然，其中掇刀人民医院副院长刘冬梅评为正高职称，余评为特级教师，其他情况在此不一一赘述。

根据盟总支要求每位盟员总结并汇报成绩的通知，余也将2018年所取得的微末成绩盘点并献丑如下：2018年，余带双班语文，兼做一班班主任，口碑不错，成绩较好，目前正带着第20届高三毕业班；2018年，余在全国中文核心期刊等报刊上发文3篇，创作诗歌30余首，出版了《青梅初绽》一书，所主编的《传统文化与高中语文教学》著作即将问世；2018年，余主持的省教育科研"十三五"规划重点课题"传统文化在高中语文教学中的渗透"结题评审材料全部整理到位，可望来年圆满结题；2018年，余领衔的"曾志辉名师工作室"团队工作开展得风生水起、有声有色，可圈可点之成果20余项，来年力争晋升为"湖北名师工作室"；2018年，余赴台湾参加"楚天中小学教师校长卓越工程"培训，并获得台北教育大学"研习证明书"；2018年，"湖北省第十批特级教师"发榜，余榜上有名；更重要的是，家人平安，女儿南开大学研究生2018年也顺利毕业……

"人老不中留"感怀

曾志辉

不羡谁人官做大,不羡谁人钱挣多。
春花秋月等闲度,岁月静好不蹉跎。

2019 年 10 月 14 日

【百度百科】"蚕老不中留,人老不中留,女大不中留",意思是蚕老了不能留着不结茧,人老了不能留着不去世,女儿大了不能留着不嫁。

知命之年重读《红楼梦》

曾志辉

浩繁卷帙数红楼,知命重读噎满喉。
晴黛昔年俺最爱,袭钗今日众难求。
人情练达善为径,世事洞明真作舟。
宝玉色空非正道,湘江水逝楚云愁。

2020 年 3 月 5 日

"龙威曳舞团"简介

曾志辉

超级曳舞热华夏,荆楚龙威万众夸。
花好月圆人健朗,弟兄姐妹亲一家。

2020 年 5 月 21 日

【刘武忠老师配文】"龙威曳舞团"成立于 2018 年 8 月 15 日,其前身是"花好月圆一家亲舞蹈队",队员有 12 人。如今,"龙威曳舞团"在名誉团长李刚(沙洋县龙威保安服务有限公司董事长)的悉心呵护下,队伍已发展壮大到 25 人。该团近几年活跃在掇刀城区,丰富了社区居民的文化生活,曾应邀参加 2020 年荆门春节联欢晚会,舞动荆门,赢得了广大市民的高度赞誉。海阔凭鱼跃,天高任鸟飞，祝愿龙威曳舞团越舞越好！

【作者附记】余爱人许远红"鬼迷心窍"，痴迷鬼步舞，结识了一帮"鬼友"，一到晚上就和他们"群魔乱舞"，堪称龙威曳舞团之核心成员也。

悼连襟郝正春英年早逝

曾志辉

一片蛙声哭正春，繁花四月也伤人。
儿孙满有嗷嗷哺，望向天国思玉音。

2021 年 4 月 17 日晚

疫情"阳"中遣怀

曾昭俊

更残漏断寂无声，欲寐无眠梦未成。
枕上深寒惊骤雨，口中微苦对孤灯。
疴沉药罄索茶饮，体倦身慵思病仍。
九曲回肠恐命短，披衣欲起人不胜。

2023 年 1 月 8 日

【作者附记】时值岁末，偶感新冠。独居数日，略无起色。夜阑静卧，终夜难眠。我心悲哉，吟句志之。

【志辉附记】兄长太过消极，应向彪哥学习——2022 年，每个人都不简单；2023 年，每个人都有期待……

【附】

元旦抒怀

荆门市掇刀石中学 黎彪

身肌染毒已安康，居家悠闲沐晨阳。
墙角腊梅独开放，檐前飞雪自来香。

半壶存酒辞虎岁，一轮新日添兔装。
岁月既往不可追，凤凰湖边拥春光。

祭妹曾虹

曾志辉

我欲吟诗吟不出，喉中骨鲠心中哭。
漫天雨雪为谁落？霁月彩虹化作福。

2023 年 1 月 24 日

【作者附记】大妹曾虹（1968 年农历十月廿一日—2022 年正月初六），与大妹夫李顺武育有李杨一子。李杨曾在荆门市掇刀石中学就读三年高中（余亲教三年语文），后考入大连理工大学，现已娶妻（刘雨玮，华中科技大学毕业）生子（李毅轩），儿媳皆能干，后继堪有人。大妹聪慧有加，心比天高，但生不逢时，命运不济（详情见《孝亲篇·一副手镯》）。大妹生病期间，余夫妇曾往医院探视，她反复念叨的一句话就是："兄弟姐妹之中，为什么我的命就这么苦……"闻之惨然，令人唏嘘。大妹去世那天，朔风呼啸，雨雪交加，余联想起清朝袁枚的《祭妹文》，末段兹录其下："呜呼！生前既不可想，身后又不可知；哭汝既不闻汝言，奠汝又不见汝食。纸灰飞扬，朔风野大，阿兄归矣，犹屡屡回头望汝也。呜呼哀哉！呜呼哀哉！"

此诗发给大妹之子（李杨）是 2023 年 1 月 24 日（正月初三），距离大妹去世时隔一年，此之谓"我欲吟诗吟不出"……余立誓，从此不再写祭诗！

白杨礼赞

曾昭俊

旷野生凡树，伟躯如丈夫。
根茎有上志，枝叶无旁出。
厚朴傲霜雪，坚贞赛柏竹。
吾侪长慕子，风骨万年殊。

2023 年 11 月 4 日

【作者注】时值期中，又教茅盾《白杨礼赞》，不知凡几，感慨系之。因仿茅公《题白杨图》，凑句以寄。

"长跑诗人"歌（并序，"日记"十八则）
——我跑我亦思
曾志辉

日本作家村上春树的散文集《当我谈跑步时我谈些什么》里有这样一段话："每每有人问我跑步时，你思考什么……在寒冷的日子，我可能思考一下寒冷；在炎热的日子，则思考一下炎热；悲哀的时候，思考一下悲哀；快乐的时候，则思考一下快乐。"从2010年10月5日，余开始坚持跑步，后因腰椎间盘突出、腰椎骨质增生改跑为走，累计行程5万里左右，其间创作了18首长跑诗及所谓附记，还自诩为"长跑诗人"，故《我跑我亦思》亦名《"长跑诗人"歌》。

（其一）
长跑序曲

我跑我在，运动不止。
吟诗跑步，舒心健体。
感悟生活，思考得失。
聊以寄托，歌以咏志。

（其二）
为黄永华老师万米长跑而作
——兼写给自己

默默黄牛勤作耕，一朝醒悟始狂奔。
绿茵场上驰万里，岁岁青山证雄心。

2010年9月26日

【作者附记】掇中黄永华老师年过半百，从教三十余载，如一头老黄牛般默默教书育人，辛劳较真，无怨无悔。2008年农历正月十五，黄老师开始坚持长跑，每天晨练25圈，跑程约一万米，风雨不辍，连大年初一也不例外，成为绿茵场上一道亮丽的风景线。迄今为止，黄老师在两年零八个多月的时间里，已累计奔跑近两万里，相当于绕地球赤道1/4周。更为重要的是，黄老师不仅把每天的长跑看成一种身体锻炼，还视之为修身养性的一条途径，即"把长跑当作一种寄托，一种追求，一种境界，一种心灵的慰藉"。这种循环往复、乐在其中的长跑也似乎验证了艾青"一个盼望出发，一个盼望到达"的诗句。俗话说，"留得青山在，不怕没柴烧"，人贵有恒，青山不老，祝黄老师健康长寿，向黄老师学习，向黄老师致敬。余从2004年9月开始跑步，只是跑程较短且断断续续，如今见贤而思齐，每天也坚持"夜练"16圈左右，惺惺相惜，作诗以赠！

（其三）

"夜练"誓言

绿茵场上夜灯明，遥望星空忆此生。

四十功名尘与土，绕地八万誓躬行。

2010年10月5日

【作者附记】 余从2004年9月开始在校园绿茵场上跑步，可惜终是三天打鱼两天晒网，而且只是三五圈蜻蜓点水而已。

今天是2010年10月5日，余晚上跑步之后立誓坚持长跑：第一，因为语文早自习之故，不能"晨练"只能选择"夜练"一小时左右，时间一般定在晚上5点至8点之间，地点在学校塑胶运动场上，如有其他事情冲突（如上晚自习、离校外出等），则时间或前或后，地点也可转移，总之风雨不辍；第二，每天行程不少于6000米，即跑步12圈、"竞走"4圈以上，这样坚持18年，到2028年10月，则可达到8万余里，累计长度能绕地球赤道一周；第三，"夜练"之目的，除了锻炼身体，还可调适心理、思考得失、灵感咏诗、有所寄托等；第四，与"夜练"相配合，少静坐，多喝水，戒烟酒。

余自今年第一次输液、住院以来，总觉身心不适，甚至连性情都发生了很大变化，现在才悟得人奔五十应像孔子所言"知天命"，也才真正懂得杭州灵隐寺"心安自康"之真谛，"望天上云卷云舒，去留无意；看庭前花开花落，宠辱不惊"真乃人生之境界也。

坚持"夜练"，贵在恒毅，立此誓言，有诗为证。

（其四）
雨中"夜练"歌

夜雨绵绵灯萧索，秋风瑟瑟影婆娑。

玉珠飞舞千万步，日日长练放楚歌。

2010 年 10 月 10 日

【作者附记】今晚大雨如注，奔跑六千似故；雨珠汗珠交织，"夜练"乐胜其苦。李白有诗云，"我本楚狂人，凤歌笑孔丘"，看来我也快成"疯子"了，作诗以记。

（其五）
"夜练"月记

月有阴晴星亦隐，长奔不辍贵乎恒。

待到百炼成正果，足迹深深慰心平。

2010 年 11 月 3 日

【作者附记】从 10 月 5 日正式开始"夜练"，今天是满月之日。一月以来，除了 10 月 30 日因特殊情况"辍练"（10 月 31 日，一天当两天，竟然奔跑 26 圈，散步 5 圈），做到了"夜练"持之以恒，每天行程 6000 米以上（跑步 12 圈，散步 4 圈）。作诗以记，以资鼓励。

（其六）
"夜练"双月记

日日驰奔心所依，身轻体健获新迪。

犹怜树影缠灯月，步步留痕自咏诗。

2010 年 12 月 3 日

【作者附记】从 10 月 5 日艰难起步，余坚持"夜练"已达两月，业已度过"苦难"之时，并基本走上正轨。由"我思故我在"而联想到"我跑故我在"，是今日跑步之最大感悟也。

（其七）
初雪夜跑吟

漠漠苍穹落白沙，风摧远树惊寒鸦。

皑皑一片健身晚，踏雪归来满冰花。

2010 年 12 月 14 日

【作者附记】 今天是入冬以来第一场雪，天气骤冷，北风呼啸，余晚上照常跑步，又联想到往后风雪弥漫中跑步的考验，吟诗以记。

此诗形成，深得昭毅贤弟相助，真所谓"兄弟同心，其利断金；诗不厌改，贵乎精也"。

（其八）
雪夜冬练独吟

月冷人孤立，风疾草尽凋。

岁寒看松柏，雪重姿愈娇。

2010 年 12 月 16 日

（其九）
长跑三月记

三月味何奇，我奔千里知。

谁言起步晚，健体正当时。

2011 年 1 月 3 日

【作者附记】 余读书时体力、毅力均弱，3 圈（400 米跑道）尚坚持不下来，1000 米达标犹须补考。现如今年近半百，余每天跑步 6000 米以上，三个月下来累计跑程 1100 里之多，在学校举行的教职工"迎新越野长跑"中跻身前 10 名之列（已往多抄近路，连跑完都困难，而今亦属奇迹也）。更为可贵的是，跑步已成为生活之必需，余备尝酸甜苦辣咸（跑步是"痛并快乐着"，先苦后甜），甚至有一种成就之感。

跑步连三月，孔子"三月不知肉味"，真乃人生之境界也，作诗以记。

（其十）
长跑
——示子孙后辈

踽踽独奔何所求，舒心健体解吾忧。
子孙后辈须铭记，千里扬帆身作舟。

2011 年 1 月 10 日

（其十一）
除夕自省及展望

一度染疴源酒场，而今跑步斗志昂。
培桃育李勤教子，养性吟诗度时光。

2011 年 2 月 2 日

（其十二）
大年初一"拜跑年"

自古传闻拜跑年，春秋史记未曾言。
今朝我奔十六里，赋予新意写诗篇。

2011 年 2 月 3 日

【作者附记】今天是辛卯年大年初一，余上午从沙洋县毛李镇许场村三组出发，长跑 16 里左右，约一小时到达毛李中学给老母及兄长拜年，此乃新年第一跑，也堪称名副其实的"拜跑年"，作诗以记。

（其十三）
为长跑周岁而作兼咏中秋

清风伴我行，明月引歌吟。
苦练五千里，陶然悟养生。

2011 年 9 月 12 日

【作者附记】从 2010 年 10 月 5 日开始，余坚持长跑已近一年。在这一年里，余克服重重困难，除外出等特殊情况，每天在学校操场上跑步、竞走 16 圈，至今已达到 5000 余里，真正体现了一种"浴血坚持"的精神。回想读高中、大学时,余最欠缺的就是毅力,1000米竟跑不下来,尚须抄近路或补考方能达标,而今余竟能连续奔跑25圈,与以前相比颇有成就、陶然之感。庄子主张"保身,全生,养亲,尽年",倘能达到庄子之境界,真乃"善哉,得养生焉"。今适逢中秋,余提前过周岁(余以前常吹嘘"能力强,不投降",实属透支身体,在养生方面竟类乎婴儿一般无知,今过周岁所谓道教"脱胎换骨"耶?),"而今迈步从头越",作诗以记。

(其十四)
为黄永华老师长跑二万五千里而作

晨练二万五,众人皆称奇。
莫言宝刀老,永筑长寿堤。

2011年9月28日

(其十五)
贺黄永华老师"长征"胜利

鸡声伴晨曦,苦练汗水滴。
绕地八万梦,吾侪亦心仪。

2011年9月28日

【作者附记】从2008年农历正月十五开始,掇中黄永华老师坚持长跑三年零七月有余,累计跑程已超过二万五千里,约相当于地球赤道周长的三分之一。余作为"跑友","跑龄"也近一年,跑程已达5000里,愿我们以汪国真"没有比脚更长的路,没有比人更高的山"的诗句互勉,相信我们绕地球赤道一周的梦想终能实现。惺惺惜惺惺,作诗以相赠!

(其十六)
长跑周岁志

日月铸心坚,风霜养我颜。
路遥知勇毅,苦尽乐无边。

2011年10月5日

【作者附记】今天是2011年10月5日(农历恰逢重阳节),是余长跑周岁纪念日。回首历程,感慨系之,有诗为证,再接再厉。

【作者补记】长跑坚持一年有余,已形成惯例和常态,从此不再是跑与不跑的问题,而是如何用坚持跑步的意志来战胜自己的一些不良嗜好!

(其十七)
2014新春长跑志

新春柳色频招手,慢步驽骀亦胜筹。

却看老翁骨硬朗,方知破浪身为舟。

2014年3月5日

【作者附记】2014年3月5日(农历二月初五)上午,余与掇中黄永华老师参加了荆门市新春长跑活动(报名竞技组,另有健身组),余在男子中老年组(另有35岁以下的青年组)150多人中位居56名(全程7.4公里,相当于400米跑道18.5圈,用时36分钟,平均每圈近2分钟,黄老师名列第44)。长跑队伍中最亮丽的风景是一八旬老翁,他精神矍铄,身体硬朗,虽最后一个到达终点,但用时也只62分钟(类似每圈平均3分钟多一点),实在可敬可感。作诗文以记。

(其十八)
"荆门国际马拉松"友情出演

马拉赛事落荆门,柳绿桃红竞吐芬。

腰痛不惜挥汗雨,肯将衰朽换新春?

2016年5月2日

【附】

品文化经典,倡健康生活
——掇刀石中学第七届"书香掇中"经典分享活动落幕

疗愈身心,向春而生,品文化经典,倡健康生活。历时2个月的荆门市掇刀石中学第七届"书香掇中"经典分享活动于2023年3月9日圆满落幕。

读书妙处无穷,书香熏染人生。"书香掇中"经典分享活动旨在鼓励师生通过广泛阅读获取知识、拓宽视野、陶冶性情、疗愈身心,感受文化魅力,汲取人生智慧。

此次"书香掇中"经典分享活动面向全校师生及家长展开，倡导大家利用寒假，从《道德经》（老子著）、《给青年的十二封信》（朱光潜著）、《当我谈跑步时我谈些什么》（村上春树著）中任选一部，与身边的同学、亲友一起阅读，自由交流，深入探讨，联系自身的经历或阅读中关于身心健康的思考，撰写书评或者进行书法创作。

　　活动期间，学校共收到教师 149 份、学生 1355 份、家长 68 份作品，组织专业评审小组对作品进行了审核评比，最终评选出 10 篇优秀教师作品和 20 篇优秀学生、家长作品。

　　"书香掇中"经典分享活动搭建了自我提升的平台，使大家借助书籍提高审美能力和情感认知，丰富了精神世界和人生体验；建立了师生间、亲子间沟通的桥梁，让大家在互相学习、分享和探讨的过程中，增进了交流和理解；营造了积极良好的阅读氛围，令大家利用闲暇时间阅读，减轻压力和疲劳，促进了身心健康与和谐。

　　……

　　【作者附记】"最是书香能致远"，在第七届"书香掇中"活动中，余选读的作品是日本作家村上春树的《当我谈跑步时我谈些什么》，所作的《"长跑诗人"歌——我跑我亦思》诗歌及其附记似乎与村上春树的散文有某些异曲同工之妙，被推荐为 10 篇优秀教师作品之一，并获得了当地新华书店所奖励的 400 元书券。此记。

曾氏姓考

曾昭俊

"曾"姓来源纯正，史载出自"姒（sì）"姓，为夏禹后裔。夏禹五世孙少康中兴夏朝后曾把小儿子曲烈封于鄫（kuài，周朝国名，在今河南新密东北），经夏商周三代，绵延近两千年，一直到春秋时期即公元前567年为莒（jǔ，周代诸侯国，在今山东莒县一带）所灭。太子巫出奔鲁因并做官，其后代以原国名"鄫"为姓称曾氏，曾点（曾晳）为派祖。谱系为"希言公彦承，宏闻贞尚衍；兴毓传纪广，昭宪庆繁祥；令德维垂佑，钦绍念显扬；建道敦安定，懋修肇益常；裕文焕锦瑞，永锡世绪昌"。此由曾国藩倡导全国修通谱，供曾孔颜孟四大姓共用，凡五十。其中前五字为曾国藩所补，继十五字为清圣祖所赐，再十字为道光所赐，后二十字为袁大总统颁定。另有同治帝续"鼎新开国运，克服振家声"十字，一般不用。

曾祖辈	曾祖：曾传科	
祖　辈	祖父：曾纪能	祖母：李竹生
父　辈	父亲：曾广福	母亲：周四英
	曾昭英（女）	鲁志兵　[子：鲁　伟　女：鲁　翔]
	曾昭俊	张良秀　[女：曾亚兰　子：曾　理]
	曾志辉（曾召柱）	许远红　[女：曾凤瑶（曾宪紫）]
	曾昭芳（曾虹，女）	李顺武　[子：李　杨]
	曾昭毅	聂　亮　[子：曾君临]
	曾秀珺（女）	张良成　[子：陈功]
	姑母：曾广秀	姑父：龚纪刚
		[龚明金　宋燕（女）胡宋明]
	叔父：曾广兴	婶母：胡纪香
		[胡　锋　曾真（女）]

吾辈不才难得志，子孙有幸酬家国
——《长湖浪花》后记

曾志辉

2004年伊始，不觉人到中年，情随事迁，感慨系之，余蹒跚学步，尝试着以旧体诗志身心之轨迹，最初只是好玩而已，也多是"打油"之作。

随后，兄长曾昭俊、贤弟曾昭毅热烈响应，诗文唱和，而且通过短信、微信"如切如磋，如琢如磨"。作为中学语文教师的余和兄长"下水作诗如作文"，这似乎与职业有关；学医出身的贤弟却后来居上，余戏之为"医生本色是诗人"。俗语云"兄弟同心，其利断金"，这里有诗文为证，手足篇第一首诗题为《静夜思》，署名是曾昭俊、曾昭毅二位兄弟，兹录曾昭毅所作的附记如下——

> 此诗本兄长不惑之年所作，因年代久远失记，诗句已散缺不全。余爱其辞藻，感其诗意，不避狗尾续貂之嫌，补而续之，传诸后世。而今余亦步入不惑之年，诗之意即余之情也。余兄弟三人，虽艰苦奋斗，终无大成。昭俊兄长亦余之师长，满腹经纶，才具最高，必感触至深⋯⋯

兄弟唱和，往来频繁，为了防止"遗珠之憾"，余主动承担起收录之责，就在不久之前，兄长曾昭俊在"曾家大院"群里给余发了这样一条短信："要不是你有心，我都还不知道自己写了哪些诗。"

在余等长辈的带动之下，外甥李杨、侄儿曾理、小女曾凤瑶、侄儿曾君临等小字辈偶尔也"牙牙学语学作诗"。作为父亲的某首诗"一经问世"，自己的娃一般就是第一读者，在此种"诗教"氛围的熏陶之下，孩子们健康快乐地进步着，成长着，他们也先后考取了大连理工大学、浙江工业大学、南开大学、南昌大学等高校，此情此景，在家教篇中多有描述。余兄弟仨均为老师，吟诗作对也"幼吾幼"而及于学生，有"从教篇·学子习作选"的诗歌为证。以诗会友，兄弟仨的某些同学、同事也闻风而动，赠友诸篇那些作为附记的唱和之作即为明证，其中首推作为"诗友"的数学老师黎彪也。

岁月匆匆，时光荏苒，从2004年到2023年，弹指20年矣。月积年累，余将散见于"三上"（纸质上、电脑上、手机上）的诗文整理出来，终于汇编成一部诗文合集而有幸付梓，其中某些诗作曾先后在《湖北盟讯》《荆门日报》《荆门晚报》《掇刀文艺》《作文周刊》《读天下》等报刊或网络上公开发表过；且受《傅雷家书》书名命意之启发（《傅雷家书》被评价为"苦心孤诣的教子篇"，曾国藩也有《曾文正公家书》刊行于世），遂私下命曰《兄弟家诗集》，此乃兄弟仨之初衷也。

二位兄弟之诗立意高远，情景交融，境界开阔；而余之习作则显得形象不足，匠气有余，格律欠佳，2012年以前所作尤为如此，这可能与余之视野、心胸、格局及长期从事高考应试教育等有关吧。今编成所谓"家诗"，分为九大部分，另借注释、附记、补记等形式，简介创作背景，阐述某些人生感悟、情怀和思想（某种程度上，诗歌只是一个"引子"），并将兄长曾昭俊所作《曾氏姓考》附于其后，而今即将由中国国际广播出版社出版，其主要目的乃自得其乐，且传诸亲朋好友，尤其是为子孙后代留点念想。

也许有人要问："你们兄弟那些一家之言，有必要出版吗？"诚然，曾氏兄弟吟诗论道确有琐屑之嫌，但也似乎印证了黑格尔"存在即合理"之名言。余将这部诗文集分门别类，对其九部分命名还是颇有一番考量的，如果"揠苗助长"而提升思想境界，不妨顾名思义而对应如下：

故乡篇讲家国情怀，孝亲篇讲孝敬长辈，家教篇讲读书上进，手足篇讲兄友弟恭，赠友篇讲真诚待人，从教篇讲事业为重，采风篇讲诗和远方，咏史篇讲以史为鉴，杂咏篇讲人生五味。

果真如此，本诗文集虽然不能登大雅之堂，甚至可能有碍观瞻而贻笑大方，那就"让花成花，让树成树，把自己还给自己"吧。

也许有人要问："诗文集里有所谓'家教篇'，那你们曾门兄弟的家教家风到底是什么呢？"说来惭愧，余兄弟一族绝非"名门望族"，充其量只能算是"寒门荜户""瓮牖绳枢之子"也。如果硬要"高大上"而升华到家教家风这个层面，此实属不易，真正践行更是"蜀道之难"啊。巴尔扎克说，"培养一个贵族，需要三代人的努力"，虽然我们国家所倡导的是"平等"之价值观，但一个家族家教家风的形成确实至少需要三代人的努力。所幸，诗文集里家教篇占全书1/5以上篇幅，还是略有家教家风之雏形的，譬如曾昭毅所拟定的《曾君临学习座右铭》，不妨摘录如下——

积极进取，奋斗上进；
志存高远，点滴积累；
勤奋刻苦，择善而学；
坚持不懈，持之以恒；
心无旁骛，用心专一；
敏而钻研，事半功倍；
有错必改，错不重犯；
不畏艰险，迎难而上。

在小女读大三时，余提出"大三即高三"之观点，并作《青春誓言》四言诗一首——

青春誓言，道义铁肩。
闻鸡起舞，身体为先。
成事以德，意志惟坚。
勿溺游戏，学业勤勉。

> 劳逸结合，格调不减。
> 学会生活，知行相连。
> 学会做事，思密慎言。
> 学会做人，情商为典。
> 磨砺以须，及锋而践。
> 幸福人生，以慰慈严。

还有曾昭俊在《偕爱子游晋阳》中借游记、典故以实施家教——

> 月满中秋近，太原古城游。
> 晋祠周柏新，石窟魏佛旧。
> 田子骄贫贱，段干尚操守。
> 痴儿苟欲学，吾辈复何求？

在《小女南开大学考研喜报》后面，余作了一篇题为《小女上班10条建议》之附记，兹录3条以飨读者——

> 记事不误事，做事不拖拉。
> 比攒钱更重要的是攒本事，攒人气，攒健康。
> 工作（学习）执着，生活（心胸）旷达。

在《女儿女婿婚礼上的致辞》中，面对如此喜庆场合，余还喋喋不休，谆谆告诫女儿女婿要牢记钱钟书夫人杨绛的这句话："男人不努力，一辈子没出息；女人不努力，一辈子受委屈！"

纵观整部诗文集从故乡篇到杂咏篇九大部分命名所体现的"三观"——世界观、价值观、人生观（家国情怀、孝敬长辈、读书上进、兄友弟恭、真诚待人、事业为重、诗和远方、以史为鉴、人生五味），这其实也是一种导向性的家教家风。可怜天下父母心，"长辈领进门，修行在子孙"，正所谓"一代人有一代人的长征，一代人有一代人的担当"也。

也许还有诸多"也许",恕余不能一一作答。

综上所述,正如贤弟曾昭毅诗中所言:"吾辈不才难得志,子孙有幸酬家国!"以此度之,孝亲、家教诸篇作为家训、庭训亦应有其存在之意义与价值,从教篇(占全书1/4以上篇幅)更是符合中国古代之"诗教"原则。

余兄弟仨均出生于湖北省荆门市沙洋县毛李镇长湖村,"人间四月天,最美是长湖",长湖是我们魂牵梦绕的母亲湖,于是将《兄弟家诗集》最终更名为《长湖浪花》。

最后,余还想郑重说明一点,书中所提及的亲戚、朋友和学生等相关人员,余不可能一一去禀报是否愿意"友情出演"此书,在此一并致歉、致谢,但请诸君相信,《长湖浪花》虽然质量不高,但一定能做到如孔子所言"一言以蔽之,曰:思无邪"!

当今出版界,真可谓"一花独放不是春,万紫千红春满园",在万千出版物中,《长湖浪花》兄弟诗文集只是一朵小小的浪花而已,绝不敢奢求"为天地立心,为生民立命,为往圣继绝学,为万世开太平"也。但我们期待并相信,《长湖浪花》的出版,必将成为增进家族感情的纽带,必将成为连接亲戚朋友的桥梁,当然,我们更希望《长湖浪花》的出版能够做到"老吾老,以及人之老;幼吾幼,以及人之幼"也!

是为后记。

2023年金秋